KB150707

남북 청춘,
인권을 말하다

남북 청춘, 인권을 말하다

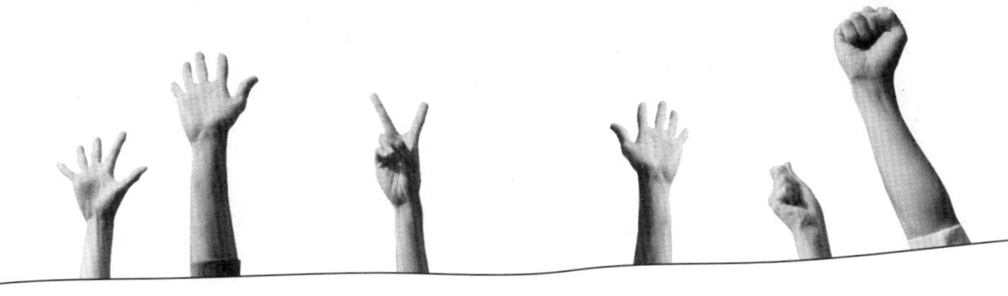

분단국가의 양쪽에서 태어난 청춘들의 진짜 인권 이야기

토닥토닥출판모임 기획
허다연 김종현 최일화 김승영 노민우 김은영 이현석 김성아 지음

한티재

추천의 글

인간의 가치를 함께 찾아가는 여정

"어, 여기가 정말 북한이주민지원센터 맞아요?"

햇빛이 잘 들어오는 넉넉한 공간에 사람들이 앉아서 이야기할 수 있는 큰 테이블이 놓여 있다. 책장에는 다양한 책들이 빼곡히 꽂혀 있다. 푹신해 보이는 소파에는 아기 고양이가 졸고 있고, 듬직한 강아지까지 조용히 한구석에 앉아 있는 이곳이 정말 북한이주민지원센터라고?

지금까지 많은 북한이탈주민 지원단체에 가보았지만 이런 분위기는 낯설기만 하다. '공감 게스트하우스'라고 이름 붙여진 이곳은 사단법인 공감이 위치한 곳으로 북한이주민지원센터의 사무실뿐만 아니라 북까페, 강의실, 게스트하우스가 자리 잡고 있다. 이곳에서 나를 반겨주는 밝고 활기찬 사람들은 남한 주민, 북한이주민, 영미권 원어민까지 다양하기만 하다. 도대체 이곳에서는 무슨 일이 벌어지고 있는 것일까?

공간을 채우는 것은 사람의 몫이다. 사람들이 어떻게 생활하고 교감하느냐에 따라 그 공간은 짙은 잿빛의 차가운 공간이 되기도 하고, 에너지가 넘치고 서로에게 위안이 되는 '사람이 사는 장소'가 되기도 한다. 이방인인 나까지도 행복하게 해주는 이 공간의 에너지는 여기 이곳을 만들어낸 사람들의 것이 분명하다. 이 공간의 에너지를 느껴보고 싶다면 이 책이 바로 그 방법 중의 하나일 것 같다. 사단법인 공감에서 해오던 북한이탈주민 학생들과의 독서모임을 좀 더 발전시켜 책을 만들어보자는 생각에서 의기투합한 열정적인 사람들이 모여 토론하며 고민했던 결과물이 바로 이 책이기 때문이다.

일명 '토닥토닥 출판 프로젝트'는 세 명의 북한 출신과 세 명의 남한 출신 젊은이, 여기에 세 명의 진행 요원을 겸한 매개자들이 '인권'이라는 가장 보편적인 가치를 고민하면서 서로를 바라보는 이야기이다. 강고한 분단 때문에 서로 교감하지 못해왔던 남과 북의 젊은이들이 모여 '인권'을 고민한다는 발상이 새롭다. 유감스럽게도 지금까지 남한 주민과 북한 출신 주민의 만남이나 접촉을 분석하는 대부분의 프로젝트가 남과 북을 반대 항으로 단순화하여 설정한 후 서로를 알아가는 것에 머물러 있다. 그런데 이 책은 오히려 남과 북의 젊은이가 인권이라는 같은 목표를 바라보면서, 서로간의 차이와 유사성을 발견하는 과정을 다루고 있다. 이 책이 돋보이는 이유가 바로 여기에 있다.

이 책은 총 2부로 구성되어 있다. 1부에서는 남한 젊은이와 북한 젊은이가 여성, 이주노동자, 아동·청소년, 군, 성소수자, 장애의 영역에서 경험한 인권의 문제를 자신들의 경험을 바탕으로 설명하고 있다. 북한 출신 청년들은 북에 있었을 때 경험했던(그때는 문제가 있는지도 몰랐던) 여성, 아동·청소년, 성소수자의 인권 문제를 담담하게 서술한다. 이들은 북한이 남한에 비해서 월등하게 인권적 '문제'가 있는 곳으로 도식적으로 설명하지 않는다. 오히려 북한 상황에 빗대 남한 사회의 문제점을 발견하기도 하고, 남과 북이 큰 틀에서 유사한 문제점이 있음을 발견해내기도 한다. 한편으로는 남한 사회에서 '소수자'로서 경험한 다양한 인권 침해 경험이 자신들의 모국인 북한의 상황을 객관화하여 볼 수 있는 창이 되기도 한다.

남한 출신 젊은이들은 '토닥토닥 프로젝트'에 참여하면서 자신과 다른 북한 젊은이들을 만나고 이들과 함께 '인권'이라는, 인간으로서 응당 누려야 하는 가치를 함께 찾아가는 여정에 나섰다. 이들에게 있어서 '인권' 문제를 처음으로 경험하고 고민한다는 것은, 이해하기 어려울 것만 같았던 북한 출신 젊은이들과 '친구'가 되어가는 과정을 의미한다. 이주노동자를 타자라고만 생각했던 이가 자신도 이주노동자일 수 있다는 것을 느끼게 된 것은 자신과 매주 만나 토론하는 북한 출신 친구들이 최저 임금에도 못 미치는 임금을 받으면서 생계를 유지하는 것을 알게 되면서부터다. 아르바이트로 값싼 노동력을 팔면서도 그저 "돈을 벌어서 좋다"는 북한 출신 친구들의 마음이 자신과 너무 닮아 있다는 것을 확인하면서 모두가 (이주)노동자일 수 있음을 비로소 느끼게 된다.

군 생활에서 경험했던 내재된 폭력을 문제시한 글은, 분단된 국가에서 남자라면 모두 가야 하는 군대라는 사회 구조로 인해 한국 사회가 일상에서의 폭력을 아무렇지 않게 받아들이고 있는 것이 문제라고 지적한다. 필자는 분단 체제로 인해 비틀어진 사회가 군대라는 공간에서뿐만 아니라 사회 전반을 군대와 같이 만들어 버렸음을 비판한다. 장애인 인권을 다룬 글은 장애인과 함께 살아가기 위해서는 이들을 단순히 돕는 것에 머무는 것이 아니라 공감하는 것이 중요하다는, 자명하지만 울림이 깊은 깨달음을 담고 있다. 토닥토닥 프로젝트를 함께 하면서 남한과 북한의 젊은이들은 이렇듯 서로 소통하고 공감하면서 조금씩 '인권'에 다가가고 있다.

2부에서는 진행 요원이자 매개자였던 이들의 시선으로 프로젝트에 참가한 북한과 남한의 젊은이들의 이야기를 소개하고 있다. 이들이 9개월의 시간을 함께 보내면서 어떤 변화를 겪게 되는지, 서로간의 신뢰가 없이는 알 수 없는 내밀한 변화와 고민을 이 장에서 엿볼 수 있다. 특히 항상 타인을 경계했던 북한 출신 참여자는 모임 초기에는 마음을 열지 못하다가 점차적으로 남한 참여자들과 '친구'가 될 수 있었다고 고백하기도 한다. 변한 것은 남한 출신 참여자도 마찬가지였다. 극한의 상황을 겪고 온 북한 친구의 이야기를 듣고, 스스로 반성하게 되었다는 것을 보니 서로 변화하고 있음이 분명했다.

그렇다면 이들이 어떻게 이렇듯 평등하게 서로를 바라보고, 이해하고, 그리고 변할 수 있었을까? 그 이유는 아무래도 남과 북을 어떤 권력관계로 설정하지 않았기 때문일 것이다. 남과 북이 만날 때는 대부분 '우월하고 잘사는 남한'이 '덜떨어지고 못사는 북한'을 이해하기 위해서였거나, '소수'의 북한 사람이 자신들의 문화나 습성을 '다수'인 남한 사람에게 소개하는 것에 급급했다. 반면에 이 프로젝트의 참여자들은 출신 지역 혹은 현재의 경제적 지위에 따른 서열이나 권력 관계를 최대한 배제하려고 노력했다.

그것이 가능할 수 있었던 것은 어쩌면 인권이라는 보편적 가치를 두고 각자의 배경 · 자원 · 출신 등을 객관화하였기 때문이리라. 서로를 이해하기 위해서는 마음을 여는 자세도 중요하지만, 그 서로가 교감하고 공감할 수 있는 도덕적·윤리적 구심점 또한 필요하다는 것을 이 책을 통해 다시금 확인할 수 있었다. 문화적 상대주의에도 분명 '상대적'으로 설명될 수 없는 보편적 가치가 필요하다. 사람답게 살 권리, 권리를 가질 권리, 인간이 가장 우선이라는 자명한 가치 아래 남과 북은 비로소 서로를 바라볼 수 있다.

나는 오랫동안 정치·경제·사회 등 큰 담론 사이에서 통일을 모색하고, 남과 북이 함께 살아가는 방안을 고민해왔다. 그 과정에서 희망을 느껴보기도 했고, 때로는 가슴 답답한 상황을 경험하기도 했다. 최근에는 남북관계가 교착상태에 빠지면서 도대체 어디서부터 이 불신과 반목의 고리를 풀어야 할지 고민스럽기만 했다.

하지만 이 책을 읽으면서 오랫동안 잊었던 희망을 다시 마주한 느낌이다. 열정적인 사람들, 서로를 믿고 바꿔 가려는 청년들, 그리고 그들이 희망을 만들어갈 수 있는 공간을 만들어주는 사회단체. 이들이 만들어내는 일상에서의 작은 울림이 바로 우리에게 지금 필요한 희망일 것이다. 토닥토닥. 이 프로젝트의 이름처럼 서로에게 위안이 되는 남과 북의 청년들. 그 안에서 우리는 진정으로 '사람'다울 수 있을 것이다. 남북의 진정한 화해와 협력, 그리고 함께 살 수 있는 통일을 꿈꾸는 분들께 이 책을 권한다.

2015년 3월 7일

최완규(우리민족서로돕기운동 상임공동대표, 전 북한대학원대학교 총장)

추천의 글

탈북 청년들의 솔직한 메시지

남쪽에서 읽을 수 있는 탈북자의 이야기는 거의 비슷하다. 북한에서 아사 직전까지 내몰리다 목숨을 걸고 탈북을 했다는 내용이 주를 이룬다. 중국에서 인신매매를 당하고, 북송돼 보위부 감옥에서 처참한 고문을 받았다는 내용도 흔하다.

이 책엔 그런 내용이 없다. 굶주림도, 인신매매도, 북송도 없다. 그냥 탈북자 출신 청년 세 명과 남한에서 태어나 자란 청년 세 명이 특정 주제를 놓고 삶의 과정에서 느꼈던 자신의 견해를 밝히는 내용이다.

사실 대다수 평범한 탈북자들의 이야기는 화려하지도 극적이지도 않다. 한국에 도착한 탈북자들은 이 사회에서 자신들이 어떻게 소비되는지 빠르게 파악한다. 그리고 어떤 이들은 자신의 이야기가 상품성이 충분히 있다고 판단되면, 수기와 증언 등을 통해 북한의 열악한 인권을 고발하는 간증자로 나선다. 그러다 보니 탈북자 증언은 앞서 온 사람들의 이야기를 뛰어넘는 충격을 주기 위해 점점 더 자극적인 방향으로 진화하기도 한다. 거짓말을 해도 제지하는 곳이 없으니 이 과정에서 과장과 왜곡도 심심치 않게 일어난다. 하지만 이런 이들과 경쟁할 스토리가 없는 대다수 탈북자들은 그냥 생계전선에 뛰어들 수밖에 없고, 그들의 이야기는 지금까지 거의 묻혀 왔다.

이 책은 묻혀 있던 탈북 청년들의 이야기를 담았다. 자발적으로 간증하는 탈북자가 아닌, 평범하게 살아가는 이들의 이야기를 '남한 청년과의 인권 대화'라는 형식으로 끌어냈다.

의도성이 없는 탈북 청년들의 이야기이니 솔직하고 또 용감하다. 책을 읽노라면 이들이 묘사한 북한 고향의 모습은 남쪽의 1960~1970년대 농촌과 별반 다르지 않은 목가적인 풍경이다. 물론 이들이 북한에서 보낸 시기는 20대 초반 이전이기 때문에 북한에 대해 많이 알진 못할 것이다. 하지만 독자들에게 자신이 살았던 환경을 설명하기엔 충분하다.

한국의 독자들이 과거 탈북자 수기들을 통해 얻었던 상식에 반하는 대목도 곳곳에 눈에 띈다.

"북한은 인권이 제대로 지켜지지 않으니 당연하게 여성에 대한 대우 역시 남한보다 형편없을 것이라고 생각했다. 그렇게 생각하면서 여성으로서 존중받지 못했던 기억을 하나하나 더듬어 보았다. 그런데 몇 번을 생각해보아도 '여성이기 때문에 차별을 받은 기억'을 찾는 것은 불가능에 가까웠다. 그래서 같은 고향에서 온 친구들에게도 여성이기 때문에 차별받은 경험을 물어보았다. 역시나 이 친구들도 딱히 그런 기억을 떠올리지 못했다."

이러한 말은 어느 탈북 수기에서도, 방송 출연 탈북자들에게서도 들어보기 힘든 것이다. 필자는 결국 "체제가 전혀 다른 남과 북에서 생활하면서 내가 공통적으로 느낀 것은, 개방되어 있는 남한이나 폐쇄적인 북한이나 모두 가부장적 권위가 엄격하게 유지되고 있다는 것이다. 여성의 사회진출을 독려하지만 동시에 가사와 노동을 모두 해내는 슈퍼맘이 되기를 강요하고, 여성의 성을 상품화하지만 조신하고 정숙한 여성에 대한 환상을 끊임없이 생산하고 있다는 점에서 남과 북이 무척 비슷했다"는 결론을 내린다.

아동인권을 다룬 글에서도 비슷한 이야기가 나온다. 고향에서 친구들과 마음껏 뛰어놀면서 자란 청년이 본 남쪽 아이들은 "자살 충동을 수없이 느낄 정도로 어른보다 더 피곤한 얼굴로 하루를 살아가고 있는 모습"이었다. 그래서 그는 "이런 교육제도에선 나 또한 언젠가 결혼한다고 할지라도 출산을 거부하거나 미루고 싶어질 것 같다"고 생각한다. 이에 대해선 북에서 온 나도 크게 공감한다. 아마 이 땅은 북한에 비한다면 천국일 것이라고 생각하고 있던 남한의 독자들에겐 놀라운 이야기일지도 모른다.

그렇다고 이 책의 필자들이 북한을 미화하는 것도 아니다. 자신들이 경험했던 청소년기를 담담하게 묘사하고 있다.

통일이 되어 평범한 남과 북의 주민들이 만나 이야기를 나눈다면, 우리가 일반적으로 봐 왔던 탈북자 수기보다는 이 책의 내용과 비슷한 이야기가 오고 가지 않을까 싶다. 그런 점에서 볼 때 이 책은 독자들에게 미래의 통일에 대해 더 현실적인 상상을 펴게 해준다.

행복한 통일을 위해 남쪽에 사는 우리가 당장 가져야 할 마음이 무엇일지에 대해서도 이 책은 적잖은 생각 거리를 던져준다. 책에 등장하는 탈북청년들은 여전히 이 땅에서 자신의 정체성에 대해 고민하고 있다. 자신을 스스로 한반도인, 심지어 지구인으로 규정하기도 한다. 좁고 좁은 반도에서, 넘쳐나는 인구에 시달리며 치열한 경쟁을 벌이고 있는 우리가 어느새 깨닫지 못하고 있는 편견과 차별, 배타주의를 탈북 청년들은 '탄광의 카나리아'처럼 민감하게 경고하고 있다. 카나리아의 그 울음을 무시한다면 우리의 미래엔 행복한 통일은 없을 것이다.

2015년 3월

주성하(『동아일보』 기자, 김일성종합대학 출신 탈북자)

책을 펴내며

"어여, 니 몇 살이고? 일곱 살? 여덟 살?"

"열 살임다."

까맣게 반짝이는 눈을 가진 사내아이는 가방을 야무지게 고쳐 메며 답했다. 나는 놀라서 되물었다.

"열 살이라꼬?"

열 살이라는 나이가 믿기지 않는 작은 체구. 순간 내 머릿속에 '고난의 행군'이라는 말이 떠올랐다. 1990년대 중후반부터 수년간 북한을 휩쓸었던 대기근을 북한에서는 그렇게 부른다고 했다. 내가 이 아이를 만난 것은 2010년. 그때의 대기근이 아이의 몸에 새겨져 있었다.

"네, 선생님. 근데 선생님은 어디 지역임까?"

"내 대구에서 왔다. 니는 어데로 가노? 와 니 혼자고?"

"경주로 감다. 2년 전에 경주로 간 아버지한테 감다."

아이를 만나면 좋은 어른인 척하려고 일부러 대구 사투리를 더 심하게 쓰곤 했다. 꽤 잘 통하는 방법이라고 생각했지만 이 아이는 내게 경계심을 풀지 않았다. 아이는 어깨에 멘 가방을 계속 바투 잡으며 주위를 살피다가 잠시 놓쳤던 자신의 인솔자를 찾아갔다.

2010년 4월이었다.

북한이탈주민들이 한국에 정착하기 위해 적응 교육을 받는 '하나원'에서 만난 이 아이는 내가 처음으로 대화를 나눈 탈북아동이었다. 북한이탈주민들은 남한 입국 후 국정원 합동신문센터에서 조사를 받는다. 이후 하나원에서 적응 교육을 받는다. 적응 교육을 마무리하면 각자의 정착지역으로 간다. 각 지역의 정착지원센터 직원들은 이들 북한이탈주민들을 데려오기 위해 정기적으로 하나원에 간다.

나는 그날 대구의 정착지원센터인 북한이주민지원센터의 자원봉사자 자격으로 하나원에 갔다. 단순한 걸음은 아니었다. 북한이주민지원센터에서 2009년부터 자원활동을 해온 나에게 지원센터의 허영철 소장이 사단법인 '더나은세상을위한공감'의 이사로 활동해달라는 요청을 하였다. 그래서 그 요청에 대한 답을 내리기 위해 한국사회에 첫발을 내딛는 북한이탈주민들을 직접 만나보기로 했다.

그리고 그 아이를 만나게 된 것이다. 그 아이뿐만이 아니었다. 대구를 택한 다른 북한이탈주민들도 있었다. 어떤 중년 여성은 작은 화분 두 개를 소중히 안고 버스에 탑승했다. 그리고 버스 밖에서 그녀와 닮은 할머니가 창문을 두드렸다. 그 중년 여성보다 늦게 북한에서 나왔기 때문에 하나원에 좀 더 오래 머물러야 한다는 그녀의 어머니가 버스 밖에서 창문에 손을 댄 것이다. 중년 여성은 유리창 밖 어머니의 손에 자신의 손을 겹치며 펑펑 울었다. 그 아이와 이 모녀의 모습을 보며 내 안에서 무엇인가가 끓어올랐다.

"그래, 해야겠다."

탈북자, 새터민, 북한이탈주민……

북한에서 남한으로 온 사람들을 두고 우리는 흔히 '탈북자'나 '새터민'이라고 부른다. 1962년 '국가유공자 및 월남귀순자 특별원호법'에 따라 이들을 일컫는 최초의 공식명칭이 생긴다. 바로 '월남귀순자'였다. 이후 제·개정되는 법안에 따라 '월남귀순용사', '귀순북한동포', '북한이탈주민'으로 변해 왔다.

1997년부터 사용된 '북한이탈주민'은 북한을 떠난 후 외국 국적을 취득하지 않은 사람들을 지칭하는 공식 법정용어이다. 2014년 말 현재 북한이탈주민은 28,000여 명으로, 대부분이 서울 · 경기 지역에 정착해 있다. 하지만 다른 지역으로 배정을 받기도 하는데, 대구의 경우 현재 850여 명이 거주한다(2014년 기준).

사단법인 더나은세상을위한공감(이하 '공감')의 산하기관인 '북한이주민지원센터'는 2003년 대구에서 시작한, 북한이탈주민의 정착을 지원하는 비영리기관이다. 이 기관의 이름에서 주의 깊게 볼 것은 '북한이주민'이라는 단어다. 기관명을 지으며 '탈북자', '새터민', '북한이탈주민'이라는 명칭 대신 '북한이주민'이라는 말을 택한 것은 차별과 배제 없이 이들을 대하겠다는 마음을 담은 것이라고 한다. 즉, '북한이탈' 이나 '탈북' 에만 초점을 맞추는 것이 아니라, 바로 지금, 이곳에 온 당신을 환대한다는 의미를 담은 이 명칭은 '공감' 이 독립법인으로 창립하면서 담은 인도주의와 사회통합의 정신을 반영하는 것이었다. (아직까지는 이 새로운 명칭에 대한 사회적 합의가 이루어지지 않았으므로, 이 책에서는 공식명칭인 '북한이탈주민' 을 사용하였다.)

더 나은 세상을 위한 '공감'

대구의 북한이주민지원센터는 빈민·주거·쪽방 등에 관한 사회사업을 진행하던 자원봉사능력개발원의 산하기관으로 2003년에 시작했다. 북한이주민지원센터는 설립 때부터 북한이탈주민들의 정착을 위한 주거·취업·의료·교육 지원을 중점적으로 행했다. 2009년 전국에서 처음으로 통일부의 북한이탈주민지원사업인 '하나센터' 3개 시범사업처 중 하나로 선정된 후 '대구하나센터' 의 업무를 수행하기 시작했다. 그리고 2010년부터는 북한이탈주민들을 대상으로 하는 사업에 집중하고자 "인도주의와 사회통합의 정신으로 지역사회에 정착하는 북한이탈주민과 이주민들을 지원" 하는 것을 창립정신으로 하는 독립 모법인인 '공감' 을 설립했다.

2013년에는 한 후원자의 기부와, 중앙정부 및 지방자치단체와 '공감' 의 상호협력을 통해 기존에 있던 북한이주민지원센터의 사무실 및 공부방과 별도로 대구 중심가인 중구 종로에 새로운 공간을 만들게 되었다. '공감게스트하우스' 라고 이름 붙인 5층짜리 벽돌건물에는 북카페, 강의실, 게스트하우스가 자리를 잡았다.

1층과 2층의 북카페와 강의실에서는 영어회화 교육을 자원하는 영미권 원어민과 북한이탈청소년의 1:1 영어 멘토링 프로그램이 열리고, 다양한 사람들의 독서모임과 외국어 공부모임이 자유롭게 펼쳐진다. 소규모 강연이 열리기도 하고, 공감게스트하우스를 찾은 손님들의 즉흥 공연이 열리기도 한다.

또한 게스트하우스에는 북한이탈주민 직원이 채용되어 전국 각지와 세계 각국에서 오는 숙박객을 맞이한다. 그들이 직접 공감게스트하우스가 운영되는 목적이 바로 북한이탈주민의 정착 지원을 위한 것임을 간략히 설명하고, 때로는 본인도 북한에서 왔다는 것을 밝힌다. 그러면 대부분은 깜짝 놀란다. 이렇게 북한이탈주민이 가까이 있을 줄은 몰랐노라고, 평생 처음으로 북한이탈주민을 만나는 거라고.

토닥토닥 프로젝트

이렇게 북한이탈주민들이 가까이 있을 줄은 몰랐던, 평생 처음으로 그들을 만나는 사람들이 여기 또 있었다.

2014년 3월 인권 관련 기관의 공모사업에 응모하고자 '공감'과 인연을 맺고 있던 몇 사람이 '책 출판 프로젝트'라는 아이디어를 떠올렸다. 북한이탈주민 학생들과 기존에 해왔던 독서모임을 발전시켜 함께 글을 쓰고, 공모에 당선되면 그 기금으로 책을 만들어보자는, 어떻게 보면 매우 단순한 생각에서 출발했다. 인권 관련 기관의 공모사업에 지원을 했기 때문에 테마는 자연스럽게 '인권'으로 정해졌다. 서로 어깨를 맞대고 토론하고 토닥이며 공감한다는 의미로 프로젝트 이름을 '토닥토닥'으로 지었다.

우선 진행진이 필요했다. 나를 포함해 처음 아이디어를 떠올린 사람들이 함께하기로 했다. 북한이탈주민 대상 인문학 공부모임에 참가한 경험이 있던 나와, 책을 출간한 경험이 있는 작가, 프로젝트 총무를 담당할 '공감'의 국제팀장 등 세 사람이 프로젝트를 보조하는 역할을 하게 된 것이다.

우리는 이 프로젝트에 관심이 있는 북한이탈주민 대학생들을 모으기 시작했다. 다섯 명의 학생들이 모임에 들어왔고 프로젝트의 방향에 대해 진행진들과 의견을 모았다. 일단, 프로젝트가 공모사업에 탈락한다 하더라도 '공감'의 지원하에 토론 및 작문, 책 출판 등의 일정을 차질 없이 진행할 것을 약속했다. '인권'이라는 주제도 공모전 당선 여부와 상관없이 변경하지 않기로 했다. 또한 북한이탈주민 대학생들의 요청대로 '북한인권'에 한정하지 않고 보편적인 '인권'을 주제로 다루기로 했다.

이후 남한 출신 대학생들을 공개 모집했다. 지원을 한 일반 대학생들을 대상으로 북한이탈주민 대학생들이 직접 면접을 진행했다. 그들은 일반 대학생들에게 이 프로젝트에 왜 참여하려고 하는지, 북한이탈주민을 접해 본 적은 있는지, 북한이탈주민에 대해 어떻게 생각하는지, 이 모임을 통해 무엇을 기대하는지 등을 물었다.

이러한 과정을 거쳐 모인 북한이탈주민 대학생 다섯 명, 남한 출신 대학생 다섯 명, 그리고 진행진 세 명이 함께 '토닥토닥 출판 프로젝트'(이하 '토닥토닥 프로젝트')를 시작했다. 이후 공모 사업에 떨어지고 중도하차하는 학생들이 생기는 등 어려움이 있었지만, 다행스럽게도 끝까지 남은 북한이탈주민 대학생 세 명, 남한 출신 대학생 세 명과 함께 2014년 3월부터 11월까지 시험 기간을 제외하고는 매주 일요일 모임을 가지며 프로젝트를 완주할 수 있었다.

책과 영화, 강의와 토론 속으로

3월 중순부터 매주 일요일 저녁, 각자 책과 영화에 대한 발제를 준비해 와서 두 시간씩 토론을 했다. 책이 한 권 끝나면 그에 대한 글을 써오기로 했다. 첫 모임은 「세계인권선언문」 등 인권에 관해 역사적으로 중요한 선언문들이 수록된 책인 『인권을 외치다』로 시작했다. 쉽지만은 않은 책이었지만, 격렬한 토론을 진행하는 청년들의 뜨거운 열정이 호기로웠다. 하지만 뭔가 숭고한 가치를 위해 피와 땀을 흘려야만 한다는 부담감도 엿보였다.

3월부터 첫 몇 주는 경계심과 긴장이 풀리지 않은 탓도 있었고, 인권이라는 주제가 거대한 담론이라고 생각한 탓에 무겁게 진행되었다. 하지만 모임이 계속되고 뒤풀이 자리에서 자연스럽게 서로가 살아온 이야기를 나누게 되자 이런 경계심과 긴장이 점점 풀렸다.

'토닥토닥 프로젝트'의 진행 방식은 크게 세 가지로 독서, 영화 감상, 전문가 강의였고, 각 방식에 토론이 항상 뒤따랐다. 즉 책, 영화, 강의를 밑절미 삼아 자신의 삶을 낯설게 보는 접근 방식을 취했다. 이 과정을 통해 학생들은 물론 진행진들도 부당하지만 워낙 익숙하기에 일상에서 당연시 여겼던 일들을 새롭게 보게 되었다. 또한 일상적으로 일어나는 인권위기 상황이, 우리가 처한 차별과 배제의 일상이 개인의 잘못 때문이 아니라 사회구조나 문화에 맞물려 있음을 깨닫기도 했다. 이러한 경험을 통해 지식 전달이나 계몽을 위한 인문학이 아니라, 자신의 삶과 사회의 관계를 성찰하는 인문학적 접근이 절실함을 새삼 느끼게 되었다.

한국인권행동의 오완호 사무총장이 강의했던 날의 장면이 또렷이 기억난다. "당신은 존엄합니까?" 라는 질문으로 시작해 인권의 역사를 이야기하고, 마지막에는 성소수자 인권을 사례로 들어 소수자의 문제가 결국 모두의 문제가 될 수 있음을 상기시키는 강의였다. 그는 이 모든 것이 결국 본인의 문제가 될 수 있음을 깨닫게 하기 위해 쉴 새 없이 질문을 던졌다. 예컨대 본인이 어느 순간 성소수자임을 깨닫는 상황을 가정한다든지, 친한 친구나 가족이 커밍아웃하는 상황에 대해 직설적으로 물었다. 공격적인 질문에 모두들 당황한 기색이 역력했지만, 강의가 끝나고 진행된 토론은 그 어느 때보다 흥미진진했다.

분단국가의 청년들과 함께

사실 '토닥토닥 프로젝트'의 출발은 어처구니없을 만큼 단순했고 그래서 무모해 보이기도 한다. 하지만 소박하게 시작한 이 무모한 여정이 출발 당시에는 누구도 생각하지 못했던 여러 가지 의미를 남겨주었다.

분단국가의 양쪽에서 나고 자란 남과 북의 청년들이 이 프로젝트를 통해 지속적으로 만날 수 있었으며, 서로의 일상을 공유하는 경험을 했다. '인권'이라는 주제는 남한과 북한 출신 청년들에게 자신이 살아온 삶과 자신의 이웃, 그리고 우리 사회를 돌아보는 계기를 만들어 주었다. 모두들 인권에 대해 제대로 공부하거나 고민해본 적이 없다는 점에서 우리 모두는 어쩌면 동등한 입장이었던 셈이다.

어느 날, 북한이탈주민 대학생 한 명이 부끄러운 듯 고백을 했다. 이제야 남쪽에서 진정한 친구들을 사귄 것 같다고. 5년 전 처음 본 이후로, 피붙이 하나 없는 이곳에서 고군분투하며 살아온 그녀를 지켜보았던 나는 그 말에 가슴이 아려왔다.

'토닥토닥'에 함께한 청년들은 간간히 막걸리잔을 기울였다고 한다. 북한 출신 청년들이 자신들이 살아온 이야기를 했을 때 남쪽에서 나고 자란 여대생이 울면서 이렇게 말했다고 한다.

"언니, 오빠. 그렇게 힘들게 여기 온 줄은 몰랐어. 미안해."

지금부터 한반도의 남쪽과 북쪽에서 나고 자란 여섯 명의 청년들이 여섯 가지 주제에 나눠 담은 인권 이야기가 시작된다. 그리고 그들이 살아온 시간을 담은 또 다른 이야기가 이어진다. 이들이 웃고 울면서 나누고자 했던 가치, 인간을 다른 무엇이 아닌 '인간'으로 보기 위한 우리의 노력이 이 책을 통해 조금이라도 전해지지 않을까 기대해본다.

어설픈 출발에도 서로를 토닥이며 열정과 서로에 대한 신뢰로 여기까지 온 여섯 명의 젊은이들과 몸과 마음으로 형 노릇, 누나 노릇을 해준 두 분의 진행진에게 감사드린다. 또한 짧지 않은 기간 동안 애정을 가지고 지켜보며 지원을 아끼지 않았던 '공감' 가족들께, 그리고 '공감'과 '토닥토닥'을 믿고 이 책이 세상에 나오게끔 도와주신 많은 후원자들께 깊이 감사드린다.

2015년 3월

다연, 종현, 일화, 승영, 민우, 은영, 현석과 함께

김성아

차 례

2부 함경북도에서 대구까지, 경계를 넘어서 — 이현석

1부

남북 청년 인권 정담

허다연 김종현 최일화 김승영 노민우 김은영

녀성은 꽃이 아니라네

여성 인권

허다연

인권은 '공기'와 같은 존재이다. 우리가 마시는 공기가 얼마나 소중한 것인지 평소에는 잘 느끼지 못한다. 그러나 공기가 없다면 어떻게 될까? 상상하기도 싫은 일이다.

— 하승수, 『젊은 지성을 위한 세계인권사』 중에서

공기는 우리가 살아가는 데 없어서는 안 되는 필수적인 것이다. 그렇지만 공기는 눈에도 보이지 않고 손에도 잡히지 않는다. 그렇다면 도대체 공기와 같은 '인권'을 어떻게 파악할 수 있을까? 많은 사람들이 아마 여기에 대해 대답하지 못할 것이다. 사실 우리 대부분은 인권의 정확한 의미에 대해 고민해본 적도 많이 없을 것이다.

처음 인권을 주제로 독서모임을 한다고 했을 때 나는 선뜻 나서지 못했다. 그 이유 중 하나는 내가 인권에 대해 완전히 초보자였기 때문이다. 내 독서의 영역이 소설이나 자기계발서, 실용학문에 관한 서적들이 고작이었고, 눈에도 안 보이는 인권에 대해서는 막연하게 '딱딱하다', '어렵다'는 생각만 들 뿐이었다. 지금까지 인권을 다룬 책은커녕 영화도 본 적이 거의 없었다.

또 다른 이유는 인권이란 국가나 정부, 정치인들이 사용하는 낯선 용어라는 생각을 했기 때문이다. '인권'이란 단어 역시 신문이나 방송 매체를 통해 접한 것이 전부였다. 게다가 내가 태어난 북한은 인권이 보호되지 않는 곳으로 알려진 곳이다. 당연히 그곳에서 자라온 나는 인권이라는 말을 써 본 적도, 배운 적도 없었다. 인권이 무엇인지도 모르고, 인간으로서 가져야 할 기본 권리와 자유를 인식하지 못한 채 살아왔다.

> 우리는 먼저 인간이어야 하고, 그 다음에 국민이어야 한다. 법에 대한 존경심보다는 먼저 정의에 대한 존경심을 기르는 것이 바람직하지 않은가? 불의가 당신으로 하여금 다른 사람에게 불의를 행하는 하수인이 되라고 요구한다면, 분명히 말하는데, 그 법을 어겨라.

헨리 데이비드 소로의 「시민 불복종」 선언 중의 한 구절이다. 북한에 있을 때는 이런 개념을 전혀 몰랐다. 하지만 알 수 없는 반항심으로 인간다운 삶을 찾아서 북한을 탈출하였고 자유를 갈망하며 대한민국을 선택했다. 남한에 정착한 이후, '인권'이라는 단어를 쉽게 접하게 되었다. 특히 내 시선을 끄는 인권에 관한 기사나 뉴스는 주로 '북한 인권'을 다루고 있었다. 아마도 그 때문에 나는 '인권'이란 말을 들을 때면 뭔지 모를 불편함을 느꼈던 것 같다. 사실 그 불편함이 어디서 오는지에 대해서는 스스로도 잘 몰랐다. 아니 굳이 알려고도 하지 않았다. 평등하게 태어났지만 불평등하게 살아가는 그곳, 아무것도 모르고 살던 그곳을 외면하고 싶은 마음이었을까? 아니면 살아가기 바쁘다는 이유의 무관심이었을까? 그저, 아직도 그곳에서 살고 있는 나의 친척과 친구들이 안타깝다는 생각만 들었다.

이런 불편한 주제로 독서모임을 하고 토론을 한다니 부담되는 것은 사실이었다. 글까지 써야 된다는 생각에 부담감은 더 커졌다. 토론이나 발제 같은 것을 해본 경험이 별로 없었고, 자기 생각이나 주장을 펼치는 데 서툴렀던 나는 걱정부터 했다. 하지만 함께 했던 선생님들의 지지와 응원 속에 용기를 내서 시작하기로 했다.

모임 첫날, 서먹서먹한 얼굴로 눈인사를 나누던 첫 만남이 아직도 생생하다. 거의 10개월간 매주 빠짐없이 만나 얼굴을 마주 보면서 유대감을 느끼며 많은 것을 알아가게 되었다. 책을 읽고 열정적인 토론도 했으며, 모르는 것은 서로에게 주저 없이 물어보면서 도움을 청하기도 하였다.

모임 첫날, 우리는 얼마나 격렬한 토론을 했던지 피켓을 들고 밖으로 당장 뛰어나갈 기세였다. 때로는 인권에 관한 영화를 보면서 웃음이 터지기도 하고 감동을 받기도 했다. 그리고 주제에 따라 전문가들을 초청해 강의도 들으면서 점점 인권에 대한 흐릿한 무언가가 큰 그림으로 그려지기 시작했다. 모든 문제는 독립된 것처럼 보이지만 결국엔 나와 연결되어 있었다. 학생일 때도, 직장을 다닐 때도, 누군가를 사귈 때도, 자식을 양육할 때도 인권에 관한 문제는 피할 수 없는 것이었다.

그러니까 인권은 그렇게 거창한 것이 아니었다. 내가 가지는 작지만 올바른 생각과 작은 실천에서 시작되는 것이었다. 조금만 관심을 가지고 소수자를 나와 다른 사람이 아니라 같은 인간으로 바라본다면 이들을 바라보는 내 시선이 달라진다. 인권에 대해 공부를 할수록 인권이란 대단한 것이 아니라 내 생활, 내 주위에서 일어나는 모든 것들과 연결된 것이라는 것을 알 수 있었다.

그렇다면 내가 몰랐을 뿐, 내가 태어난 북한에도 인권은 존재했던 것일까? 궁금해지기 시작했다.

있지만 없는 듯한, 인권

어릴 적부터 나는 집에서는 부모님 말을 잘 듣는 딸이었고, 학교에서는 선생님 말을 그대로 따랐고 친구들과 잘 어울려 지내는 평범한 학생이었다. 북한 사회의 질서와 규정에 맞게 생활했고, 법을 지키며 생활했다. 그렇게 유년기를 보내다가 사춘기가 되었을 때 우연한 기회로 암암리에 돌던 남한 라디오를 듣고 드라마를 보기 시작했다. 그리고 나는 여기와 다른 '바깥 세상'이 있다는 것을 알게 되었다. 드라마의 동갑내기 여주인공들을 보면서 자유로운 그녀들의 모습에 부러움을 금치 못했다. 내 모습과 비교해 보며 "난 왜 자유롭지 못하지?"라는 질문을 처음 던졌다.

드라마 속 그녀들이 사는 남한은 내가 듣던 세상과는 전혀 다른 모습이었다. 조금씩 드라마 속 세상이 궁금해졌다. 그런 바깥 세상에 비교해 봤을 때 내가 사는 세상이 답답해져만 갔다. 너도나도 똑같은 머리 스타일로 묶고 다니는 것도 그만하고 싶었다. 옷을 입는 것까지 단속 받으며 살아야 되는 내가 살던 곳이 싫어졌다. 드라마의 주인공들처럼 좋은 환경에서 우아한 생활을 누리는 것은 못하더라도 누군가에게 구속받지 않고 자유롭게 살고 싶어졌다. 한껏 멋을 내고, 긴 머리를 마음껏 풀고 거리를 활보하는 것이 사춘기 때의 소박하지만 간절한 꿈이었다.

북한에서는 당의 조성과 지침에 순응해야 했고 무조건 법에 복종하며 관습에 따라 생활해야 했다. 그것은 내가 태어나는 순간부터 시작된 것이었다. 아장아장 걸음마를 뗄 때부터 입버릇처럼 외웠던 말이 있다.

"장군님, 고맙습니다."

이것은 엄마라는 말을 익히는 순간부터 함께 배웠던 말이었다. "부모님, 고맙습니다"라는 말보다 더 익숙하게, 더 많이 해왔던 것 같다.

꽃봉오리 방실 피어나라고

따사로운 품속에 안아주시는

김일성 원수님 고맙습니다

지도자 원수님 고맙습니다

지금도 기억나는 동요 중에는 〈김일성 원수님 고맙습니다〉라는 노래가 있다. 이 노래는 내 기억 속의 첫 노래다. 설날이면 맛있는 음식을 차려 놓고도 '장군님' 초상화에 인사를 먼저 해야만 먹을 수 있는 줄 알았다. 그렇게 해야만 잘 하는 일, 칭찬 받는 일이라고 생각했다.

어린이들이 손꼽아 기다리는 명절 중에는 김정일과 김일성의 생일인 2월 16일과 4월 15일이 있다. 그날은 특별히 '사랑의 선물'이라는 이름으로 사탕과 과자가 담긴 1킬로그램짜리 간식 꾸러미를 받았다. 그때 받은 사탕은 엿과 비슷한 맛이다. '벽돌과자'라고 이름 붙은 과자는 부드럽게 만드는 재료가 들어가지 않아 딱딱했지만, 그것마저도 일 년에 두 번밖에 구경할 수 없었다. 아이들이라면 선물을 받아 안고 자기 입으로 먼저 가져가는 것이 당연하겠지만, 배운 그대로 장군님 초상화 앞으로 쪼르르 달려가 감사인사를 드린 다음에야 자기 입으로 가져간다. 그것이 바로 사탕을 먹는 순서이고, 바른 행동이라고 생각했다.

이렇게 기준은 개인이 아닌 수령과 집단에 맞춰져 있었다. 또 그것이 정상적인 것처럼 생활에서 느껴졌고 반복을 통해 자연스럽게 집단에 길들여졌다. 개인의 자유, 권리라는 말은 익숙하지 않을뿐더러 불필요한 것이었다. 개인보다는 사회와 국가가 우선이었고 전체에 나를 맞춰야 했다. 그랬기 때문에 내게 '인간존엄', '평등', '권리'라는 말은 익숙하지 않은 단어들이었다. 정부에 대한 부정적인 표현은 제한받았고 비방 같은 것은 생각할 수도 없었다. 인간이 삶을 영위하는 기본조건인 의식주가 해결되지 않는 곳에서 인권이란 말은 '빛 좋은 개살구'일지도 몰랐다.

남자는 목공, 여자는 요리

북한은 사회주의를 표방하지만 한반도에 오랫동안 영향을 준 유교 문화 때문에 남성 중심의 사고방식이 지배적이다. 어릴 적부터 남녀 역할이 철저히 구분되었다. 내가 다니던 북한 고등학교 교육 과정에는 '남자실습', '여자실습'이라는 과목이 있었다. 남자와 여자가 각각 어떤 일을 해야 되는지 수업을 통해 미리 가르쳐주는 과목이었다. 일주일간 진행되는 수업은 남자, 여자를 나눠 진행된다. 남자들이 받던 정확한 수업 내용은 잘 모르겠지만 어렴풋하게나마 나무를 뚝딱거리며 깎던 모습이 기억난다. 아마도 목공 수업을 받았던 것 같다.

반면, 여자들은 앞치마에 수를 놓거나 요리를 하는 수업을 받았다. 요리 도구가 학교에 마련된 것은 아니었기 때문에 학교에서는 이론 수업만 받았던 기억이 난다. 실습은 조별로 나누어 가정에 있는 요리도구를 사용해 직접 요리를 만들어 학교로 들고 오는 것이었다. 그렇게 요리해온 음식은 선생님들의 채점을 빙자한 점심 밥상이 되었고, 성적은 다행히 만점으로 나왔다. 잘하려는 욕심에 슬쩍 어머니에게 졸라 음식을 만들어 내고 선생님께 들킬까 두근두근했던 기억이 있다.

남자든 여자든 아이들의 성격은 천차만별이다. 남자아이들만 보더라도 활동적인 친구도 있었고 소심한 친구도 있었다. 당연히 성격이 조용하고 행동을 조신하게 하는 남자아이도 한 명씩은 있기 마련이었다. 그런데 그런 친구들은 놀림을 받기 일쑤였다. 남자가 여자처럼 행동한다는 것 때문이었다. 반면 성격이 활동적이고 행동이 거칠어서 마치 남자아이 같은 여자아이에게는 '남자뻰데기'라는 별명을 붙여 놀리곤 했다. 다행이라고 해야 할까, 내게는 '남자뻰데기'라는 별명은 붙지 않았지만, 참하게 행동해야 한다는 할머니의 잔소리만큼은 꾸준히 들어야 했다. 할머니께서 말씀하셨던 여성스러움의 기준은 무엇인지 알 수 없었다. 그저 듣기 싫은 잔소리로 들릴 뿐이었다.

"행동은 참하게 해라."

"말은 조용조용하게 해라."

"웃을 때는 입을 살짝 가리고 웃어라."

"사뿐사뿐 걸어야 여자답다."

할머니의 잔소리는 한결같았다. 워낙 한결같으셔서 나는 거기에 영향을 받았다. 할머니의 잔소리는 자연스럽게 나를 할머니가 원하는 모습으로 변하게 만들었고, 나는 여자이기 때문에 그렇게 행동해야 한다는 할머니의 생각을 당연한 것으로 받아들였다. 여자라면 응당 그래야만 하는 줄 알았다. 이런 '여자다움'에 포함되지 않는 투박한 행동을 하면 남성적인 행동으로 취급됐다. 어느덧 할머니의 잔소리는 내 머릿속에 자리를 잡았다. 여자이기 때문에 당연히 그렇게 행동해야 된다고 생각했다. 남자다워야 한다는, 또는 여자다워야 한다는 행동 규칙이 어디서, 어떻게 나왔는지는 몰라도 그 관습적인 것들은 우리에게 소리 없이 다가와 반드시 지켜야 되는 것처럼 느껴졌다.

북한 사회 어디든 남성 중심 혹은 남성 우월의 가부장적 권위주의가 유지되고 있다. 가부장적 사회에서 남성은 여성보다 우월한 존재로 여겨지고, "여성은 남성의 말에 복종해야 된다"는 생각을 남자는 물론 여자들 스스로도 가지고 있다. 우리 집만 보더라도 집안의 최고 의사결정자는 아버지였다. 아버지의 허락을 받아야만 집안의 모든 의사결정이 이루어질 수 있었다.

반대로 주방은 전적으로 여자의 공간이었다. 동네에 요리하는 남정네가 있으면 "남자가 여자에게 잡혀 산다"는 소문이 따라다녔다. 소문은 날개 달린 듯 온 동네에 퍼져 아주머니들의 좋은 수다거리가 되었다. 그렇기 때문에 북한에서 생활할 때는 요리하는 남자를 본 적이 거의 없었다. 바지를 입은 남자는 바깥일을 하는 것이 당연했다. 남자가 주방에 들어오면 위신이 떨어지는 일로 여겼다. 그런 이유에서인지, 아니면 아버지의 요리 실력이 없어서인지, 어머니는 며칠 집을 비우실 때면 어김없이 우리가 먹을 음식을 준비해 놓으시곤 했다. 그러면 아버지는 그 요리를 간단히 데워 어린 동생과 내게 챙겨주셨고, 조금 철이 든 뒤에는 내가 어머니를 대신해 아버지와 동생을 챙겨야 했다. 어렸지만 주방일은 여자인 내가 해야 하는 것으로 알고 있었다. 남자들을 챙겨야 된다는 의무감 같은 것도 느꼈다.

그럼에도 아버지가 주방에 들어갈 때가 간혹 있었다. 사실 하늘 같은 아버지가 주방에 들어간다는 것은 우리 집에서는 보기 드문 일이었다. 아마도 한 해에 다섯 손가락으로 꼽을 정도였는데, 그중 하루가 어머니의 생일이었다. 평소에는 부엌 근처에도 안 가던 아버지는 어머니 생일날만큼은 특별히 일찍 일어나 밥을 안치셨다. 어머니도 그날만큼은 한두 시간 더 꿀 같은 잠을 주무실 수 있었다. 아버지가 차려주시는 아침이 진수성찬까지는 아니었어도, 때로는 기술이 부족해 진밥이 되었어도 그날 아침만큼은 행복한 아침이었다. 어머니가 행복해 하는 모습을 볼 수 있었기 때문이다. 어머니가 행복해 하는 모습에 나도, 철없는 동생도 덩달아 즐거워했던 기억이 난다.

'녀성은 꽃이라네'

북한에도 남녀평등에 관한 법률이 있다. 북한은 해방 직후인 1946년에 이미 남한보다 먼저 남녀평등권에 대한 법령을 발표했다. 이러한 '남녀평등법'*을 토대로 봉건적인 관습에 묶여 집안일만 하던 많은 여성들이 밖으로 나오게 되었다. 형식상으로는 다른 나라들과 마찬가지로 남녀평등을 외치고 있었다. 이렇게 형식적으로 유지되던 남녀평등법은 1960년대 이후부터 여성들에게 '혁명의 한쪽 수레바퀴'라는 이름으로 북한경제에 공헌할 것을 요구하면서 본격적으로 적용되기 시작했다. 여성들은 사회구성원으로서 사회주의 건설과 노동력 충당을 위해 일하게 되었다.

그러나 여성 노동자의 대부분은 사회적으로 저평가되는 농업이나 경공업, 서비스업에 종사하는 경우가 많았다. 남성에 비해 승진도 크게

* 1946년 7월 30일 북한 임시 인민위원회가 발표한 법령으로 모두 9개조로 되어 있다. 정치, 경제, 문화생활의 모든 영역에서 여자는 남자와 동등한 권리를 가진다는 것이 주요 내용이다. 지방 또는 국가최고주권기관 선거에서 여자는 남자와 동등한 선거권과 피선거권을 가지며, 동등한 노동의 권리, 동일한 노임과 사회적 보험 및 교육의 권리를 갖는다는 내용 등이 담겨 있다.

제한받았다. 오늘날에도 경제 활동에 참여하는 대부분의 북한 여성이 직업 선택의 자유를 제한받는다. 남성에 비해 체력이 약하다는 것도 이유였고, 비교적 섬세하고 알뜰한 여성의 특성을 반영한다는 것도 이유였다. 그래서 보통 힘쓰는 일과 운전은 남성이, 봉제공장처럼 섬세한 노동력이 필요한 일이나 가내 작업, 혜택이 없는 일에는 여성들이 동원됐다.

임금 수준 역시 남성과 차이가 났다. 또한 여성의 사회 진출과 어머니, 아내로서의 임무를 동시에 강조함으로써 이중적인 책임을 지게 했다. 표면적으로는 남성과 평등한 여성의 경제 활동을 강조했지만, 의식화의 수단이 되는 영화나 선전물에서는 여성에게 한 가정의 어머니, 아내, 며느리로서의 역할만을 강조했다. 김일성의 모친인 '강반석 여사'나 김정일의 모친인 '김정숙 어머님'을 조선 여성의 본보기로 내세우면서, 내조를 잘 하는 여자를 최고의 여성으로 보여주는 작품들이 이런 사실을 잘 드러낸다.

아직도 기억에 또렷이 남는 영화가 있다. 영화는 해방 전 김일성이 산에서 '항일 빨치산' 투쟁을 하던 내용을 담고 있다. 전체 내용은 잘 생각나지 않지만 기억나는 몇몇 장면에는 김일성의 첫 부인인 김정숙이 등장한다. 김정숙은 적탄이 빗발치는 전장에서 날아드는 총탄을 몸으로 막아 김일성의 안녕을 지킨다. 또 영화에서는 김정숙이 엄동설한의 산속에서 젖은 옷을 몸에 품고 행군을 이어가는 장면도 있고, 김일성의 발이 얼지 않도록 자신의 머리카락을 잘라 신발 깔창을 만드는 장면도 있었다. 이런 장면들을 통해 북한 체제는 아내가 남편을 공경하고 남편에게 헌신하는 것을 당연시하도록 만들었다. 이와 같은 선전물과 영화들을 본보기로 여성들은 직장일도 잘하고, 남편에게도 잘하며 자식에게 헌신하는 도구가 되기를 강요받았다.

그럼에도 아이러니한 것은 북한에서는 여성들을 '꽃'이라는 상징적 표현으로 부른다는 것이다.

녀성은 꽃이라네 생활의 꽃이라네
한 가정 알뜰살뜰 돌보는 꽃이라네
정다운 아내여 누나여 그대들 없다면
생활의 한 자리가 비어 있으리
녀성은 꽃이라네 생활의 꽃이라네

이것은 〈녀성은 꽃이라네〉라는 북한에서 널리 알려진 생활가요(대중가요)의 가사다. 여성은 나라의 꽃이고, 가정의 꽃이라는 내용이다. 한 가정을 알뜰살뜰히 돌보는 꽃, 남에게 아름답게 보이는 것이 여성성의 요체라는 메시지를 전해 준다. 그러나 이 아름다움의 대명사인 여성들이 현실에서 겪는 삶은 온실 안의 꽃처럼 보호를 받으며 피는 꽃은 결코 아니다.

북한은 1990년대 이후, '고난의 행군'이라는 대기근 시대가 시작되었다. 북한의 경제난과 식량난이 이전보다 더 심각해졌다. 정부에서 정상적으로 주던 배급도 끊겼다. 일을 해봐야 정상적인 보수를 받을 수 없었다. 그럼에도 남자들은 국가의 강요에 의해 무조건 출근을 해야 했다. 설령 직장에 나가서 담배만 피우고 있다고 할지라도 말이다. 그때부터 여성들은 생계를 위해 생활전선에 뛰어들어야만 했다. 직장 생활을 하던 많은 여성들이 시장으로 나왔다. 실제로 북한의 모든 것들이 유통된다는 시장에 가보면 거의 대부분이 여자들이었다. 쌀이든 고기든, 돈이 될 만한 것은 모두 여성들이 들고 나와 직접 돈벌이에 나섰다. 물론 능력 좋은 가장이 있다면 집에서 살림을 했겠지만 그렇지 못한 가정이 대부분이었다. 현실이 그렇다 보니 남자들은 직장을 지키는 사람이고, 여성들은 경제 활동을 전담함과 동시에 가정도 지켜야 했다.

내가 다니던 초등학교에는 부부 선생님이 계셨다. 하지만 정부에서 주던 배급이 끊기면서 가정 생활이 어려워졌다. 두 명 중 한 명은 시장에 나가 돈을 벌어야만 했다. 결국 여자 선생님이 교직을 그만두게 되었고, 이후 장사를 시작했다. 그분 역시 장마당에 나온 다른 여성들처럼 가족의 생계를 위해 돈이 되는 일이라면 무엇이든 마다하지 않았다. 한번씩 그곳에 물품을 사러 갈 때면 선생님을 볼 수 있었는데, 이전에 단아했던 모습은 온데간데 없었다. 선생님은 이제 시장에서 흔히 볼 수 있는 상인들의 모습과 별반 달라 보이지 않았다. 옛 스승과 돈을 주고받는 상황은 나도, 선생님도 어색하기만 했다. 내가 불편했던 것보다 선생님은 더 불편했을지도 모르겠다. 어색한 상황을 모면하려고 물건을 받고는 눈도 마주치지 않고 황급하게 그곳에서 빠져나오던 기억이 난다.

긍정적인 점은 이러한 과정 속에서 여성들의 목소리가 조금씩 커지게 되었다는 것이다. 그러나 여성들의 목소리가 커졌음에도 여전히 가정에서도, 밖에서도 여성을 남성보다 낮은 존재로 보는 일은 북한에서 다반사다. 여성들은 폭력의 피해자가 되더라도 어쩔 수 없는 것으로 받아들이고 있는 경우가 많다고 한다. 부부 사이에 말다툼이 일어나는 가정을 봐도 남자가 말을 함부로 하거나 여자를 구타하는 것은 자주 벌어지는 일들이었다.

우리 옆집만 해도 그랬다. 부부는 다른 사람들에 비하여 일찍 결혼했고, 아이도 둘을 낳았다. 하지만 동갑내기 부부는 부부싸움을 자주 했다. 남편이 물건을 집어던지고 아내를 구타하는 일이 반복되었다. 아내는 얼굴에 멍이 들어도 참는 경우가 많았으며, 그 얼굴로 출근까지 해야 하는 안타까운 일상이 반복됐다. 여자는 남자에게 맞을 수 있고 남자는 여자를 때릴 수 있다는 무언의 사회적 동의도 있었다.

아직도 북한의 여성들은 낮은 존재로 살아가고 있고 그렇게 살아가고 있는 여성들은 그렇게 살아야만 되는 줄 안다. 오랜 시간 동안 여성에 대한 인식과 시선들은 사회적 관습으로 자리 잡아 문제시되지 않은 상태로 굳어져 버렸다.

남한에서 본 놀라운 여자와 남자

남한에 정착한 지도 수년이 지났다. 철없던 이십대 초반에 시작된 나의 남한 생활이 이제 이십대 후반에 이르렀다. 여름에 푸르던 벼가 가을을 맞아 익어가듯이, 그 시간 동안 나의 마음도, 성숙함도 함께 익어갔다.

두려움 반, 설렘 반으로 시작한 남한 생활은 생각처럼 쉽지만은 않았다. 새로 들인 물건을 진짜 내 것으로 만들기 위해서는 그만한 시간이 필요하듯, 지방에서 수도로 이사를 가도 적응 기간이 필요하듯, 북한에서 남한으로 온 나 역시 시간이 필요했다. 북한에서 태어나 자라온 내가 남한에서 생활하기 시작하면서 생소한 일과 신기한 것들이 무궁무진하게 생겨났다.

처음 내가 일을 시작한 곳은 대형마트였다. 어디나 그렇지만, 그곳 대형마트의 직원들도 대부분은 여성이었다. 남자 직원들이 보이긴 했지만 관리직만 몇 명 정도였다. 사회 생활 경험도 많지 않은 채로 일을 했기에 나는 뭐가 어떻게 돌아가는지 정확히 알지 못한 채 마트 생활을 시작했다. 초반에는 함께 일하는 언니들 뒤만 졸졸 쫓아다니며 일 배우는 것에 정신이 없었다. 그렇게 나름 회사 생활에 재미를 붙이고 있었다. 쉬는 시간, 휴게실에 앉아 쉴 때면 옆에 앉은 언니와 눈인사를 주고받을 수 있는 조금의 여유도 생겼다.

그러던 어느 날, 궁금증이 하나 생겼다. 함께 휴게실에 앉아 쉬던 언니들 몇 명이 "조금만 여기서 쉬고 있어"라는 말과 함께 나를 남겨 두고는 휴게실에 붙은 옆방으로 들어가는 것이다. 처음엔 언니들이 화장을 고치러 들어가나 싶었지만 여러 번 반복되면서 더욱 그곳이 궁금해졌다. 어느 날 슬그머니 그 방에 들어가 보고서야 알게 되었다.

"와우! 이런!"

그 방은 화장을 고치는 곳이 아니었다. 여성 전용 흡연실이었던 것이었다. 놀랄 수밖에 없었다. 내 머리로는 이해될 수 없는 상황이었다. 놀란 표정으로 "언니, 담배 피울 줄 알아요?" 하고 묻고는 나도 모르게 머리를 절레절레 흔들었다. 여성전용 흡연실에서 나오는 나에게 의아한 눈길을 주며 한 언니가 물었다.

"어! 우리 어린 신입도 담배 피울 줄 알아?"

난 강한 부정을 하듯 "아니요, 아니에요!"를 몇 번이고 반복했다.

여자가 담배를 피운다는 것은 북한에서는 생각도 못한 일이었다. 물론 북한에서도 몰래 흡연하는 여성들이 있을 수 있겠지만, 내가 직접 본 적은 한 번도 없었다. 헐리우드 영화에서나 볼 수 있는 여성의 이미지가 내 주위에서 일어나고 있었던 것이다. 그것도 집이 아닌 회사에서. 게다가 회사에는 여성 흡연실까지 마련되어 있었다. 내게는 경악할 만한 일이었다.

놀랄 만한 일은 더 있었다. 회식하는 날이면 여자 직원들도 남자 직원 못지않게 술을 잘 마신다는 것이었다. 그런 모습을 보면서 "오! 여자가 술을 마셔 되는 건가?"라는 생각이 머리에서 뱅뱅 돌았다. 물론 술을 한 모금도 입에 대지 않는 사람들도 있었다. 나 또한 물로 잔을 채워 홀짝홀짝 비웠다. 몇 해가 지난 지금은 나도 친구들과 한자리에 모이면 술 한잔 정도는 가볍게 마신다. 북한에 있었다면 상상도 할 수 없는 나의 모습이다.

그리고 한번씩 근사한 식당에 가면 남자 요리사들을 볼 수 있었다. 주방은 여자만 들어가야 하고, 요리는 여자만 잘할 수 있다고 생각했던 내게는 이 역시 놀랄 만한 일이었다. 또 드라마 속이나 실제 주위의 남자들이 집 청소와 설거지를 하는 모습을 보면서 "어? 남자가 저렇게 해도 되는 걸까?" 하는 생각과 동시에 한편으로는 "남한 남자는 참 자상하구나!" 하는 생각이 들었다. 북한에 비하면 남한의 남녀평등은 훨씬 잘 지켜지고 있는 것 같았다. 사회가 발전하고 변화하면서 여자들의 목소리도 높아지고 있으며, 그에 맞게 여성들도 사회의 여러 곳에서 한 몫을 담당하며 자리 잡고 있는 것 같았다.

명절에 전은 누가 붙이나?

그러나 남한 사회에서도 여성들의 흡연이나 음주가 금지되는 것은 아니지만 사실상 환영받지는 못한다. 표면적으로는 남한의 남녀평등이 잘 이루어진 듯 보이지만 사실은 그렇지도 않은 것 같다는 생각이 들었다. "어쩌면 여성에 대한 고정관념과 관습은 남북한이 공통적으로 가지고 있는 것이 아닐까?" 하는 생각도 들었다. 그러한 생각이 강하게 든 것은 역시나 명절 풍경이었다.

남한이나 북한이나 명절을 보내는 분위기는 비슷하다. 명절이면 가족들이 모두 모여 함께 명절을 보내는 모습은 내가 고향에서 보던 모습과 별반 다르지 않다. 조상에게 먼저 인사를 올리고, 자녀들은 할아버지, 할머니, 어르신들께 절을 드리고, 세뱃돈을 받는 모습들도 비슷하다. 명절 음식도 지방에 따라 조금의 차이는 있겠지만 대체로 비슷했다. 육십 년 넘게 남과 북으로 갈라져 있어도 전통적으로 내려오는 것들은 그대로였다.

이렇게 명절이 오면 평소보다 더 바쁘게 보내야 하는 사람들이 있다. 여성이다. 명절 준비를 위해 마트나 전통시장에 가면 여성들로 인산인해다. 출가하고 가정을 이룬 여성이라면 당연히 집에서 전을 부쳐야 되는 걸로 알고 있다. 아니, 여자라면 전 붙이는 일은 자신의 일로 여길 것이다. 물론 요즘은 주방 일을 도와주는 남성들이 많아졌지만, 아직까지도 아버지나 삼촌을 비롯한 대다수의 남자들은 고스톱을 치거나 소파에 앉아 텔레비전을 보는 모습을 집집마다 흔하게 볼 수 있다. 명절에 음식 만드는 일은 전적으로 여자의 몫이라고 할 수 있다. 또 어떤 집은 명절 때 아직까지도 겸상을 안 하는 집도 있다고 한다. 이런 모습은 내 고향에서 보던 우리 집 모습과 별로 달라 보이지 않는다.

남한에 온 후 명절이 되면 나는 북에 있는 가족들을 대신하여 고향이 같은 친구들과 한곳에 모여 명절을 보내곤 한다. 고향 음식을 만들어 먹거나, 아예 식당으로 나가 먹기도 한다. 보통 사람들은 명절날엔 가족과 함께 보내면서 집에서 먹는다. 외식을 하는 집은 그렇게 많지 않다. 외식을 하러 나온 사람들도 있기는 한데 식당을 둘러보면 손님 대부분은 남자들이다. 한번은 외식하러 나온 우리에게 식당 주인 아저씨가 농담 반 진담 반으로 "전은 다 부치고 나왔어요?" 라고 넌지시 물었다. 그 아저씨도 명절에 외식하는 것보다 집에서 전을 부치는 것이 여자의 본래 모습이라고 생각했을 것이다. 우린 쑥스럽게 웃으면서 "네, 전 다 붙이고 나왔어요" 라고 대답하고 말았다.

최근 한국에서 여성의 사회 진출이 많아졌고 여성들이 일과 가정에서 제 역할을 훌륭히 해내고 있지만, 여전히 여성성에 대한 고정관념은 변하지 않고 있는 듯하다. 양육만 봐도 대부분은 여자가 맡는다. 주위에서 남자가 양육을 위해 회사를 그만두는 것을 본 적이 있는가? 물론 없다고 장담할 수는 없지만, 양육을 위해 회사를 그만두는 쪽은 대부분 여자들이다. 맞벌이를 하면 남녀 모두 바쁘지만, 우리 고정관념에는 아버지보다는 어머니가 아이를 키우기에 훨씬 적합하다는 생각이 깊이 자리 잡고 있다.

출산휴가도 그렇다. 출산휴가에 대해 제대로 알고, 아빠가 출산휴가를 제대로 사용했다는 이야기는 일부 공공직종을 제외하고는 많이 들어보지 못했다. 이렇게 보면 내가 일했던 대형마트라는 서비스업에 여성 비율이 높은 이유도 짐작해볼 수 있을 것 같다. 탄력적 노동을 요구하기 때문에 비정규직이 많을 수밖에 없는 대형마트에서는 고용이 불안정해도 큰 상관이 없다고 사회적으로 여겨지는 여성 인력을 원하는 것이다. 그래서 내가 수많은 '언니'들 틈에서 일했던 것이다.

여성에 대한 편견

몇 해 전 나는 외국에 나갈 기회가 있어 다른 국적의 비행기를 탄 적이 있다. 비행기를 탔을 때 나를 의아하게 만든 것은 외국 승무원들이 한국 국적기 승무원들과 너무 달랐다는 것이다. 여성 승무원이 그렇게 예쁘지도 날씬하지도 않았고, 나이 지긋한 승무원도 눈에 띄었다. 그냥 평범한 여자들이었다. 내가 생각하는 승무원 이미지는 예쁘고 늘씬하고 젊은 여성이었으며, 또 지금까지 그런 승무원들만 보아왔다.

여성의 사회진출은 활발해지고 있지만 경제적·사회적 편견과 차별은 여전히 사라지지 않고 있다. 한국 승무원에 대한 내 이미지도 하나의 예이며, 일할 수 있는 능력을 보기 전에 이력서의 사진을 요구하여 외모를 먼저 보는 것도 일례일 것이다. 또 여성은 남성보다는 일을 잘하지 못할 것이라는 편견이 퍼져 있으며, "여자라서 그래"라는 말은 주변에서 흔히 들을 수 있는 말이다. 도로 위에서 운전이 서툰 자동차를 봤을 때 운전하는 이의 성별을 모르면서도 '김 여사' 운운하는 남자들을 여러 번 봤다. 내가 남한에서 직장 생활을 하다가 대학 공부를 시작한다고 했을 때도 주변의 여러 사람들이 이런 말을 했다.

"여자가 공부를 해서 뭐 해. 돈이나 좀 모아서 좋은 남자 만나 결혼이나 해."

여자가 공부해서 뭐하냐고? 여자도 꿈이 있는 존재다. 요즘은 대학생들의 여자 비율이 남자 못지않게 높아졌다. 그만큼 똑똑하고 능력 있는 여자들이 많이 배출된다. 그럼에도 아직까지 나조차 남성과 여성을 뽑아야 하는 자리에 서면 상당수가 남성 쪽으로 마음이 기운다. 같은 여자임에도 불안한 마음이 앞서는 경험을 해본 적이 분명 있을 것이다. 여자보다는 남자가 믿음직하고 잘 해낼 수 있으리라는, 여자는 남자를 내조해야 한다는 관습적인 생각이 내 마음속에도 깊이 자리 잡고 있기 때문이다.

나도 이젠 대학교를 졸업한다. 늦었지만 곧 취업시장에 뛰어들어야 한다. 여성이라는 신분으로 사회에 발을 디뎌야 한다. 하지만 취업전선에서 여성이기 때문에 받는 제한들이 아직까지 많다. 대부분 남성들이 받지 않는 질문을 여성들은 받고 있다.

"결혼은 언제 할 거예요?"

"결혼해도 회사는 다닐 건가요?"

"출산 계획은?"

"자녀는 몇 살이에요?"

또 특정 직업은 임신을 순번을 짜는 경우도 있고, 출산을 하면 회사를 나가야 된다는 계약서를 쓰는 곳도 있다. 국내 기업에서 여성의 고위직 진출에 걸림돌로 여겨지는 것으로 출산과 육아 문제가 꼽히기도 한다. 이렇게 상당수 여성은 여전히 사회적으로 차별받는 집단에 속해 있다고 볼 수 있다. 사회적 위치가 어느 정도 높은 여성의 경우에도 유리천장* 현상으로 인해 보이지 않는 제약을 받고 있는 것도 현실이다. 여성과 남성의 임금 격차가 크다는 점도 여성의 적극적인 사회 활동에 부정적인 역할을 하고 있다. 또 출산·육아 등에 의한 경력 단절도 엄연한 현실이다.

남한도 이런 면에서는 분명히 여성 인권이 취약하다. 그런데 여성인권에 대해 딱히 활발하게 논의 되는 편은 아닌 것으로 보인다. 여성은 여전히 우리 사회에서 약자로 편견과 싸우고 있는데, 이런 점을 생각해

* '유리천장'(Glass Ceiling)은 여성들의 고위직 진출을 가로막는 회사나 공무원 조직 내의 보이지 않는 장벽을 뜻한다. 미국의 경제신문 『월스트리트저널』이 1970년에 만들어낸 신조어로, 남녀차별을 언급할 때 자주 쓰는 용어다.

보면 결국 여성인권은 한국 사회에서도 아직까지 미약하게 논의되고 있는 것은 아닐까? 나는 이런 생각을 하며 '토닥토닥 프로젝트'를 통해 읽었던 책의 한 구절을 떠올렸다.

> 나는 여성이 아닌가요? 날 보세요! 내 팔을 보라고요! 난 땅을 갈고, 곡식을 심고, 수확을 해왔습니다. 그리고 어떤 남성도 날 앞서지 못했습니다. 그래서 나는 여성이 아닌가요? 나는 남성만큼 일할 수 있고, 먹을 게 있을 땐 남성만큼 먹을 수 있습니다. 남성만큼 채찍질을 견뎌내기도 했습니다. 그래서 나는 여성이 아닌가요? 난 열세 명의 아이를 낳았고, 그 아이 모두가 노예로 팔려가는 것을 지켜보았습니다. 내가 어미의 슬픔으로 울부짖을 때 그리스도 말고는 아무도 내 말을 들어주지 않았습니다. 그래서 나는 여성이 아닌가요?
>
> — 소저너 트루스, 「나는 여성이 아닌가요?」(1851) 중에서

이처럼 여성에 대한 인식은 "여성을 어떤 시각에서 바라보는가?"에 대한 문제다. 시각에 따라 여성의 위상과 역할은 달라질 수 있다. 여성을 아름다움의 상징으로 생각하는 사람도 있고, 아주 연약한 존재로 바라보는 사람도 있을 것이며, 위대한 존재로 보는 사람도 있을 수 있다. 시대마다, 나라마다, 문화마다 여성을 바라보는 시선의 색깔은 다르며 시각도 각양각색이다. 하지만 변하지 않는 것이 있다면 여성도 꿈이 있는 존재라는 점이다. 그렇다면 여성 스스로가 자신의 권리를 찾아야 하지 않을까?

변화하기

나는 가끔 이런 생각을 해보곤 한다. 여자로 태어난 나는 행복한가? 남자로 태어났다면 어땠을까? 내가 태어난 북한에서 살았다면 여자로서의 삶은 어떠할까? 지금의 나의 모습과 많이 다를까? 어떤 모습으로 살아가고 있을까?

내가 북한에서 생활하며 보아온 할머니, 어머니, 이모, 언니들의 모습을 떠올리면 그들의 모습은 한결같았다. 내가 본 그들의 공통점은 가정을 알뜰하게 꾸리는 가정주부였고, 자식을 잘 키우는 어머니였고, 참한 성격에 아리따운 모습의 여자로 남자에게 순종하는 아내였으며, 부모님의 말씀을 잘 듣는 착한 딸의 모습이었다. 그러한 그들의 모습을 생각하면, 북한에서 내가 계속 살았다고 가정할 때 나의 현재 모습을 상상하는 것은 어려운 일이 아니다. 아마도 비슷한 삶을 살아가고 있었을 것이다. 부모님의 착한 딸로, 지금쯤 결혼하여 가정을 돌보며 남편에게 충실한 아내로 살고 있을지도 모른다. 아이 엄마가 되어서 아이의 뒤를 졸졸 쫓아다니며 '○○ 엄마'로 살고 있을지도 모른다. 또 그곳에서 내세우는 '여성'의 기준을 지키려 애쓰며, 여성 인권이라는 말 자체를 모르고 살고 있었을 것이다.

지금 남한에서 살고 있는 내 모습은 어떠한가? 남한은 내가 태어난 곳보다 여성들의 권리가 어느 정도 지켜지고 있으며, 과거에 비해 여성 인권이 많이 향상되었다고 한다. 인권을 지키기 위한 투쟁은 계속 일어나고 지금도 진행 중이다. 하지만 이곳에도 여전히 무관심과 외면으로 인해 인권의 보편성이 유지되지 못하는 것을 본다. 겉으로는 인권을 외치면서도 아직도 곳곳에는 부자와 가난한 자로 갈리고, 학벌에 따라 대우가 달라지고, 남녀차별을 쉽게 접할 수 있다.

사실 모임에서 서로의 생각을 나누기 전까지는 그것이 차별인지 아닌지조차 느끼지 못했다. 나 스스로도 여성이기에 모든 것을 소극적이고 수동적으로 받아들이고 있었다. 이러한 여성에 대한 사회적 관습과 편견은 이전에도 그랬으며, 앞으로도 내가 감내해야 할 것들이다. 그렇기 때문에 여성으로서의 인권은 여성인 나 스스로가 먼저 지켜야 하고 또 찾아나가야 한다고 생각한다. 여성들 스스로가 자신의 권리를 찾아 나설 때 진정으로 남녀가 평등한 세상을 준비할 수 있을 것이다.

• • •

처음 글을 쓰기 시작할 때부터 "주제를 잘못 선택한 것 아닌가?" 하는 생각이 들 정도로 난관에 여러 번 봉착했다. 북한은 보편적인 기준에서 인권이 제대로 지켜지지 않는 곳이다. 당연하게도 여성에 대한 대우 역시 남한보다 형편없을 것이라고 생각했다. 그렇게 생각하면서 여성으로서 존중받지 못했던 기억을 하나하나 더듬어 보았다. 그런데 몇 번을 생각해 보아도 '여성이기 때문에 차별을 받은 기억'을 찾는 것은 불가능에 가까웠다. 그래서 같은 고향에서 온 친구들에게도 여성이기 때문에 차별받은 경험을 물어보았다. 역시나 이 친구들도 딱히 그런 기억을 떠올리지 못했다. 아리송한 일이었다. 그러다가 "남한의 여성들은 어떠한가?"라는 의문이 들었고, 그렇다면 "한국에 와서 수년간 직장인으로, 학생으로 생활했던 나는 어떠했던가?"라는 질문을 연달아 해보았다. 하지만 이 질문에 대해서도 딱히 꼬집어 여성이기 때문에 차별을 받았다고 할 만한 것을 찾기 힘들었다. 머릿속이 복잡해졌다. 그러다가 문득 깨달았다.

그랬다. 그럴 수밖에 없었다. 체제가 전혀 다른 남과 북에서 생활하면서 내가 공통적으로 느낀 것은, 개방되어 있는 남한이나 폐쇄적인 북한이나 할 것 없이 한반도에 있는 곳이라면 어디나 가부장적 권위가 엄격하게 유지되고 있다는 것이다. 여성의 사회 진출을 독려하지만 동시에 가사와 노동을 모두 해내는 슈퍼맘이 되기를 강요하고, 여성의 성을 상품화하지만 조신하고 정숙한 여성에 대한 환상을 끊임없이 생산하고 있다는 점에서 남과 북이 무척 비슷했다. 그리고 우리는 오랜 세월 동안 굳어진 편견 때문에 여성으로서 부당한 대우를 받더라도 인식조차 하지 못하게 되었다는 생각을 하게 되었다. 물론 나도 그런 사람 중 한 명이었던 것이다. 남한에서 태어나 여기서 계속 자란 은영도 마찬가지였다. 은영은 이렇게 이야기했다.

"나는 대학생이 된 후 주말이면 늘 아르바이트를 했다. 꽤 오랫동안 아르바이트를 하면서도 나는 부당한 대우를 받은 적이 없다고 생각했다. 다연 언니가 내게 여자이기 때문에 일을 하면서 부당한 대우를 받은 적이 없느냐고 물었을 때도 나는 '없다'고 단호하게 대답했다. 그런데 막상 언니와 이야기를 해보니 그게 아니라는 것을 깨닫게 되었다. 내가 너무 당연하게 생각해서 미처 인식하지 못한 것들이 많았다. 예를 들면 카페에는 착하고 예쁘게 보이는 여자만 고용되었다. 일을 하면 자주 듣는 '여자라서 그래'라는 말들도 생각해보면 차별적이었다. 그런 말들을 너무 자주 들어서, 그것이 잘못되었다고 인식하지 못하고 있었던 것이다."

이외에도 여러 사람들에게 비슷한 질문을 던지고 비슷한 답변을 들으면서 나는 남한 출신이든 북한 출신이든 한반도를 사는 여성이라면 이렇게 성차별에 익숙한 환경에서 자라올 수밖에 없다는 생각을 했다. 그래서 나는 '여성인권'이라는 거대한 이야기에 의존하기보다는 내 경험을 중심으로 작은 것부터 하나하나 이야기해 나가는 것을 택했다. 이 작은 이야기가 남과 북, 그리고 그 외의 어떤 곳에서도 여성들 스스로가 온전히 자신의 삶을 누릴 수 있는, 가정과 사회에서 합당한 대우를 받을 수 있는 미래를 만드는 데 아주 작은 기여라도 할 수 있기를 바란다.

글을 쓰는 과정에서 실타래처럼 꽁꽁 엉켜있던 내 기억들을 한 올 한 올 풀어나가며 지난날을 되돌아볼 수 있는 좋은 계기가 되었다. 대부분 학창 시절의 추억이지만, 나에게 추억은 어딘지 모르게 묘한 감정을 불러일으킨다. 북한의 고향에서 부모님과 보낸 시간, 친구들과 보낸 일상들은 장롱 속에 깊숙이 숨겨 놓아야 하는 것들이었다. 그리고 그 장롱 속에 꽁꽁 숨겨둔 보물처럼 쉽게 꺼내보지 못하던 것들이었다. 또한 남한에 정착하면서 평범하게 보낸 하루하루 역시 돌이켜 생각해 보면 내게는 평범하면서도 특별했던 기억들이다. 깊숙이 숨겨 놓았던 보물들을 다시 펼쳐볼 수 있었기에 토닥토닥 식구들과 나눈 대화와 이 글을 쓴 것에 대해 스스로 감사의 마음을 가질 수 있었다.

'토닥토닥'을 통해 내가 인권의 의미를 알게 된 것도 중요하지만, 그보다는 책으로는 배울 수도, 얻을 수도 없는 사람들 사이의 아름다운 마음을 확인하고 얻을 수 있는 시간이었다는 것이 더 중요했다. 서로 다른 환경에서 자라온 친구들이 한 공간에 앉아 10개월 가까이 함께 어울려 지냈다. 처음에는 서먹서먹했던 우리들이, 모임이 끝나갈 때쯤에는 끈끈한 정과 따뜻한 마음을 나눌 수 있는 친밀한 관계로 변해 있었다. 길지 않다면 길지 않을 수도 있는 시간이었지만 지식이 쌓여가는 동시에, 사람으로서 서로에게 한 발자국 더 가까이 다가갈 수 있는 진솔한 시간들이었다.

더욱이 좋은 선생님들의 무한한 사랑과 이끌어줌이 없었다면 지금의 내 모습을 생각할 수는 없을 것이다. 그분들과 함께 서로를 토닥이면서 마음이 성장할 수 있었던 의미 있는 시간이었다. 시작은 무거웠지만 마무리는 따뜻한 마음으로 훈훈하게 끝낼 수 있어서 정말 뿌듯하다. 책으로 배운 것이든, 다른 것으로 배운 것이든 그동안 내가 알지 못했던, 보지 못했던 것들을 시야에 들어오게 해준 의미 있는 시간이었다. 토닥토닥 모임을 하면서 가장 인상적이었던 한마디가 있다. 한국인권행동의 오완호 사무총장님이 강연 중 계속해서 "당신은 존엄합니까?"라고 물었던 것이 그것이다. 이제는 나도 그 질문에 당당히 대답할 수 있을 것 같다.

"네, 나는 존엄합니다!"

참고

『여성소비자신문』(http://www.wsobi.com/news/articleView.html?idxno=22081)
'서울에서 쓰는 평양이야기'(http://blog.donga.com/nambukstory/archives/25490)
최진욱, 「북한의 인사행정제도: 원칙, 기준, 운영실태」, 통일연구원 2010.
김원홍, 「북한 여성의 일상 생활」, 통일부 통일교육원, 2011.
「여전히 두터운 '유리천장'… 한국 女임원 비중 '세계 꼴찌 수준'」, 『경기일보』 2014. 10. 1.
류은숙, 『인권을 외치다』, 푸른숲, 2009.

어쩌면 모두가, 이주노동자

이주노동자 인권

김종현

피해자이면서도 가해자였던

혼자서 유럽으로 배낭여행을 떠난 적이 있다. 군대를 막 전역했을 때였다. 호기로 가득 차 있던 시기였다. 매일 여행 관련 인터넷 카페에 들러 유럽에 다녀온 사람들의 후기를 읽으며 낯선 곳에서 마주할 새로운 경험에 대한 기대로 들떠 있었다. 간혹 카페에 올라오는 여행지에서 겪었던 안 좋았던 경험담들(소매치기, 위협, 인종차별)에 대해선 전혀 개의치 않았다. 그저 나에겐 일어나지 않을 것만 같은 일이었으니까.

그렇게 떠난 5개국 25박 26일의 빡빡한 일정의 첫 도시는 런던이었다. 첫 5박 6일 동안 런던 여행은 꽤 만족스러웠다. 그동안 읽었던 다른 이들의 후일담들은 머릿속에서 지워졌고 매순간 맞닥뜨리는 새로움으로 들뜬 날을 보냈다.

여행의 두 번째 여정은 파리였다. 카페 후기에 올라온 글을 보면 뜻밖에 호불호가 갈리는 도시였다. 누군가는 에펠탑과 개선문의 웅장함에 찬사를 보냈지만, 도시 전반의 더러움에 불만을 표한 이들도 많았다. 지하철의 악취와 더러움, 그리고 호객 행위에 염증을 느낀 사람들도 여럿 있었던 모양이다. 며칠 돌아다녀보니 내게는 그것마저 다양함으로 다가왔다. 그뿐인가? 세느강의 유람선과 몽파르나스 전망대에서 본 파리의 야경, 루브르·오르세·퐁피두의 박물관들. 르네상스에서 현대에 이르기까지, 익히 들어온 예술의 도시 그대로였다.

파리에서 5박 6일의 일정 동안 이곳저곳을 누비던 중 하루는 신개선문이 위치한 '라데팡스'라는 곳에 들렀다. 차도는 지하로 내리고 도로는 보행자들만을 위한 곳. 고요함과 웅장함을 동시에 지닌 이곳을 군데군데 둘러보다 보니 허기가 졌다. 때마침 혼자 끼니를 해결하기 편한 패스트푸드점이 보였고 곧장 들어가 세트 메뉴를 시켰다. 주문한 음식을 받아들고 창가로 가 앉아 행인들을 바라보며 먹기 시작했다. 꽤 많은 이들이 지나다녔고 난 그들의 옷차림부터 걸음걸이까지 세세히 구경하고 있었다.

그때 지나가던 한 무리와 눈이 마주쳤다. 나와 비슷한 또래로 보이는 네 명의 남자들이었다. 건들건들하지만 밉지 않은, 자유분방한 청년들로 보였다. 눈이 마주쳤기에 사람 좋은 표정을 지어 보여야 하나 고민하는데, 무리의 한 명이 한 손을 턱에 받치고 다른 한 손으로는 뺨을 벅벅 긁으며 원숭이 흉내를 냈다. 그 모습이 우스운 건지, 당황한 나를 보고 웃은 건지 모르겠지만 그들은 자기들끼리 좋아하며 키득거렸다. 전혀 생각지 못했던 인종차별을 당한 순간이었다. 즉시 모멸감이 몸을 휘감고 분노가 치밀었지만 내가 할 수 있는 일은 그저 빤히 바라보는 것뿐이었다. 말도 통하지 않고 지인도 한 명 없는 타지에서 불현듯 혼자라는 것을 느꼈다. 이곳에서 날 도와줄 사람은 아무도 없다는 것을. 그렇게 홀로 남겨진 기분이 들었다.

무리가 지나가고 남은 건 상처받은 자존심과 분노뿐이었다. 철 지난 제국주의 역사관에 사로잡혀 반인권적 행동을 하는 철없는 이들을 욕하며 혼자서 씩씩거릴 뿐이었다. 난 피해자로 빙의되어 가해자들을 맹비난했다. 물론 밖으로는 드러내지 않고 속으로만 비난할 뿐이었다. 숙소로 돌아와 씻고 침대에 누워도 여전히 분을 삭이지 못했다. 그러면서 상황을 곱씹어 보다가 문득 떠오르는 장면이 하나 있었다. 한국에 있을 때, 내가 저 무리들과 비슷한 행동을 한 적이 있다는 것을.

대구광역시의 성서 지역에는 공업단지가 밀집해 있다. 그곳에는 고향을 떠나 한국으로 일하러 온 외국인들이 주로 노동력을 제공하는 공장들이 많다. 그리고 80퍼센트가 넘는 공장이 50인 이하 사업장이다. 주로 동남아시아에서 온 외국인 노동자들은 휴일이면 삼삼오오 무리를 지어 대구 중심가 이곳저곳으로 나온다.

낯부끄러운 이야기지만 가끔 그들과 마주칠 때에 나는 그들의 나라가 우리보다 빈곤하다는 이유로 괜한 우월감을 느꼈다. 까무잡잡하며 거친 피부, 남루한 옷차림, 고작 그 정도의 근거를 가지고 충분히 느낄 만한 차별의 눈빛과 표정을 노골적으로 나타냈다. 나에게 어떠한 피해도 주지 않았지만 같은 공간에 있다는 사실이 왠지 모르게 꺼림칙하고 피하고 싶은 존재임을 명백하게 표현했다. 국가의 경제적 수준 차이가 개인의 가치를 판단하는 기준이 아님에도 난 둘의 상관관계를 자의적으로 정의한 것이다. 그 무렵의 나는 인종차별을 행하는 가해자였다.

'토닥토닥 프로젝트' 초반에 읽었던 어느 책의 서문에 '타인의 고통에 공감하는 인권 감수성'이 부족한 개인의식을 꼬집는 부분이 있었다. 대구 중심가에서 이주노동자들을 마주했을 때의 나는 그들이 타지에서 겪는 외로움과 부당함, 억울함을 공감하는 능력이 부족한 상태였다. 그렇기에 내가 가해자였다는 사실을 피해자의 입장이 되기 전까지 깨닫지 못했던 것이다.

겪어보지 않은 타인의 고통을 이해하는 것은 쉽지 않다. 하지만 이해와 공감 또한 의지와 학습에 기인한다고 판단한 우리는 토닥토닥 모임을 진행하며, 완벽하지 않은 이곳 한국에서 누군가는 지금도 겪고 있을 부당함을 이야기하며 잊지 않고 바꾸어 나가기로 다짐했다.

만약 파리에서 인종차별을 당했을 때 언어가 통했다면 따질 수 있었을까? 개인의 성향에 따라 다르겠지만, 설령 불어를 잘할 수 있었다고 해도 나는 침묵으로 일관했을 것이다. 여행지에서 실랑이가 붙어 괜히 여권이나 지갑이라도 빼앗기지 않을까 하는 생각에 상황이 지나가기를 기다렸을 것이다.

한 번이라도 외국에 나가 본 사람이라면 타지에서 여권이 얼마나 소중한지 알 것이다. 혹시 모를 사고가 났을 때 나를 나타내고 보호할 수 있는 유일한 표식이기 때문이다. 24시간 배에 복대를 두르고 그 속에 넣어 보관하거나, 분실했을 때를 대비해 사본도 챙겨갈 정도로 중요한 물건이다. 한 달도 채 안 되는 짧은 여행 동안에도 그렇게나 소중히 보관했던 여권. 그런데 여기 3년이 넘도록 여권을 빼앗긴 채 한국에서 지내는 사람들이 있다. 그들은 한때 내가 노골적으로 경멸의 눈초리를 보냈던 등록·미등록 이주노동자들이다.

불법체류자? 미등록 이주노동자!

토닥토닥 모임을 시작하기 전까지 나는 '이주노동자'라는 단어 자체를 알지 못했다. 한국에 정착해 일하는 외국인들을 흔히 알려진 '불법체류자' 혹은 '외국인 노동자' 정도로 인식했다. 나를 포함한 여섯 명 모두 비슷한 생각이었고, 그런 연유로 두 번째 책 『말해요, 찬드라』를 읽고 토론하기에 앞서 올바른 용어부터 사용하기로 했다.

불법체류자. 사전적으로 이 단어는 당국의 체류허가를 받지 않은 사람들이 해당 국가의 법을 어기면서 머물고 있는 것을 뜻한다. 다시 말해 입국·체류·노동에 관련된 허가 서류가 미비한 이들을 가리키는 용어이다. 하지만 체류자 앞에 붙은 '불법'이라는 단어 때문에 그들은 잠재적 범죄자로 취급받고, 추방의 대상이 되고 있다. 또한 체류 기간을 지키지 않았다는 한 가지 이유로 '불법'적인 사람이 된다. '불법'은 사람이 아니라 제도일 뿐임에도 오용되고 있는 것이다. 그렇기에 이들을 '불법체류자'가 아닌 '미등록 이주노동자'로 불러야 한다.

물론 입법기관을 거쳐 제정된 제도의 틀을 벗어났기에 그들을 향한 차별의 시선이 모조리 잘못된 것이라고 주장할 수는 없다. 하지만 단지 그 이유만으로 이주노동자들의 모든 권리를 박탈할 수는 없는 것이다. 더불어, 그들이 애초에 위험하고 열등한 존재인 것처럼 조롱과 경멸이 담긴 표현을 하는 것은 잘못된 태도이다.

이주노동자에게는 가족을 두고 고향 땅을 떠날 수밖에 없는 다양한 사연이 있다. 여기에는 본국의 열악한 취업 상황과 저임금으로 인한 생계유지의 어려움도 포함된다. 각박한 자국 상황에 어쩌다 한국 노동시장으로 뛰어든 이주노동자들은 불합리한 노동 환경에 갇히기도 한다. 심지어 폭언과 폭력, 임금 착취, 고된 노동, 성폭력, 인신매매 등 인권 침해의 직접적인 피해를 받고 있다. 한국에 이주노동자가 들어온 지 22년째, 짧지 않은 기간 동안 이들의 처우는 얼마나 나아졌을까?

1993년부터 시행된 '외국인 산업 연수제'는 외국의 인력송출기관으로부터 인력을 공급받아 그들을 국내 중소기업 협동조합에 의해 선출된 영세사업장에 제공하는 제도였다. 이렇게 들어온 이들은 노동자가 아닌 연수생의 신분이기 때문에 노동관계법 적용에서 완전히 배제당한 채 임금을 강제로 적립당하기도 했고, 감금과 노동에 시달렸으며, 여권마저 빼앗겨 사업장을 변경할 수도 없는 상황에 놓이기도 했다. 여권을 빼앗긴 이주노동자는 출입국관리소나 경찰의 단속에 걸릴 경우 합법적으로 거류 중임에도 불법체류자로 오인받아 추방될 위험에 놓이기도 했다. 때문에 항상 불안에 떨며 지내야 했다. 이런 불합리하고 비인간적인 제도에 대해 비판의 목소리가 일어났다. 그리고 한국에 온 이주노동자들이 열악한 노동환경 속에서 목숨을 잃는 등 문제가 심각해지자

'노예연수제'라고까지 불리던 산업연수제는 2007년에 폐지되었다.

그 후 도입된 '고용허가제'는 국내에 취업을 희망하는 8개국의 외국인들에게 합법적인 근로자 신분을 보장하자는 취지로 도입되었다. 취업 비자를 발급하여 일 년마다 사업주와 계약을 갱신할 수 있게끔 했고, 최대 4년 10개월의 체류를 보장했다. 하지만 사업주와 노동자라는 갑을 관계에서 사업주가 임금을 지급하지 않는 경우가 빈발했다. 또한 고강도·장시간 노동에 따른 어려움 때문에 사업장을 이동하고 싶어도 마음씨 좋은 사업주가 아닌 이상 거의 불가능하다. 우연히 사업장을 이동할 기회를 얻었다 하더라도 한 달 내에 취업하지 못하면 미등록 이주노동자가 된다.

낯선 문화, 낯선 환경에서 고된 노동으로 겪는 몸의 피로도와 불안은 여행지에서 겪은 내 감정들과는 분명 다를 것이다. 그들에게 한국은 며칠 머물다 가는 곳이 아니라 본국에 있는 가족들 부양할 돈을 버는 곳이고, 동시에 자기 생활을 이어나가야 하는 곳이다. 또한 미등록 이주노동자들은 출입국사무소와 경찰의 눈치를 보며 지내야 한다. 만약 단속에 걸려 외국으로 추방될 경우, 한 개인의 몰락에만 그치지 않는다. 그가 책임지고 있는 가족 전체의 생활이 위태로워진다.

'방가'와 '찬드라'

2010년 개봉한 영화 〈방가? 방가!〉에는 미등록 이주노동자들이 겪는 이러한 애환이 녹아 있다. 『말해요, 찬드라』를 읽고 나서 이주노동자들의 인권이라는 주제에 조금 더 유쾌하게 접근하기 위해 선정한 코미디 영화였다. 그런데 아이러니하게도 이 영화를 보는 동안 쓴웃음만 계속 지었다. 영화에는 배우 김인권이 연기한 한국 청년이 등장한다. 그는 실업문제를 고민하다가 동남아시아인을 닮은 외모를 이용하여 위장 아닌 위장취업을 한다. 함께 일하는 동료들 사이에서 들통날 것이 염려돼 이곳저곳의 공장을 전전하다 마지막에는 극소수만 한국에 건너와 있는 부탄인으로 위장취업을 하면서 본격적인 이야기가 전개된다. 〈방가? 방가!〉는 소재부터 편견을 이용한 코미디였기에 웃음을 유발하는 장면마다 마냥 웃어넘길 수 없었다.

가령, 안산으로 추정되는 외국인들이 즐비한 거리에 "단속이야!"를 외치는 목소리가 울려퍼지는 장면이 나온다. 사람들은 이곳저곳으로 도망간다. 잡혀가는 것이 두려워 마음 졸이며 지내는 사람들이다.

주인공 '방가'는 마음에 품고 있는 베트남 여성 노동자를 유혹하기 위해 친구에게 가짜 경찰 행세를 시키고 구해주는데, 이 장면에서는 현실에서 겪을 미등록 이주노동자들의 고통이 떠올라, 사건 해결 과정이 과장되어 있는 만큼 괴리감이 느껴졌다.

영화를 본 후 북한이탈주민 친구 한 명은 "그들이 어떤 마음인지 다는 알 수 없으나 그 불안함을 조금은 알 것 같다"고 이야기했다. 비단 이주노동자뿐만 아니라 타지에서 온 이들이 한국에서 나고 자라지 않았다는 이유로 겪을 수 있는 차별에 대한 불안감이 고스란히 전해졌다. 함께하고 있지만 어울릴 수 없는 장벽이 만연한 우리 사회의 단면일 것이다.

산업연수생제도 폐지 후 고용허가제가 시행되면서 이주노동자들이 여권을 소지하는 비율은 눈에 띄게 향상되었다고 한다. 하지만 그에 비해 이주노동자들의 전반적인 생활에서 큰 변화를 찾아보기는 어렵다고 한다. 제도를 도입하며 정부가 보장했던 노동성 보장, 인권보호, 미등록 노동자의 감소, 송출비리 척결 중 어느 것 하나 명쾌하게 해결된 것이 없다. 오히려 출국하기 전에는 이주노동자에게 퇴직금을 지급하지 못하게 하는 법을 제정하며, 표리부동한 예를 보여주기도 한다.

이주노동자는 퇴직금으로 출국 만기보험금을 받게 되는데, 이 출국 만기보험금의 지급 시기를 '출국한 때부터 14일 이내'로 한 법을 제정했다. 그 결과 2014년 7월 29일부터 이주노동자는 일을 그만두고 새로운 직장을 구할 때에도 퇴직금을 받기 위해서는 출국할 때까지 몇 년을 기다려야 한다. 또한, 만약 본국으로 돌아가 14일 이내 퇴직금이 지급되지 않아도 이를 받아내기란 사실상 불가능에 가깝다는 것이 전문가들의 견해다. 한국 정부와 국회가 법을 바꾼 이유는 퇴직금을 지급받은 이주노동자들이 출국하지 않고 한국에서 머무르기 때문에 발생하는 '불법체류'를 근절하기 위해서라고 한다. 그러나 실제로 그런 일이 일어나는지는 어떤 보고나 조사도 없다. 정부와 국회가 이주노동자를 잠재적 범죄자로 바라보는 편견이 만들어낸 결과인 셈이다. 이런 환경 탓에 여러 활동가들은 이주노동자들의 처우 개선을 위한 제도적 변경을 요구하고 있다.

『말해요, 찬드라』의 저자 이란주 씨 역시 그런 활동가들 중 하나다.

이주노동자들과 동고동락하며 그들이 한국에서 겪은 삶을 조명한 저자는 서문에서 이렇게 밝힌다.

"겪은 일에 따라 애절한 마음으로, 혹은 분노로 글을 썼지만 독자 여러분은 그냥 따뜻한 가슴으로 편하게 읽어 주었으면 합니다. 이웃집 안방을 들여다보며 수다 떠는 것처럼 말입니다."

하지만 좀체 편한 마음으로 책을 읽을 수가 없었다. 내용이 어렵거나 고리타분해서가 아니었다. 하나하나의 사연들이 때로는 슬픔을, 때로는 분노를 일으켰고, 그동안 무지했던 나를 불편하게 만들었기에 다음 장을 넘기기가 쉽지 않았다. 1993년을 시작으로 한국에 이주노동자들이 유입된 지 10년이 지나고, 2002년 월드컵을 개최하며 성숙한 시민의식을 가졌다고 자평한 지 일 년이 지난 2003년에 출간된 이 책에는, 단지 피부색이 다르다는 이유만으로, 혹은 경제적으로 낙후한 국가의 국민이라는 이유로 이주노동자들이 겪어야 하는 차별들이 가득 적혀 있었다.

밥을 사 먹고 밥값을 내려다 주머니에 있던 돈이 없어져 버린 것을 안 네팔 여성 노동자 찬드라. 그녀는 음식점 주인으로부터 도둑 취급을 받아 경찰에 연행된다. 경찰은 그녀가 일행도 없고 말이 통하지 않는다는 이유로 정신병원으로 인계한다. 경찰서에서 병원으로, 그곳에서 또 다른 병원으로. 멀쩡한 사람이 정신병원에 무려 6년 4개월을 갇혀 지내게 된 시작은 고작 밥값 몇천 원이었다. 집에 가게 해달라고 아무리 울고불고 매달려도 정신병자 헛소리라며 귀담아듣지 않는 병원에서, 일주일에 엿새를 의사와 상담하고 하루 세 번 스무 개가 넘는 약을 강제로 먹어야 했던 그 병원에서, 그녀의 시간은 표류하고 있었다. 하지만 그녀에겐 같은 공장 소속의 네팔 일행이 있었고, 파출소 앞 가로등에는 그녀를 찾는 전단도 붙어 있었다. 경찰과 병원은 일행을 찾기 위한 어떤 노력도 수고도 하지 않았다.

그녀와 관련된 일을 더 찾아보니 2002년 국가는 위자료, 일실수입을 더해 2,860만 원의 보상금을 지급하라는 판결을 내렸다. 한 사람의 6년 4개월을 통째로 앗아간 대가가 고작 2,860만 원이었다. 사건의 자초지종이 밝혀진 후에도 국가나 경찰, 병원은 어떤 반성이나 사과도 없이 보상했으니 그만이지 않느냐는 입장이었고, 그 뻔뻔함에서 나는 이 사회의 비루함을 다시 한 번 마주했다.

책에는 그 밖에도 이주노동자와 관련된 다양한 사례가 등장한다.

프레스에 오른손을 찍혀 몽땅 잘리는 사고를 당한 태국 청년 노이. 손목 부근에서 잘려 아예 손이 없어져 버렸지만, 2년 가까이 일한 공장의 사장은 산재보험에도 가입하지 않은 상태였고 이런저런 핑계를 이유로 회사를 팔아넘기고 달아나 버렸다. 노이는 우여곡절을 거쳐 회사에서 평소 일하는 사람이 다섯 명 이상이었다는 것을 증명해서 산재보험 치료와 보상을 받았다.

이주노동자의 자녀이기 때문에 교육받을 권리를 박탈당한 나잉나잉. 아홉 살 소년은 학교에 다니고 싶어 했고 이란주 씨는 도움을 주고 싶었다. 입학이 가능한지 확인하기 위해 교육청에 문의했지만 돌아온 것은 "불법체류자 주제에 무슨 학교냐"는 대답이었다. "정식 입학이 아니라 청강이라도 하면 안 되냐" 되물었지만, 이 역시 제도가 없기에 막

혀버렸다. 다행히 그 후 교육부는 "법이 정하고 있는 양식만 갖추면 입학을 허가할 수 있고, 체류자격에 관해서는 교육부가 관여할 사항이 아니다"라고 태도를 바꿨다. 그렇게 제도가 바뀌는 동안 나잉나잉은 열한 살이 되었고 늦깎이 학생으로 학교에 입학하게 되었다. 누구에게나 평등하게 주어져야 하는 교육권을 되찾기까지도 순탄치 않았지만, 나잉나잉의 고달픔은 입학과 함께 시작일 것이다. 사춘기도 겪지 않은 어린 아이가 겪게 될 차별. 여행지에서 어쩌다 겪는 경험이 아니라 매일 반복될, 그렇기에 하루하루 감내해야 할 그 마음이 안쓰러워 오랫동안 책을 붙들고 있었다. 이제는 스물세 살이 되어 있을 나잉나잉. 유년 시절의 어려움을 잘 극복하고 건장한 청년이 되었기를 바란다.

인권 침해의 직접적 피해자인 그들이 원했던 것은 이주노동자에게만 주어지는 특혜나 특례가 아니었다. 그들이 원한 건 자신의 이름으로 된 예금통장 하나 갖는 것, 아내와 혼인신고를 하고 아이를 키우는 것, 합법적인 체류자격을 얻는 것, 노동에 대한 정당한 대가를 지불받는 것, 일하다 다쳤을 때 제대로 된 치료를 보장받는 것, 욕설을 듣지 않는 것, 맞지 않는 것이었다. 그들은 아주 사소하고 당연한 것들을 원했지만, 우리 사회는 그것조차 받아들일 수 없는 각박한 환경이었다. 무엇이 우리를 그리 각박하게 만들었는지 여전히 모르겠지만 실로 그러했다. 그럼에도 그들은 "경찰만 미울 뿐 한국 사람은 밉지 않다"고 "좋은 사장님도 많다"고 말하고 있었다.

이주노동자 진료소에 가다

『말해요, 찬드라』가 출간된 지 십 년이 지났다. 그리고 이주노동자에 관한 제도가 도입된 지도 22년이 지났다. 하지만 그때와 비교해 '인식'은 높아졌지만 '처우'는 크게 달라지지 않았다고 성서공단노동조합 임복남 위원장은 이야기한다. 『말해요, 찬드라』의 저자 이란주 씨처럼 임 위원장은 성서공단노동조합에서 이주노동자들과 동고동락하고 있다. 직접 현장을 겪고 있는 임 위원장의 강연을 들은 우리는 이주노동자 무료진료소를 방문해 그들의 삶을 조금이나마 엿볼 수 있었다.

5월의 어느 저녁, 다연 누나와 함께 성서공단노동조합 사무실 안에 있는 진료소를 방문했다. 노동조합이 있는 건물은 무척 허름했고 어두컴컴했다. 조금 걱정스런 마음으로 덜컹거리는 엘리베이터를 타고 5층 입구로 들어서자 자원활동가들이 우리를 맞아주었다. 우리는 사무실과 상담소가 보이는 복도를 지나 가장 넓은 방으로 들어가 그날 진료를 맡은 의사 및 다른 자원활동가들과 인사를 나눴다. 책상 위에는 서류 뭉치와 의약품을 보관하는 플라스틱 통이 보였다. 그 옆으로 'Free Clinic Room/무료진료소'라 적힌 작은 방이 하나 더 있었는데 그곳이 진료를 보는 방이었다.

방을 둘러보고 난 후 어색함에 쭈뼛거리고 있는데, 이주노동자 한 분이 들어섰다. 무료진료소에 처음으로 방문했다는 그분은 방글라데시 출신이었고 한국어로 자기 이름을 이야기했다. 서류에는 이름을 포함해 출신지, 나이, 현재 직종, 근무 시간, 거주 지역, 거주 형태, 과거 병력

등 기입하는 칸들이 많았다. 그 중 특이했던 것은 비자 종류를 기입하는 칸이었다.

대부분의 이주노동자들은 비전문취업비자인 E-9 비자를 통해 한국에 들어오며 외국인등록증을 지급받는다. 외국인등록증은 주민등록증과 다를 바 없지만 출입국 날짜와 비자 종류가 추가로 적혀 있다. 이주노동자 무료진료소 자원활동가들은 외국인등록증을 확인해 체류 기간을 넘긴 사람들의 경우에는 병록지 입력 칸에 'A+'라고 기입했다. 비자가 없는 미등록 신분을 의미하는 이곳 무료진료소만의 표시였다. 무료진료소를 찾는 이주노동자들의 대다수는 미등록 상태였고, 미등록인 경우에는 의료보험 혜택을 받을 수 없었다. 그렇기 때문에 이곳 무료진료소에서 진료 및 처방과 투약을 하고, 진료소의 자원으로 한계가 있을 때에는 더 정밀한 치료를 제공할 수 있는 연계 지역 병·의원을 안내해준다. 그러니까 이곳에서 미등록 이주노동자를 표시하는 'A+'는 당신은 비록 비자가 없지만 여전히 한 인간으로서 존엄하다는 표시였고, 조금이라도 더 도와줄 부분이 있으면 도움을 주기 위한 표시였다.

진료소에서 보낸 두 시간 동안 나는 책에서 접한 것처럼, 입이 떡 벌어지는 상황도 보았고 이주노동자를 대하는 희망의 손길도 보았다. 처음으로 무료진료소를 방문한 방글라데시 노동자는 자신의 손가락을 골절된 채로 오랫동안 방치해두었다. 그러다 보니 뼈가 엉뚱하게 붙어버린 탓에 작업 중에 통증을 계속 느낀다고 했다. 왜 바로 병원에 가지 않았느냐고 의사가 묻자, 그는 회사에서 보험을 안 해줘 그냥 내버려 뒀다고 대답했다. 그 말이 내게 무척 아프게 다가왔다. 상태가 심각했기 때문에 무료진료소에 연계된 병원을 골라야 했고, 내가 할 수 있는 일은 연계 병원이 어디 있는지를 전달하는 것뿐이었다.

무료진료소를 찾는 이들은 감기부터 시작해서 허리통증, 골절까지 다양한 병명을 가지고 왔다. 다행스럽게도 대체로 아주 심각해 보이는 환자는 없었다. 우리는 무료진료소를 찾아온 이주노동자들과 책상을 사이에 두고, 한국엔 언제 오셨냐, 한국말은 어떻게 그렇게 잘 하느냐, 쉬는 날엔 뭐 하느냐, 어쩌다 다치셨나 같은 이야기를 하며 수다를 떨었다. 직장에서 겪는 어려운 점을 성토할 때는 내가 겪었던 아르바이트의 경험이 떠올라 동질감도 느껴졌다.

짧은 대화 속에서, 한국 땅에 적응하려고 노력하는 이주노동자들의 모습을 엿볼 수 있었다. 하루 30분씩, 혼자서 매일 한국어를 공부해 우리말을 잘 하는 분은 존경스럽기까지 했다. 이주노동자들 중에는 본국에서 대학을 졸업한 사람들도 여럿 있었다. 경제적으로 낙후한 국가에서 왔기 때문에 배우지 못했을 거라는 생각은 편견일 뿐이었다.

세 달 후 다시 진료소를 방문했다. 아직 낯선 그곳 복도에서 이주노동자 한 분을 만났다. 다소 딱딱해 보이는 표정으로 쳐다보시기에 약간 무안했지만 먼저 인사를 건네니 아주 밝은 표정으로 화답해 주셨다. 책상에 마주 앉아 막상 이야기를 시작하니 한국어를 아주 유창하게 구사해서 깜짝 놀랐다. 이런 상황을 자주 접하지 않은 탓에 우리는 또다시 질문 공세를 퍼부었다. 한국엔 언제 왔는지, 한국어는 어디서 배웠는지 묻자 "한국에 온 지는 십 년째이고, 대구에는 2006년도부터 살았어요" 하고 답하셨다. 통성명을 하고 어디가 아픈지 묻자 자신의 친구가 아픈

데 성서노동조합 이주노동자 무료진료소를 모르고 있기에 데려다 주러 왔다고 했다. 본인은 퇴근 시간이 안 되었는데 아픈 친구 덕에 자기도 좀 일찍 일을 마쳤다는 말도 덧붙이며. 기대하지 않았던 대답에 약간 의아해서 다시 여쭤봤다. 사장님이 허락했느냐고. 환하게 웃으며 자긴 마음씨 좋은 사장님만 만났었다며, 사정을 이야기하니 얼른 가보라고 보내줬다고 했다. 일면식도 없지만 그 사장님의 따스한 심성이 전해졌고 덕분에 우린 편하게 이런저런 얘기를 이어나갈 수 있었다.

그의 이름은 '나짐'이었다. 나짐 씨는 한국에 온 첫 2년 동안은 인천에 있었다고 했다. 임금을 못 받은 적도 폭언이나 폭행을 당한 적도 없으며, 인천에서도 대구에서도 늘 좋은 사람들만 만나왔다는 말에서 이주노동자들을 이웃으로 대하는 이들이 조금씩 늘어나는 것 같아 뭔가 마음이 편해지는 것을 느꼈다.

진료소를 처음 방문했을 때, 찾아오는 사람이 그리 많지 않자 내게 "지난주에는 엄청 많았는데 오늘따라 사람이 없네요. 아무래도 헛걸음한 것 같아요"라고 말씀해주시던 자원봉사자 한 분의 말을 그때는 웃어 넘겼다. 돌이켜 생각해보니, 일을 하다 다친 이들이 국적과 체류 기간에 상관없이 제대로 된 치료를 받을 수 있는 환경이 조성되기를, 그래서 무료진료소를 찾는 이들이 점차 줄어들어 언젠가 이곳 진료소가 필요 없어지는 날이 왔으면 하는 바람이 간절해졌다.

이주노동자에 관한 진실 혹은 거짓

이주노동자들이 한국에서 혐오와 추방의 대상으로 인식되는 것은 크게 두 가지 정도의 선입견 때문인 것 같다. '불법체류자'라는 말처럼 외국인 노동자는 범법자일 거라는 생각과 그들이 내국인의 일자리를 뺏는다는 것. 과연 어디까지가 진실인 것일까?

인터넷으로 '불법체류자 범죄'를 검색하면 "충격적인 외국인 불법체류자들의 강간 범죄 사건", "3년간 불법체류자 범죄 6388건… 폭력 최다" 등 이주노동자들이 국민들의 치안을 위협하는 존재로 나타나 있다. 하지만 경찰청에서는 실제 외국인 범죄와 관련해 헛소문으로 결론이 난 사건도 많다고 한다. 어디까지가 진실이고 어디까지가 거짓인지 정확히 알 필요가 있을 것 같아 자료를 찾아보았다.

2011년 경찰청 자료에 따르면, 국내 외국인 체류자는 약 139만 명이고 이 중 피의자 수는 2만 6천 명으로 범죄 비율로 놓고 보면 1.9퍼센트에 해당한다. 이에 비해 내국인 5073만 명 중 피의자 수는 187만 명으로 3.7퍼센트에 해당한다. 내국인에 비해 외국인 노동자들의 범죄율은 2분의 1 수준이다. 이는 전 인구를 대상으로 했기 때문에 성인 인구만 놓고 비교하면 더 큰 차이를 보일 것이다. 이주노동자들이 악의적으로 범죄를 저지르고 다니는 집단인 것이 아니라는 뜻이다. 범죄 '수'의 증가는 유입되는 인구가 늘어나는 만큼 숫자가 증가하는 것뿐이다. 앞뒤 맥락을 잘라버리고 단지 건수만 나열하여 이들을 잠재적 범죄자로 취급하는 것은 사실을 왜곡하는 것이다.

2011년 국내 거주 외국인 및 내국인 범죄율

	외국인 체류자	내국인
전체 인구	139만 5077명	5073만 4284명
피의자 수	2만 6915명	187만 9748명
비 율	1.9%	3.7%

출처: 경찰청

또한 소문과 달리, 외국인 범죄자들의 범죄 유형 건수는 폭력, 지능범, 절도, 성폭력, 마약, 강도, 살인 순이다. 이주노동자들이 마치 강간과 살인을 일삼는 집단으로 몰리는 것은 '사실' 속에 드러나지 않은 '진실'을 보도하는 것을 사명으로 삼아야 하는 언론이 제 역할을 하지 못하는 데 일차적 원인이 있는 게 아닐까. 문제의 본질을 희석하고 배척하기만 하는 우리의 차별 정책과 언론의 보도 태도부터 바뀌어야 할 것이다.

또 다른 의문이 드는 부분은 "이주노동자들은 한국인의 일자리를 위협하는 존재들인가?"라는 점이다. 이주노동자의 유입은 비단 우리나라만의 문제가 아니다. 산업화·분업화되는 경제 선진국으로 갈수록 고된 직종에 종사하는 사람들은 줄어들고 고임금·저강도 노동의 직종을 선호한다.

1987년 이후 한국은 1차적 부문과 2차적 부문으로 노동시장이 나눠지기 시작했다. 1차적 부문은 상대적으로 안정된 고용상태와 고임금, 양호한 노동조건을 보장하는 반면, 2차적 부문은 근로조건도 열악하고 고용의 불안정성도 심하다. 1990년대 이후에는 높은 실업률에도 불구하고 내국인들이 찾지 않는 2차노동시장(중소영세사업장)이 형성되었다. 누군가는 떠맡아야 할 노동의 한 부분이 비자, 자연스레 등록·미등록 이주노동자의 유입으로 이어졌다. 이는 노동생산성의 필요에 의해 채워지는 것이고, 이미 경제 선진국 반열에 들어선 유럽과 미국, 가까운 일본에서도 겪는 현재진행형인 문제다.

내국인들이 꺼려하는 노동의 한 축도 이주노동자들에게는 삶의 기회이자 희망이기에 그들의 유입은 계속될 것이다. 앞선 선진국들과 우리가 다른 것은 이주노동자를 대하는 사회의 인식과 태도다. 다양한 사회구성원으로 받아들이느냐의 문제, 삶의 다양성을 확보하는 문제에 있어 우리의 인식은 여전히 요원하기만 하다. 그렇기에 이주노동자들이 바라본 한국의 '국가 신인도'는 낮을 수밖에 없다.

출입국 외국인정책본부에는 '자격별 체류 외국인 현황'을 연도별·분기별로 볼 수 있다. 이 중 '불법체류자'로 분류된 비율을 보면 2007년 21퍼센트, 2008년 17.3퍼센트, 2009년 15.2퍼센트, 2010년 13.4퍼센트, 2011년 12퍼센트로 나타난다. 언론이 선정적으로 유포하는 것처럼 이주노동자들이 내국인의 일자리를 빼앗고 국내 경제에 심각한 악영향을 미치고 있다면 "왜 정부는 불법체류자 비율을 0퍼센트로 만들기 위한 노력을 하지 않을까?"라는 의문이 생긴다. 게다가 한국 정부는 강제추방 정책을 원칙으로 하기 때문에 미등록 이주노동자들이 자진해서 출국하려 해도 받아들이지 않는다. 심지어 단속에 걸려도 벌금 낼 돈이 없으면 돈을 벌어서 벌금을 내고 떠나라며 작업장으로 돌려보내는 상황이 연출되기도 한다.

등록이건 미등록이건 이주노동자들은 우리 사회의 일자리를 빼앗는 존재들이 아니다. 오히려 이주노동자 비율이 한국 노동시장 인구비율의 일정 수준이 되어야 중소영세사업장이 살아남을 수 있을 것이라고 임 위원장은 추측했다.

고령화, 저출산, 경쟁주의, 자본에 잠식된 시대에 한국의 2차 노동시장은 분명히 문제를 안고 있다. 문제가 발생했을 때 해결하는 첫 단추는 '문제가 있다'는 것을 인식하는 것이다. 우리 노동시장의 문제를 해결하기 위해서라도 이주노동자들의 문제가 우선적으로 해결되어야 한다. 그럼에도 정부는 부족한 노동력을 충당하기 위해 도입한 이주노동자들을, 노동 시장을 교란시키는 일자리 도둑으로 내몰고, 범죄를 일삼는 자들로 호도하고, 경제 위기 때마다 그들을 총알받이로 삼기에 급급하다. 퇴직금 수령을 고국에 돌아가야만 받을 수 있도록 법을 개정하는 등 이주노동자들을 배척하는 정책을 고집한다. 하지만 위선적이게도 이주노동자 고용을 금지할 생각은 없어 보인다. 중소영세사업장에 값싼 노동력을 제공하는 이들을 쉽게 내칠 수 없기 때문이다. 이런 이율배반 속에서 이주노동자들은 한국에 설 자리를 잃어가고 있다.

이주노동자들이 한국 사회에 진입한다는 것은 비단 노동력의 공급만을 의미하는 것이 아니다. 그들은 이유를 막론하고 이곳에서 일하며 살게 된 사람들이며 우리 곁에서 함께 지내는 사람이다. 의료, 교육, 문화, 생활 등 삶의 문제를 함께 풀어야 할 사회 구성원이고 공동체의 일부다. 포용하는 자세, 함께 하려는 마음가짐, 공감하는 태도를 갖는 것, 누구의 것도 아닌 이 땅 위에 함께 공존할 수 있는 사회 분위기를 만드는 것이 국가에게도 개인에게도 필요하다. 늦었지만 그것이 지금의 우리 사회를 만드는 데 일조하고 있는 수많은 이주노동자와 함께 하는 길이 아닐까 생각한다.

또 다른 이주자, 북한이탈주민

이주자. 사전에서는 "다른 곳으로 옮겨 가서 사는 사람. 또는 다른 곳에서 옮겨 와서 사는 사람"으로 풀이한다. 나는 토닥토닥 모임을 시작하면서부터 이미 또 다른 이주자를 만나고 있었다. 그들은 북한에서 나고 자라 각기 다른 이유로, 각기 다른 경로를 통해 고향을 떠나온 친구들이자 이주자이며, 동시에 이주노동자들이다. 이들과 함께 했기에, 『말해요, 찬드라』를 읽고 〈방가? 방가!〉를 보고 토론하며 가슴 아파하고 공감할 수 있었던 것은 아니었을까?

한 북한이탈주민은 언론 인터뷰에서 다음과 같은 의견을 피력했다. "남북의 경계선에 있는 우리는 그 둘을 모두 포괄하는 '한반도'인이다. 남이냐 북이냐가 아니라 한반도인으로 우리를 생각할 때, 그게 바로 통일이다."(「진보진영 무관심이 '극우 탈북자' 만든다」, 『한겨레』 2014. 9. 4)

2만 5천여 명의 북한이탈주민 중 한 명인 그는 한국 사회가 북에서 온 이주자를 대하는 태도에 대해 명쾌한 해답을 주었다. 이러한 인식이 한국 사회의 절대 다수인, 남한에서 나고 자란 사람들이 아니라 북한이탈주민의 입을 통해 나온 이면에는, 그들이 감내해야 했던 차별의 시선이 있는 것이다. 이는 내가 소수자가 아니기에 몰랐던, 함께 하지 않았기에 몰랐던 우리의 모습이기도 하다.

이주노동자와 만나고, 새로 사귄 북한에서 온 친구들을 만나면서 내 사고의 강조점은 '이주'에 찍히게 되었다. 그리고 이 단어와 더불어 떨어질 수 없는 또 하나의 단어가 떠올랐다.

노동.

삶을 영위하기 위해, 밥벌이를 하기 위해 모든 개인에게 주어지는 필수불가결의 요소. 국민의 4대 의무 중 하나로 명명된 그것. 이주와 노동을 함께 경험하는 북한이탈주민 친구들과 자신의 미래를 끊임없이 고민하는 남한 친구들의 삶이, 그래서 문득 궁금해졌다.

모임을 진행하며 노동에 관한 토론을 하자 저마다 겪은 '시간제 노동'(아르바이트)의 경험담을 쏟아냈다. 대구에서 대학을 다니거나 휴학 중인 우리는 모두 아르바이트를 해본 경험이 있었다. 용돈벌이와 여행을 위해 아르바이트를 경험한 남한 친구들과는 달리 생존을 위해, 북에 남겨진 가족을 위해 아르바이트 현장으로 뛰어들었던 그들의 이야기는 새로운 울림을 주었다.

나는 탈북이라고 하면, 국경경비대의 감시망을 피해 강을 헤엄치고, 지대한 중국 땅을 끝없이 걷고, 밀항을 통해 한국으로 들어오는 과정을 떠올렸다. 간혹 비행기나 낙하산을 통해 휴전선을 넘었다는 군인들의 이야기를 믿기도 했고, 아주 가끔씩은 걸어서 휴전선을 통과하는 것으로 생각했다. 내가 매체 등을 통해 전해 들은 무용담들은 대체로 그러했기 때문이다.

그러나 탈북에 가장 필요한 것은 돈이었다. 브로커를 통하지 않고 남한으로 건너온 이들은 소수에 불과했다. 브로커에 지급하는 돈, 300만 원. 이것도 7~8년 전 친구들이 냈던 비용이고, 지금은 시세가 올라 천만 원을 웃돈다는 기사도 접할 수 있다(「탈북 브로커 불법행위 집중 단속」, 『문화일보』 2014. 8. 20).

북한의 경계를 넘어 브로커와 접선하면 중국 땅을 건너고 다시 국경을 넘어 베트남·라오스·태국 등 제3국으로 들어간다. 경계를 넘는 과정에서 맨몸으로 강을 건너고, 제3국 국경경비대에 잡혀 경찰서로 연행된다. 그 뒤에는 한국대사관에 연락해 입국허가 승인이 날 때까지 구치소에 묶여 있는 몸이 된다. 기사나 뉴스로 마주했던 때와는 다르게 직접 경험한 친구의 입을 통해 들으니 그 지난한 과정들이 눈앞에 그려지며 생생히 다가왔다. 그런 드라마틱한 과정을 거쳐 한국으로 입국하게 된 이들은 국정원에서 조사를 받고, 하나원에서 정착교육을 받게 된다고 했다.

하나원을 퇴소하고 나면 북한이탈주민은 초기 정착지원금으로 1인 기준 2000만 원을 지급받는다. 통일부 자료에 따르면 "정착금 지급은 북한이탈주민이 사회생활 초기에 기초적인 생계를 해결할 수 있도록 북한이탈주민 모두에게 일정 금액을 지급하는 제도"이다. 1인 세대 기준, 주거지원금 1,300만 원과 기본금 700만 원을 지원받는다. 주거지원금 1,300만 원은 임대 아파트 보증금으로 우선 지급되고, 남은 잔여금은 거주지 보호기간(5년)이 지난 후 지급된다. 기본금 700만 원은 초기 생활비 명목으로 300만 원이 바로 지급되며, 나머지는 거주지 편입 후 일 년 동안 분기별로 추가 지급된다.

앞서 얘기한 탈북 브로커 비용은 상당수가 후불제다. 그렇기 때문에 초기 기본금 300만 원은 그대로 브로커에게 돌아간다. 최근에 들어온 분들을 만나 여쭤보니 브로커에게 지불한 비용을 제하면 당장의 생활이 불가능한 것을 정부도 어느 정도 인식하고 있기에, 지금은 100만 원이 추가된 400만 원을 지급받는다고 한다. 7~8년 전 남한으로 건너온 친구들의 상황을 미루어보면 브로커 비용을 지불하고 난 후에는 수중에 한 푼도 남지 않게 되는 상황이었던 것이다. 당장의 월세와 관리비, 생활비를 위해, 혹은 기술을 배울 학원에 등록하기 위해 북한이탈주민들은 자연히 비숙련 노동 현장으로 유입될 수밖에 없다. 특히 십대의 나이에 가족을 두고 혼자 넘어와 생활하는 친구의 이야기를 들으니 그 삶이 얼마나 치열했을지 짐작조차 되지 않았다.

몇 년 전 탈북해 한국에 들어온 그녀는 남한에 친척도 한 사람 없었다. 당시에는 제도도 미비했고 미성년자였기 때문에 그녀는 임대 아파트도, 지원금도 제대로 받지 못했다. 그녀가 받은 초기 생활비는 브로커 비용으로 빠져나갔다. 경산에서 먼 친척과 조우해 약간의 도움을 받으며 돈을 벌기 시작했다. 컴퓨터학원 청소·보조 일을 맡았다고 한다. 하루 8시간, 주 5일을 일했다. 월급은 30만 원이었단다. 이 말에 나는 입을 떡 벌렸지만, 그녀는 "일을 해서 돈을 받는 것이 그저 좋을 뿐" 이라고 답했다. "이걸 해야 하나?" 가 아닌 "이걸 해야 돼" 의 상황 속에서 최저임금과 주휴수당 같은 것들은 생각할 수 없었다.

그녀를 비롯한 2만 5천여 명의 북한이탈주민 중 이 덫에서 자유로운 이들은 소수일 것이다. 남한 청년들이 겪는 저임금·비정규직 아르바이트 문제나 부족한 일자리 문제조차 그들에게는 사치다. 돈을 벌 수 있는 일이라면 마다할 수 있는 처지가 아니기 때문이다.

그녀와 이야기하며 "내가 북에서 나고 자라 북한을 나올 결심을 했다면, 그녀처럼 힘든 여건을 이겨낼 수 있을까?" 하는 질문을 스스로에게 했다. 생각을 행동으로 옮기지 못하는 단점을 가진 나는 일단 탈북부터 쉽지 않았을 것이다. 설령 북한을 나왔다 하더라도, 남한에서의 삶을 감내하기 힘들었을 것이 불 보듯 보인다. 그 지난한 이주와 노동의 과정을 거쳐 나와 만나게 된 그녀와 다른 북한이탈주민 대학생들은 이제 내 생각의 지평을 넓혀주고 일상을 공유하는 친구가 되었다.

그래서 어쩌면, 우리의 이야기

그녀가 뛰어든 시간제 노동의 현장. 그곳엔 또 다른 우리들이 있다. 태생이 북한도 동남아시아도 아닌, 이곳에서 나고 자란 우리들이다. 우리들 역시 학업과 생계를 동시에 이어나가야만 하는 경우가 많다. 눈앞에 보이지 않는다고 존재하지 않는 것은 아니다. 직업과 소득의 양극화 현상은 교육에 예외를 두지 않는다. 개천에서 용 나는 시대도 끝이 났다고 한다. 그 정점에는 기업화된 대학이 존재한다. '학문의 장'이란 명칭이 무색해져 버린 지금, 한국의 대학들은 기업이 비자금을 만드는 방식을 답습, 예·결산 부풀리기를 통해 적립금이 10조를 넘어가는 상황에 이르렀다(「사립대 적립금 10조 돌파… 이대 '전국 1위'」, 『한국대학신문』 2013. 8. 29).

재벌의 이윤과 국가 경제가 무관하듯이 대학의 수입 확대가 학생 복지로 순환되지 않는다. 일부 사람들이 이야기하는 낙수효과trikel-down effect를 순진하게 믿는 사람들은 더 이상 찾아보기 힘들다. "고통 앞에 중립은 없다"라고 말했던 프란치스코 교황은 "과거에는 유리컵에 물이 가득 차면 흘러넘쳐 가난한 사람에게도 그 혜택이 돌아간다는 약속이 있었다. 하지만 지금은 컵이 가득 차자 그것은 마술처럼 더 커져 버렸다. 그래서 가난한 사람들에게는 아무것도 돌아가지 않는다"며 일침을 가하기도 했다.

높아져만 가는 등록금에 비해 줄어드는 학생 복지. 그 속에 시간제 노동이라는 수렁으로 빠지는 이들이 늘고 있다. 이들은 학벌 탓에, 낮은 학점과 토익 점수 탓에, 당장의 상황을 타개하기 위한 수단으로 시간제 노동을 택한다. 하지만 이들에게 돌아오는 건 힐난과 질책과 책임 전가뿐이다. '그럴 수밖에 없는' 처지인 사람들에게 '그렇게 살지 말라'며 비난하는 것. 모든 것을 개인의 노력 부족으로 치부하는 것. 이중적 폭력으로 이들을 대하는, 너무나 당연시되어 버린 이 사고 구조가 안타깝다.

지난 10개월간 이주노동자와 북한이탈주민, 그리고 시간제 노동에 치여 사는 친구들을 만날 수 있었다. 이들이 받았던 차별의 기저엔 차이를 인정하지 않는 태도가 있다. 파리에서 내가 만났던 그 청년 역시 지리적 · 경제적 · 역사적 · 환경적 차이를 인정하지 않았기에 상대의 입장을 고려하지 않은 차별적 행동을 한 것 아닐까?

이제는 그때를 떠올려도 더는 분노하지 않는다. 그것은 의식적으로 외면했지만 내 안에 숨어 있던 인종주의에 경종을 울려주는 계기가 되었다. 우리 주변에는 여전히 인종주의적 편견에 갇혀 사는 사람들이 많다. 정말이지, 너무 많다. 하지만 출신지가 어디든, 인종이 무엇이든, 이 땅을 살고 있는 '사람들' 모두는 자신의 삶을 위해 최선을 다하고 있다. 그 점에 관해서는 어떤 한 사람이 다른 누구와 다를 이유가 없다. 그가 이주노동자든, 북한이탈주민이든, 시간제 노동을 하는 고학생이든, 다른 누구든, 그 누구도 이 사회에서 투명인간이 되어야 할 필요가 없는 것이다.

• • •

이주노동자에 대한 주제를 잡은 것은 떠나온 사람들에 대한 이야기를 하고 싶었기 때문이다. 토론을 하면서 일화가 이런 이야기를 한 적이 있다. "지구촌이라는 말이 이제는 너무 흔해진 세상에서 우리는 정말 지구를 한 마을처럼 생각하고 있는 걸까?"

〈미녀들의 수다〉를 시작으로 외국인 게스트가 참여하는 프로그램이 성행하고 있지만, 그것을 보고 있으면 무언가 서구 백인 사회를 향한 갈망만이 응축되어 나타난 것 같았다. 우리는 서구적인 외모에 화려한 입담과 유머 감각을 가진 이들에게만 열광하고 있다. 하지만 실상 주변을 둘러보면 '개발도상국'이나 '후진국'이라 불리는 곳에서 온 이들이 현실에는 훨씬 더 많다. 언어도, 문화도, 피부색도 다른 이곳에서 투명인간처럼 살아가고 있는 그들이 궁금했기에 나는 이 주제를 선택했다.

이 후기를 쓰고 있는 나는 6개월 동안 공감게스트하우스에서 일을 하며 모은 돈으로 두 달간 동남아시아로 여행을 와 있다. 며칠 전에 태국을 거쳐 라오스로 넘어왔다. 메콩강을 사이에 두고 라오스와 국경을 접한 태국의 작은 마을 치앙콩에 있을 때였다. 나는 강변을 거닐고 있었다. 정처 없이 걷고 있던 중에 느닷없이 한국어가 들려 왔다. 주위를 둘러보니 길가의 식당에서 한 무리의 태국인 중 한 명이 이야기하는 것이었다.

"한국 사람이에요? 올라와서 같이 놀아요."

잠시 망설였지만 일행도 없었고 작은 마을이라 더 둘러볼 곳도 없었기에 그들과 합류했다. 날 불러 세운 이는 곧 서른 살을 앞둔 형이었고 한국말을 유창하게 했다. 태국과 한국을 오간 지 벌써 6년째인 그는 서울 신천에서 커피 수입업을 한다고 했다. 그가 한 해에 아홉 달을 한국에서 보낸다는 곳은 내가 초등학교를 졸업했던 곳이었다. 덕분에 우리는 말문이 터졌고 서로의 기억에 남아 있는 서울의 신천에 관한 이야기를 쏟아냈다. 배낭여행자인 나에겐 과분한 식당에서 태국의 전통술과 각종 음식을 함께 먹으며 다른 태국인들과도 이야기를 나눌 수 있었다. 가이드북에 나오는 호텔의 주인도 있었고, 동성애자인 의사도 있었고, 여행사를 하는 친구도 있었다. 이들과 함께 세 번이나 자리를 옮겨가며 잔을 기울이고 나서야 숙소로 향했다.

태국 북부에서 만난 또 다른 한국 이주노동자 출신 태국인은 부산의 가구공장에서 일을 했다. 그 역시 내가 한국에서 왔다는 것만으로 반가워했고, 한국에서 생활했던 자신의 이야기를 들려주었다. 그리고 기꺼이 나를 환대해 주었다. 아마 한국에서 생활했을 때의 기억이 좋은 경험으로 남았기에 그랬을 것이다. 그들을 만나며 나는 "대접받고 싶으면 그렇게 대접하라"는 토닥토닥의 어느 멤버가 인용했던 황금률을 떠올렸다. 우리 주변의 이웃, 소외되고 소수인 이들을 따뜻하게 대해야 하는 이유는 어쩌면 이처럼 작은 것일 수도 있다.

내가 만난 이들은 한국에서 좋은 기억을 간직한 채 본국으로 돌아온 이들이었다. 하지만 여전히 우리 주변에는 이주노동자의 인권과 노동을 보장해 달라는 피켓을 들고 간절히 외치는 이주노동자들이 있다. 정말로 지구촌을 표방하고, 다양성을 원하며, 세계 속의 대한민국이 되길 바란다면 이제는 이주노동자들이 겪는 현실을 직시해야 되지 않을까? 그들의 "우리는 사람입니다"라는 외침에 이제는 내국인이며 다수자인 한국 사람들이 함께해야 하지 않을까?

나는 토닥토닥 모임에서 했던 다연 누나의 말이 떠올랐다.

"사람들은 살면서 스스로에 대해 착각을 하는 경우가 많은 것 같다. 내 월급이 많다고, 가방끈이 더 길다고, 태어난 곳이 이곳이라고, 다른 누군가를 무시하거나 차별하거나 내가 잘났다고 착각을 한다. 사실 한국에서 태어났건, 다른 나라에서 태어났건, 나처럼 북한에서 태어났건, 우리가 일을 하는 이유는 '살기 위해서'가 아닐까? '우리는 모두 노동자다'라는 말이 생각난다. 나도 일을 해왔고, 일을 하는 사람들이 출신, 성별, 직종, 정체성으로 차별을 받아야 할 이유는 없으니까. 우리는 정말이지, 모두 노동자다."

참고

〈그것이 알고 싶다〉 '외국인 범죄' 편, 경찰청 공식 블로그, http://polinlove.tistory.com/7233.

「이주노동자들이 한국 국가신인도 매긴다면」, 『한겨레』 2006. 1. 6.

출입국 · 외국인정책본부, http://www.immigration.go.kr/HP/TIMM/imm_06/imm_2011_12.jsp.

통일부 북한이탈주민정책 http://www.unikorea.go.kr/content.do?cmsid=1442

우리들의 작은 거인

아동청소년 인권

최일화

엄마와 할매

겨울 새벽, 칼바람을 뚫고 엄마가 도착한 곳은 병원 인근의 시집(내 고향에서는 결혼을 하면 대부분 시부모님과 함께 산다. 그래서 '시댁'이라는 말보다는 '시집'이라는 말을 더 많이 쓴다)이었다. 병원은 엄동설한에도 난방시설이 제대로 공급되지 않았다. 다행히 친할머니 집은 병원에서 걸어서 10분 거리에 있었다. 진통이 오는 것을 감지한 엄마는 찝찝한 몸을 씻으려고 집으로 급하게 걸어왔던 것이다. 엄마는 몸을 씻고, 기분 좋게 밥을 먹고 다시 병원에 갔다. 몇 시간 후 엄마는 수술실로 들어갔다. 엄마의 작은 골반은 자연분만을 감당할 수 없었다. 엄마는 제왕절개를 했다. 그렇게 나는 이 세상에 엄마와 아빠의 첫아이로 태어났다. 고향에서는 산모의 회복을 위해 돼지 족발을 푹 고아서 먹이거나 미역국으로 보신을 했다. 그나마 그때까지는 북한이 지금처럼 가난하진 않았기 때문에 엄마는 나를 낳고 영양공급을 충분히 받을 수 있었다고 한다.

첫 자식이라 경험이 부족했던 엄마는 여느 초보 엄마들처럼 시행착오를 많이 겪었다. 원래 허약 체질이었던 것도 문제였지만, 출산 예정일 하루 전까지 출근해야만 하는 것도 한몫했다. 당시 북한에는 여성복지제도인 출산휴가가 해산 전후로 70일 정도 주어졌으나 고지식한 엄마는 휴가도 안 쓸 만큼 정부에 헌신적이었다. 갓 시작된 시집살이도 만만치 않았을 것이다. 어린 시동생까지 보살펴야 하니 엄마의 노고가 오죽했을까? 엄마는 그때의 서운함과 마음고생을 항상 마음 한쪽에 간직하고 지내는 것 같다. 할머니도 그 시절을 생각하면 마음이 좋지 않다고 하신다. 시집가기 전까지만 해도 기저귀 가는 모습만 봐도 토하는 시늉을 하던 엄마는 나를 낳은 날 이후로 훌쩍 어른이 된 것이었다. 아직 출산을 경험하지 않은 나는 그때의 엄마가 처한 상황을 제대로 이해할 수 없을 것이다. 언젠가 엄마가 되면 엄마를 좀 더 가슴으로 이해하지 않을까?

나는 유난히 울음이 많은 아이였다. '울화'라는 별명이 붙을 정도로 떼를 쓰고 악을 부렸다고 한다. 가족들이 다들 모이는 명절날에는 엄마가 식구들의 눈총을 받으며 나를 업고 조용히 밖으로 나가기도 했다. 대부분의 남자들이 그렇듯, 내가 태어나기 전까지는 하늘의 별이라도 따 주겠다고 맹세하던 아빠는 울어대는 나를 모른 척하며 당신의 일에만 몰두했다. 가사노동을 분담한다는 것은 꿈도 꿀 수 없었다. 북한에서 남자는 '나가서 큰일을 해야 하는 사람'으로 인식된다. 북한은 남녀평등권이 1946년에 자리 잡았다. 하지만 실상은 어떤 사회보다 더 가부장적이었다. 내가 자라면서 본 환경도 그랬다. 자식을 돌보는 것은 여자의 몫이었다. 출근하면 남성 못지않게 정해진 일을 해야 하고, 퇴근하면 다시 아내로 돌아와 남편과 자식을 헌신적으로 돌봐야 했다. 또한 미디어도 국가가 바라는 여성의 모습을 적극적으로 선전했다.

'김일성 회고록' 과 교육열

우리는 누구나 어느 사회의 구성원으로 소속되어 살아간다. 유치원에 들어가기 전에는 엄마 친구들의 자녀들과 함께, 아니면 동네 친구들이랑 함께 성장한다. 그러면서 우리는 서서히 이 사회의 일원이 된다. 엄마들은 누구의 아이는 벌써 한글을 읽는다고 하고, 산수를 한다고 하며, 또 시계를 볼 줄 안다며 자녀들을 평가하기 시작한다. 인간의 본성인지, 어미된 이들의 본성인지 내 자식이 최고이길 바란다.

우리 집은 대가족이라 집안 행사가 유난히 많았다. 명절 전에는 가족들이 모여 음식도 만들고 자식 자랑도 한껏 했다. 그 중 아직까지도 엊그제 일처럼 기억나는 것이 있다. 친척들 중 나와 나이가 비슷한 아이가 김일성 회고록인 『세기와 더불어』를 읽고 있다고 했다. 엄마는 나도 그 아이처럼 김일성 회고록을 읽기를 바랐다. 회고록의 내용은 상관없었다. 다만 그 아이가 무언가를 읽는다는 것이 엄마의 질투심을 자극했던 것 같다. 그 사건 이후 나는 회고록을 들고 읽는 척이라도 해야만 했다. 하지만 그리 오래 가진 않았다. 읽을 때마다 나는 일관성 있게 잠들었고, 엄마는 그제야 회고록 읽히는 것을 포기했다. 그림 하나 없이 짜인 전설 같은 책이니, 열 살도 안 된 아이의 흥미를 유발하기엔 적합하지 않은 책이었다. 아마 엄마도 읽어 본 적이 없었던 것 같다. 아니면 갓 초등학교에 들어간 어린 딸이 불쌍해 보였을 수도 있을 것이다.

하지만 쉽게 자녀교육을 포기할 엄마가 아니었다. 또 다른 쌉싸래한 배움이 나를 기다리고 있었다. 나의 의사와는 무관하게 나는 등 떼밀려 학원이라는 문턱에 도달했다. 학원이라기보다는 재능을 가진 개인이 자기 집에서 제공하는 일종의 과외였다. 북한에서 사교육은 법적으로는 금지된다. 표면적으로 북한에서 교육은 '무상교육'이었으니, 정부가 개인교습이나 돈을 주고 가르치는 행위를 법으로 금지하고 있었던 것이다. 하지만 수많은 아사자를 냈던 대기근 시기 이후 사교육은 또 다른 시장행위로 발전했다.

당시에는 교육과 관련된 직종에 종사하던 사람들 중에서 청렴한 사람들이 유난히 많이 죽었다고 한다. 그 이유에는 여러 가지 설이 있지만 그 중 한 가지는, 그들이 너무 고지식한 부류라서 죽었다는 것이다. 정직하면 생존이 불가능한 시기였다. 청렴한 사람들은 점점 죽어 사라졌고, 대기근이 지속될수록 일부 교육자들 사이에 자신의 재능을 판매하는 행위가 자연스럽게 조성되었다. 수업료는 돈으로 내거나 그에 상응하는 쌀이나 다른 농산물로도 대체 가능했다. 당연히 끼니를 걱정하는 일반인들에게는 해당 사항이 아니었다. 하지만 어느 정도 여유가 있는 집안의 엄마들은 자녀교육에 치열했다.

자녀교육에 대한 열의는 남과 북이 참 많이 닮은 것 같다. 남한도 엄마의 치맛바람에 못 이겨 '유체이탈'을 매일 경험하며 학원으로 가고 있으니 말이다. 경제적으로 여유로운 집안에서 태어난 자식은 일찍이 다양한 경험을 할 수 있지만, 가난한 집안 자식은 꿈도 꿀 수 없는 것도 비슷하다. 여기서 나는 묻지 않을 수 없다. 교육의 목적은 무엇일까? 순수함이란 또 무엇일까?

한여름밤의 별빛과 두만강의 썰매

내 고향 무산은 함경북도의 작은 광산마을이다. 무산은 대구와 비슷하게 온통 산으로 에워싸인 분지 지형이다. 그곳은 '풍요'와 '자유'라는 단어와는 다소 거리가 있었지만, 여름이면 유난히 파란 하늘과 두만강의 맑은 물과 밤하늘 별빛이 아름답게 넘실거리던 곳이었다. 군부대나 특별한 공공장소를 제외하면 일반 주택들은 전기 공급이 전혀 되지 않았다. 하지만 인간의 능력으로 밝히는 불빛을 능가하는 위대한 자연이 있었다. 밤하늘의 무수한 별빛과 달빛을 의지해 저녁이면 한 동네 친구들과 밤늦도록 수다를 떨며 배고픔을 달래기도 했다.

한여름밤이면 동네 친구들이랑 무모한 도전이나 유치한 생각도 망설이지 않았다. 밤하늘을 수놓은 별의 개수를 센다든지, "둥근달 안에 토끼 엄마가 방아질하고 있는 것은 무엇일까?" 같은 생각이 그랬다. 유치하게 바라보던 언니 오빠들은 어린 우리의 행동이 바보 같다고 핀잔을 주기도 했지만, 가끔은 수수께끼도 내주고 나름대로 그들의 지혜를 어린 친구들한테 가르쳐주기도 했다. 우리는 새벽까지 친구들이랑 밖에서 장난치고 뛰어노느라 피곤함도 잊고 함께 놀곤 했다. 한잠 주무시고 일어난 부모들의 꾸지람을 듣고서야 우리는 각자 집으로 가, 먼지 잔뜩 묻은 바짓자락을 채 정리도 안 하고 잠에 들곤 했었다. 여름이 가장 좋았던 이유 중 하나는 이렇게 사탕보다 더 달콤한 동네 사람들의 이야기가 있었기 때문이다.

겨울은 워낙 춥다 보니 여름보다 이웃들과 왕래가 뜸했다. 다만 내가 살던 곳에서는 두만강에서 겨우내 썰매를 탈 수 있었다. 썰매를 만들어주는 것은 아버지의 몫이었지만, 나머지는 주위 언니 오빠들이 가르쳐주었다.

가끔은 애들끼리 폭력도 오가기도 하고, 애들 싸움이 어른싸움이 되기도 했다. 옆집에 사는 동갑내기 남자아이가 있었는데 하루가 멀다 하고 몸싸움을 했다. 아주 어릴 적엔 그 친구와 몸싸움을 하면 내가 이겼다고 한다. 하지만 싸우고 난 다음날이면 언제 그랬냐는 듯이 또 같이 뛰어놀곤 했던 친구다.

그렇게 싸우면서 성장했던 개구쟁이 유년 시절, 교복 입은 언니 오빠들이 유난히 부러웠던 유치원 시절, 곱셈을 잘 하는 사촌언니가 미웠던 초등학교 시절도 있었다. 이런 과정을 통해서 나는 조금씩 성장했고, 교육의 문턱으로 서서히 다가가고 있었다.

무상교육

초등학교 과정에 입학하고 수업시간 동안 움직이지 않고 한자리에서 꼬박 한 시간을 앉아 있어야 하는 것은 참으로 고역이었다. 개학하고 얼마 지나지 않아 예방접종날이 다가왔다. 주사기를 들고 학교에 들어오는 의사와 간호사를 보고 수업 도중 집으로 줄행랑을 친 일도 있었다. 다음날 선생님께 호되게 혼나며 가벼운 매질을 당하고 서럽게 눈물까지 흘리고서야 서서히 교육이라는 옷을 입게 되었다. 성적순으로 자리를 배치하고, 숙제 안 해오는 친구들을 매질하는 선생님의 모습은 너무나 당연한 것이었다.

초등학교 2학년 때 반에서 성적이 가장 처지는, 귀에 솜털이 보송보송하고 볼에 살이 통통하게 오른 남자애가 있었다. 숙제도 안 해오고, 학교에서 요구하는 물품도 제때에 가져오지 않는 친구였다. 선생님도 전체 학생들이 모인 곳에서 그 친구를 호명해 꾸짖고 혼내는 일이 다반사였다. 하루는 선생님이 교실 안에 있는 작은 사물함에 그 친구를 가두어 놓는 사건이 발생했다. 수업은 진행됐고 그 친구는 수업이 끝 날 때까지 교실 뒤편에 있는 사물함에 갇혀 있어야 했다. 공포감에 서럽게 소리 내어 울지도 못했던 친구를 보면서, 그때 나는 무엇을 느꼈을까? 감금의 이유는 단순했다. 숙제를 안 해오거나, 성적이 뒤떨어지거나, 학교에서 요구하는 물품을 안 가져오면 이렇게 된다고 행동으로 보여준 것이었다. 나중에 그 친구 아버지가 '고난의 행군' 시기에 돌아가셨고, 어머니는 행방불명됐으며, 친척집에서 살고 있다는 이야기를 들을 수 있었다.

초등학교 3학년이면 고학년이라고 방과 후에는 학교에서 시키는 온갖 허드렛일을 했다. 새로운 건물을 짓는다고 하면 돌이라도 날라야 했다. 표면적으로는 '무상교육'이라고 하지만 내부에서 운영되고 있는 교육시스템은 인간의 존엄성을 처참하게 짓밟고 있었다. 단적인 예로 외화벌이라는 명목상 각 학생들에게서 돈을 거두기도 한다. 학급 친구들 대부분은 가난했다. 학교에서 돈을 거두거나 다른 금전적 부담이 주어지면 학교에 안 나가고 집에서 부모님의 농사일을 돕거나 동생을 돌보았다. 학교에 자주 안 나오는 친구들은 자연스럽게 왕따가 되고 선생님한테 낙인찍혔다. 학교에 나올 수 없으니 성적도 당연히 뒤처질 것이고, 가난한 집의 아이들은 자신감도 사라지게 되었을 것이다.

동급생 중에 장애를 가진 부모님 사이에 태어난 친구가 있었다. 너무 가난한 이 친구는 개학 첫날밖에 얼굴을 볼 수 없었다. 그 후론 장마당에서 나무를 팔고 있는 모습을 더 자주 봤다. 그때 내가 받았던 교육 내용은 남한 학생들은 헐벗고 굶주리며 북한 학생들이 이 세상에 가장 행복하고 남들이 부러워하는 무상교육을 받고 있다는 것이었다. 초등학교 국어 교재 내용의 대부분이 정부를 찬양하고 외세를 비난하는 내용이었다.

외부 세계와의 소통을 철통같이 단절하고 주체가 최고요, 사회주의가 최고라고 내세우지만 그 사회주의마저 속수무책으로 자본화되고 있는 것이 현재 북한의 모습이다. 이런 현상의 시작은 '고난의 행군' 이후라고 한다. 이때 수많은 북한 주민들이 굶어 죽었는데 북한 정부는 이를 듣기 좋은 언어로 이렇게 표현했다. 어린 시절에 겪은 그 시기를 돌이켜 생각해보면, 어떤 사회보다 더 부패하고 강자의 행패가 난무한 곳이었다. 어떤 사람들은 김정일 체제가 말도 안 되는 체제라는 것을 일찌감치 알고 있었다. 그러면서도 다수는 가난에 허덕이면서도 김 씨 집안을 찬양해야 했다.

가정형편 실태조사

초등학교 입학 후 얼마 지나지 않아서 선생님이 학생들을 상대로 설문조사를 했다. 가정형편 실태조사였다. 15년이라는 시간이 지났지만 여전히 잊히지 않는 것은 그때의 모욕감이다. 스무 명으로 구성된, 남학생과 여학생으로 이뤄진 중간 규모의 교실에서 선생님이 각 학생을 호명하며 집에서 무슨 밥을 먹는지 물어보았다. 큰 소리로 대답하지 않으면 들리지 않는다고 했다. 고향에서는 가난한 자와 잘사는 자를 평가하는 잣대가 크게 두 가지였다.

"집에서 무슨 밥을 먹고 있는가?"

"반찬은 어떤 것을 먹고 있는가?"

의식주가 해결이 안 되던 시기였기 때문에 그런 식으로 조사했던 것 같다. 선생님의 의사인지, 아니면 학교에서 지시한 것인지는 모르겠지만 그렇게 살림살이까지 선생님한테 낱낱이 밝혀야 했다.

조사가 끝나고 나면, 자연스레 선생님의 호위와 보살핌을 받는 학생들과 미움을 받는 학생들이 나뉘졌다. 부모의 경제력이 빈약하면 그에 따라 부당한 처우를 받는 것을 당연하게 받아들이곤 했다. 특히 여름철이면 방과 후에 선생님들이 운영하는 농장으로 가서 풀을 심거나, 청소 아니면 다른 일들을 했어야 했다. 가난한 집 아이들은 매일 일을 해야 했고, 잘사는 집 아이들은 그런 일을 하지 않아도 선생님한테 미움을 받지 않았다.

정당하지 않은 대우를 익숙하게 받아들이는 것을 당연하게 인식하며 성장한다면 바른 삶을 살 수 있을까? 나보다 약자를 더 생각할 수 있을까? 교과 내용과 현실 세계의 좁혀지지 않는 괴리감은 컸다. 누군가의 보호가 필요한 어린 사람이 스스로 그것을 느낀다면 교육은 그 의미를 잃은 것이 아닐까?

때늦은 후회

몰랐다. 그것이 인권 유린인지조차 판단할 수 없었다. 동지가 지나고 추위가 강세를 부리는 1월이었다. 정확한 날짜는 기억할 수 없다. 하지만 그때 내가 보고 들은 사건은 생생하다. 코끝이 빨개지고 손발의 감각을 느낄 수 없을 만큼 추웠던 날, 나는 수많은 인파 속에 있었다. 공개 처형이 이뤄지는 장소였다. 사람들이 웅성이고 있었다. 어른들 사이에 끼여서 아무것도 볼 수 없었지만 세 발의 총성만은 생생하게 기억한다. 잠시 후 침묵 속에 뿔뿔이 흩어지는 사람들, 그제야 하얀 눈 위에 뿌려진 붉은색 피가 보였다. 공포가 밀려왔다.

"그냥 눈 꽉 감고 지나칠 걸……."

때늦은 후회였다. 그때 나는 피 흘리며 죽어가는 한 인간을 보지 못했다. 인간으로 보지 않았으며, 죄 지으면 죽을 수 있는 불확실한 존재로만 그 사람을 생각했다. 언제든 정부가 정해 둔 법을 어기면 죽임을 당할 수 있는 것도 인간이라는 식으로 나의 인식은 굳어져 있었다. 나는 세뇌교육의 효과가 그대로 반영된 작은 인간이었다. 인간이라면 누려야 할 기본 권리인 자유는 국가의 것이지 개인의 것이 아니었다.

폭행이 일어나고 있는 현장을 보면서도, 나는 약자의 편은 아니었다. 강자의 표현을 당연시하는 교육을 받았다. 교육 현장에서 선생님은 갑이고 학생은 을이었다. 갑의 폭언과 폭행에 반기를 들면 문제는 더 커지곤 했다. 남자아이들은 여자아이들보다 행동이 거칠고 문제를 많이 일으켰다. 당연히 가끔은 몸싸움도 일어났다. 그때 중재자 역할은 선생님의 몫이다. 그런데 선생님은 더 큰 폭력으로 그들을 제압하곤 했다. 작은 것을 큰 것으로 막는다는 것이었다.

하지만 학생들을 때리다 보면 제압이라는 초기의 목적은 탈색되어 선생님은 이성을 잃고 그 학생을 무자비하게 때리곤 했다. 작은 장난으로 시작된 학생의 행동이 되돌릴 수 없는 외상으로 남게 되는 때도 있었다. 중학교 때 수학 선생님이 그런 분이셨다. 한 남학생의 행동에 분노하여 무거운 몽둥이로 학생을 때렸다. 그 친구는 청각을 잃었다.

다른 이의 고통을 보고 공감할 수 있는 능력 또한 교육과 연습을 통해 향상된다. 그것이 교육의 시작이라고 생각한다. 할 수 있다면 더 많이, 더 자주 이야기해주고 싶다. "넌 교육받고 사랑받을 자격이 충분하다"고, "그게 당신이 이 세상에 태어난 이유"라고 말이다. 세상엔 흑과 백만 존재하는 것이 아니라 여러 가지 색상이 있다는 것을 말해주고 싶다.

이건 북한만의 이야기가 아니다. 자유가 전적으로 보장된다는 남한에서도 다양성이 인정되지 않는 경우가 많다. 자유롭게 이야기를 나눌 수 있는 것 역시 헌법에 명시된 권리인데 그것의 소중함을 피부로 느끼지 못하는 것이다. 이는 조기교육의 예를 통해서도 볼 수 있다. 남한에서는 조기교육을 통해 어린이들이 더욱 똑똑해지길 강요당하고 있다. 남을 밟고 올라서야 능력을 인정받는 현대 사회에서 우리는 당연하게 조기교육의 중요성을 이야기한다.

그런데 여기서 의문이 든다. 교육이라는 것은 본래 누굴 위한 것일까? 정말로 자녀가 행복한 삶을 살기를 원한다면 자녀의 어리광 섞인 표정과 장난스런 행동을 지켜봐 주고 보살펴야 하는 것이 아닐까? 부모가 원하는 삶의 방향은 자녀가 원하는 삶의 방향이 아닐 수 있다. 그럼에도 아이의 미래를 위한다면서 부모들은 잊고 있는 것이 있다. 현재가 없으면 미래도 없다는 것. '자녀의 행복한 미래'라는 명목하에 이곳의 부모들은 아이들에게 지나친 것들을 강요하는 것은 아닐까?

우리 부모님은 어릴 적부터 나를 북한 정부를 위해서 헌신하도록 만

들려고 하셨다. 부모님은 내가 여군으로 출세하여 안정된 삶을 살기를 바라셨다. 그래서인지 나는 어릴 적에 군인이 된 모습을 종종 상상하곤 했다.

자식이 태어나는 순간부터 많은 부모들은 자식의 미래를 지배하려고 한다. 그리고 이것이 당연시된다. 내 딸이고 내 아들이니 더 잘되길 바란다는 부모의 마음 때문이라고 한다. 지긋지긋한 가난이 대물림되는 것을 막는다는 이유로 자신의 야망을 자녀에게 전파한다. 다수의 부모들은 일등을 하고 일류 대학을 나와 대기업에 들어가는 것을 성공이라 생각한다. 그래야 내 딸이며, 내 아들이라고 자랑할 수 있다.

하지만 세상에는 셀 수 없는 직업과 매력이 있다. 모든 사람이 변호사가 되고 의사가 되어야 한다고 가르친다면, 다양성이 주는 풍요로움을 배제하고 이 세상엔 바닐라와 초코맛 아이스크림밖에 없다고 하는 것이나 마찬가지일 것이다. 하지만 세상에는 이 두 가지 맛만 있는 것이 아니지 않나? 이것만 있다면 세상이 얼마나 지루하고 따분할까?

청소년을 위한 사회의 역할

지난 수십 년간 한국은 산업화 · 도시화 · 서구화 등의 영향으로 급격한 사회 변동을 경험했다. 사회의 가장 기본 단위인 가정도 이와 같은 변화의 물결에 휩싸이지 않을 수 없었다. 사회 변화는 가족제도 자체뿐만 아니라 가족 구성원 개개인에게도 강한 영향을 미쳤다. 특히 우리 사회는 유교에 근거한 전통 가치와 규범이 뿌리 깊게 존재한다. 그런데 단기간에 압축적으로 진행된 산업화·도시화 및 서구화의 영향으로 가치관이 격하게 변화한 탓에 전통적인 가족의 기능이 붕괴되어 사회문제가 양산되고 있다. 세대간 갈등은 심화되고, 서로를 이해하고 받아들이는 것이 더욱 힘들어진다.

이런 사회에서 사회의 약자인 청소년은 부모에게 보호받아야 하는 존재로만 인식된다. 그들을 진정으로 이해하고 그들을 하나의 주체로 인정하려는 노력은 찾아보기 힘들다. 사춘기에 접어들어 정체성을 찾으려고 방황하는 자녀를 향해 욕을 퍼붓는 부모, 매질로 자녀를 다스리는 부모 밑에서 자라난 이들이 극단적인 선택을 하는 경우도 심심찮게 볼 수 있다.

여성가족부 자료에 의하면 가족 기능이 약화됨에 따라 가출청소년이 지속적으로 증가하는 것으로 나타났다. 2005년에 비해 2013년 가출 청소년의 비율은 2배가 증가한 2만 5천명으로 발표됐다. 이 수는 한국에 거주 중인 북한이탈주민의 수에 육박한다. 그렇다면 집을 나온 청소년들을 정부와 지역사회단체들은 제대로 보호하고 있을까? 청소년보호에 관한 전반적인 문제는 2005년부터 여성가족부에서 담당하고 있다. 전국에 가출청소년을 보호하는 시설은 103개로 각 보호시설마다 최대 수용할 수 있는 인원은 10명에서 20명이라고 한다. 가출청소년에 비해서 분명히 부족한 숫자다. 현실이 이렇다 보니 청소년들은 방치되고 위험에 노출된다. 지낼 곳이 없어 어쩔 수 없이 성매매를 하는 청소년들이 있는가 하면, 절도와 사기 혐의로 구속되는 사례도 이어진다.

KBS 청소년 기획 〈위기의 아이들〉에서 본 여중생의 이야기는 가슴이 미어지게 만들었다. 아버지의 주사로 매일 저녁 폭행을 당해야 했던 이 친구는 가출을 결심하고 집을 나왔다. 하지만 지낼 곳이 없었던 여중생은 살기 위해 성매매를 시작했다. 또 다른 남중생은 가난한 집안 살림과 잦은 폭력으로 인해 가출하게 되었다. 그러나 의식주를 해결하기 위해서는 돈이 필요했고, 절도를 저지를 수밖에 없었다. 결국 그는 소년원에 수감되었다. 소년원에서 퇴소한 그는 아직 미성년자이다. 또 다시 길거리를 배회하는 그가 할 수 있는 것은 무엇일까?

물론 모든 선택엔 책임이 따른다. 하지만 이건 너무 가혹하지 않는가? 잠깐의 실수를 스스로 뉘우치고 다시 사회의 일원으로 돌아갈 수 있도록 돕는 것이 사회의 역할이 아닐까? 최소한 사회는 방치되어 있는 청소년들에게 의식주는 해결해 주어야 하지 않을까? 거칠다며, 교육을 제대로 받지 못했다며 청소년들을 나무라기 전에 어른인 우리가 먼저 반성해야 하지 않을까?

자녀의 진정한 행복

정체성의 혼란을 겪고 있는 청소년들을 위해 우리 사회가 할 수 있는 것은 무엇일까? 안정적인 가정에서 태어나고 성장하는 청소년들은 과잉보호로 스트레스를 받고, 불우한 가정에서 성장하는 청소년은 무관심과 방치로 자기 자신을 잃어가고 있는 이러한 현실에서 말이다.

이 주제와 관련해 평범한 가정에서 교육받은 청소년들의 의견을 듣고 싶었다. 중학생인 동생의 도움으로 다섯 명의 청소년들을 인터뷰할 수 있었다. 내가 처음 그들에게 궁금했던 점은 그들이 '인권'이라는 말의 의미를 알고 있는지였다. 나는 "청소년 인권이 제대로 지켜지고 있다고 생각하는가?"라고 질문했다.

예상한 바와 같이 제대로 지켜지지 않는다고 대답한 그들이 이유로 든 것은 개인의 의견을 묵살한 지나친 학업 때문에 받는 상실감과 부모의 과잉보호였다. 부모의 얼굴을 보고 이야기를 나누는 시간보다 학원 강사와 더 많은 시간을 보낸다고 했다. 사람마다, 아니 가족마다의 차이점은 있을 것이다. 하지만 내가 만난 학생들은 하나같이 비슷한 이야기를 했다. 부모님들은 조언한다. "본인이 좋아하고 하고 싶은 것을 하며 살라"고. 하지만 이들은 알고 있었다. 그 말의 본래 뜻은 "좋은 안정적인 직업을 위해 공부를 하라"는 것이라는 것을.

부모들은 청소년들에게 본인의 꿈을 찾기 위한 시간과 자유, 정신적인 여유를 준 적이 있을까? 자유롭게 자신이 원하는 것을 할 수 있는 환경이 필요하다고 청소년들은 호소하고 있었다. 만 18세 이전까지는 법적으로 부모님의 보호 아래서 살아야 하는 것이 청소년이다. 하지만 부모들은 내 자식이기 전에 청소년이 주체적인 존재라는 것을 잊고 있는 것 같다. 온전히 존중받을 자격이 충분한 인간이라는 것을 잊게 만드는 것이 어쩌면 가족일지도 모른다. 서로에게 상처를 가장 많이 주고받는 사이인 것이다. 청소년기에 자신을 이해해주지 않는 부모님에 대한 서운함으로 자식은 한평생을 불만스러워하고, 부모는 부모대로 자신들의 마음을 헤아리지 못하는 자식이 서운해 한평생을 괴로워하기도 한다.

세대간의 소통을 통해 삶의 질을 향상시키는 것도 어른의 몫이라고 생각한다. 교육의 시작은 가정교육이라고 하지 않나? 어릴 적부터 경쟁을 부추기는 사회의 문제점을 방관하면서 내 자식도 그 불구덩이로 떠미는 것은 자녀의 진정한 행복을 원하는 부모의 모습이 아니라고 생각한다.

내가 사는 아파트 단지 주변에는 학원들이 즐비하다. 그 중에서 특히 눈에 거슬리는 문구가 하나 있다.

"내 아이 천재 만들기"

교육이 상품화된 사회에서는 돈 있는 사람은 질 좋은 교육을 더 많이 받고 그것을 기반으로 출세한다. 뒤처진 사람들은 불안감을 안고 살게 된다. 정말 이런 교육을 못 받으면 질이 안 좋은 사람이 되는 걸까? 젖살도 빠지지 않은 통통한 볼, 앙증맞게 튀어 나온 배, 몇 살이나 됐을까? 이 문구가 붙어 있는 학원으로 어린 꼬마가 들어가는 생경한 풍경을 보며 복잡한 감정에 휩싸인다.

보약과 독약 사이

모든 것이 자기 뜻대로 이뤄지지 않는다는 것을 우리는 알고 있다. 여러 상황에는 변수들이 존재한다는 것도 우리는 머리로 알고 있다. 하지만 포기할 수 없는 영원한 것 또한 존재한다. 하나의 예는 부모님의 따뜻한 사랑이다. 뜨거운 사랑이라는 표현이 더 맞을 것 같다. 사랑하는 자식이 잘되기를 바라는 마음은 부모의 가장 큰 바람일 것이다. 하지만 무엇이든 도를 넘으면 약이 아닌 독이 된다. 성장하는 자녀가 행복하길 진정으로 바란다면, 자녀를 한 인간으로 본다면, 그 아이를 존중해야 한다. 아껴주고 감싸주고 더 사랑해주고 싶다고 자녀를 온실 안의 화초로 만들려고 애쓴다면 그것은 잘못이 아닐까?

스스로 강해지는 법을 터득할 수 있게, 먼저 자녀가 그의 인생을 살도록 지켜보는 '기다림'이야말로 진정한 사랑일지 모른다. 무한 경쟁 속에서 스트레스와 좌절을 경험할 수밖에 없는 이 땅의 청소년들에게 필요한 것은 자신을 이해하고 인정해주는 부모의 존재일 것이다. 청소년들은 자신이 무슨 생각을 하고, 어떤 고민을 하고, 무엇에 흥미를 두고, 어떤 일에 참여하고 싶어하는지, 관심도 보이고 의논도 하며 때때로 인정도 하는 부모를 필요로 한다. 괴롭고 슬플 때 위로도 받고, 작은 성취에 큰 축하도 받고 싶은 것이다. 이것이 진정 청소년들이 부모에게서 받고 싶어하는 사랑이 아닐까? 그렇기에 '부모의 정보력'은 입시 정보나 학원 정보 같은 것이 아니라, 자신의 자녀가 원하는 것이 무엇인지를 알고 있는 것이 부모의 진정한 정보력일 것이라 생각한다.

청소년들에게 부모는 세상의 옳고 그름을 가르치는 정의로운 도덕 선생님이며, 어려움을 진정으로 고민해주는 가장 친근한 친구여야 한다고 생각한다. 어릴 때부터 혼자서 살아가는 것이 아니라면 자식은 부모의 사랑이라는 자양분을 먹고 성장한다. 부모에게 사랑하는 법을 먼저 배운 자녀들은 그것을 곧 따라할 것이다. 흔히 말하듯, 아이는 곧 부모의 거울이다. 정답이 존재하지 않는 삶에서 자식에게 너무 많은 것을 기대하며, 사랑하는 자녀의 어린 시절의 추억조차 지배하려고 하기보다, 할 수만 있다면 자녀의 동심을 최대한 지켜주는 것이 부모의 역할이 아닐까?

별을 따 달라는 것도 아니고

한국에서 아동청소년 인권은 어른들의 보호 아래에서 이뤄진다. 주체적인 인간이라는 개념보다는 내 자식이라는 인식이 더 대중적이다. 세계적으로도 아동과 청소년의 인권이 보장되어야 한다는 것이 인식된 것은 그리 오래된 일은 아니다. 자본주의 초창기만 해도 아동과 청소년은 값싼 노동력으로만 생각되었다. 내가 나고 자란 북한과 같이 빈곤국에서는 아동청소년 인권의 개선은 더디기만 하다. 그렇다면 이곳 남한은 어떨까?

OECD 국가 중에서 자살률이 항상 상위권에 머물고 있는 한국에서 청소년의 자살 역시 높은 비중을 차지하고 있다. 한국의 문제는 무엇일까? 2013년 여성가족부 발표에 의하면 청소년 자살률은 10만 명당 13명이라고 한다. 청소년의 사망 원인 1위가 자살인 셈이다. 이 지표를 보면 지나친 학업으로 인해 어른보다 더 피곤한 얼굴로 하루를 살아가고 있는 청소년들이 생각난다. 이런 시스템을 이대로 방치하고 그냥 지금처럼 살아가야 할까? 이런 교육제도에선 나 또한 언젠가 결혼한다고 할지라도 출산을 거부하거나 미루고 싶어질 것 같다. 내 자식을 이런 세상에 밀어넣고 싶지 않기 때문이다. 해답은 없는 것일까?

흔히 "어린이는 나라의 미래"라고 말한다. 하지만 앞서 이야기했듯 현재가 없으면 미래는 존재할 수 없다. 평범하고 보편적인 것만 추구하는 다수가 되길 원하며, 각자의 개성과 본연의 모습을 지켜주지 않는다면 먼 훗날 우리 모두는 아마도 절망에 빠질지도 모른다. 나는 사랑스럽고 초롱초롱한 눈망울이 유난히 예쁜 나의 자녀를 물질이 모든 것에 우선하는 사회에서 살도록 만들고 싶지는 않다.

다른 예도 있다. 인권사각지대에서 방치되고 있는 미등록 이주노동자 자녀들은 '투명인간'으로 대한민국에서 살아간다. 이들의 상황을 보면 우리나라가 인권을 보장하는 국가가 맞는지 의심스럽다. '다문화국가'라면서 이 나라에서 태어나고 자라나고 있는 미등록 이주노동자 자녀들을 대한민국은 국민으로 인정하지 않는다. 6천 명이 넘는 아동과 청소년들이 정체성의 혼란과 경제적 난관에 봉착한다.

1990년 발효된 유엔 아동권리협약은 "아동은 출생 후 즉시 등록돼야 하며 출생 시부터 성명권과 국적 취득권을 가진다"(제7조 2항)고 규정하고 있다. 우리나라는 1991년 유엔 아동권리협약에 비준·가입했다. 국제조약은 국내법과 동일한 효력을 갖는다. 이에 따라 그동안 유엔 아동권리위원회는 한국 정부에 수차례 미등록 이주아동의 출생을 등록할 제도와 절차를 마련할 것을 권고해 왔다. 하지만 현재까지도 정부는 속수무책으로 방치하고 있다. 우선순위가 아니기 때문이다.

한국에서 태어나서 김치와 쌀밥을 먹고 한글을 배우고 있지만 미등록 자녀라 아직도 '외국인'인 친구. 필리핀 부모님 사이에서 태어난 한 친구는 온라인으로 강의를 듣고 싶다. 또 다른 친구는 한껏 들떴던 제주도 여행의 꿈을 열세 자리의 주민등록번호가 없어서 포기해야 했다. 하늘의 별을 따 달라는 것도 아니고 이 소박한 소원도 들어줄 수 없는 우리 사회는 어떤 식으로든 책임감을 느껴야 하지 않을까? 유엔 아동권리협약에 가입된 국가로서 약속을 어기는 행위를 하고 있는 것이다. 이 협약이 한국에서 발효된 지 스무 해가 넘게 흘렀지만 아동인권의 발전은커녕 협약의 내용도 준수하지 않고 있다는 사실은 안타까움을 자아낸다. 정의로운 사회는 각 인간을 존중하며 나이를 불문하고 그 사람의 인권을 보장하는 사회일 텐데 말이다.

호밀밭의 파수꾼

나에겐 중학생인 여동생이 있다. 밝고 예의가 바르다고 주위 사람들의 칭찬이 자자한 예쁜 동생이다. 낯선 사람을 처음 만나도 먼저 다가가 함박웃음을 선사하는 아이이다. '사랑한다'는 말과 함께 '예쁘다'는 말을 워낙 많이 사용해서 때때로 상대방을 당황하게 만드는 매력도 있다. 초등학교, 중학교를 남한에서 다니고 있는 동생은 나에겐 부러움의 대상이다.

하지만 이렇게 밝고 당당한 내 동생에겐 아직까지 고민이 하나 있다. 여전히 북한이탈주민이라는 자신의 정체성을 주위 친구들에게 이야기를 하지 않고 있는 것이다. 친구들을 속이고 있다는 죄책감과 함께 자신의 존재에 대해서 끊임없이 묻고 괴로워하고 있다. 친구들과의 우정이 깊어갈수록 더욱 힘들어 한다. 괜히 선불리 터놓고 이야기를 했다가 자신들을 기만했다고 집단 따돌림이라도 당할 것 같아 이러지도 저러지도 못하고 있다. 자신의 정체성을 이야기하고 있지 않은 현재는 자기 내면과의 싸움일 뿐이지만, 만약 자신이 북한이탈주민이라는 사실을 이야기했을 때 친구들의 세계에서 밀려날 수 있다는 것을 동생은 잘 알고 있다. 이런 동생의 내적 갈등을 보고 있자니 답답하기만 하다. 보수적이기로 이름난 지역에서 학교를 다니고 있는 동생이기 때문에 더 조심스러울 것이다. 사람마다의 차이는 있지만 고정관점으로 상대방을 평가하는 것은 참 나쁜 일이 아닌가?

나는 동생에게 이야기하곤 한다. 학교에서 힘든 일이 있거나, 고민이 있으면 언니한테 솔직하게 이야기하라고. 사실 나도 슈퍼우먼인 척하고 있을 뿐이다. 솔직히 말하자면 내가 동생에게 해 줄 수 있는 것은 아무것도 없다. 대다수의 친구들이 학원을 몇 개씩 다닐 때 내 동생은 집에서 혼자 공부해야 한다. 우리 집안 살림으로는 동생을 단 한 곳의 학원에도 등록시킬 수 없다. 그럼에도 사랑하는 마음만큼은 남부럽지 않게 주겠노라 장담하곤 하지만, 그것 또한 안 될 때가 많다. 가끔씩 내가 생각하는 것과 동생이 행동하는 것이 맞지 않으면 화를 내고 잔소리를 하기도 한다. 중학생인 동생을 이십대 중반인 내 눈높이로 판단하고 있는 것이다. '사랑한다'는 말이 사실은 열다섯 살의 동생에게 이십대 중반이길 강요하는 것처럼 느껴지기도 한다. 어쩌면 나는 내 동생의 십대를 빼앗고 있는 것은 아닐까 걱정되기도 한다. 아마도 불안한 미래를 현재의 고통으로 대신하려 하고 있는지도 모른다.

19세기에 살았던 윌리엄 제임스는 현대 심리학을 정립한 사람 가운데 한 명이다. 제임스는 우리가 마음먹기에 따라 자유로울 수도 있고 한없이 얽매일 수도 있다는 것을 "우리 세대 최고의 발견은 인간이 마음가짐을 바꿈으로써 삶을 바꿀 수 있다는 사실이다. 생각을 바꾸면 삶을 바꿀 수 있다"라고 표현했다. 마음을 바꾸는 것은 많은 노력을 필요로 하는 일이지만, 마음을 바꾸고자 하는 노력을 통해서 다양한 변화가 찾아온다는 것은 의심할 여지가 없다. 그리고 얼마 전, 내 동생은 처음으로 자신의 정체성과 관련해 마음가짐을 바꾸겠다고 결심을 했다.

"언니, 나 고등학교 올라가면 당당하게 이야기할 거예요. 북한에서 태어난 게 부끄러운 것 아니라고 생각해. 갈 사람은 가고 올 사람은 오겠죠, 뭐."

그리고 나는 대답했다.

"그래, 당연히 부끄러운 게 아니지. 잘 생각했어."

동생이 이 결심을 하기까지 꼭 7년이라는 시간이 걸렸다. 집에서 쓰는 함경북도 방언이 학교 친구들 앞에서 툭 튀어나와서 혼자 얼굴이 빨개진 날도 있었다고 했다. 비가 오던 날 마중 나온 엄마가 사투리를 쓰며 이야기를 하니 같이 걸어가기가 민망했다고 이야기하기도 했다. 만약 한국 사회가 소수자들을 품는 시선이 지금보다 훨씬 긍정적이었다면 아마 나와 내 동생이 북한에서 왔다는 이유만으로 상처를 받는 일은 없었을 것이다.

지난 몇 개월 동안 함께한 '토닥토닥 프로젝트'를 통해 우리는 서로의 벽을 허물고 공감할 수 있었다. 이런 경험은 처음이었고 그렇게 만나게 된 인연들이 내게는 소중했다. 이 모임에서 경험한 것이 이 작은 모임에서만 일어난 특별한 일로 남지 않기를 바란다. 소수자들을 이해하고 약자도 평등하게 대우받는 것이 특별한 일이 아니라, 일상이 되기를 바란다. 이런 일상을 원하는 내 바람이 두서없는 나의 글로도 전해지길 기도한다. 또한 아동과 청소년의 권리가 지켜지는 세상이 오는 것을 바라는 만큼, 대화와 공감을 통해 남과 북의 거리가 좁혀지길 간절히 바란다. 그래서 언젠가는 무지에서 오는 편견이 사라지길 기대한다.

• • •

'토닥토닥 프로젝트'에서 아동청소년의 인권에 대한 이야기를 나누면서 나는 남한의 교육 체제 속에서 한국 학생들이 겪고 있는 고충에 대해 들어볼 수 있었다. 유년 시절과 청소년 시절을 북한에서 보낸 내게는 이런 이야기를 들을 기회가 흔치 않았기 때문에 친구들의 다양한 학창 시절 이야기만으로도 흥미로웠다. 그래서인지 북한의 교육 환경을 다루는 부분에서는 내가 1인칭 화자가 된 것처럼 이야기를 한 면이 있고, 남한의 교육에 대해서는 좀 더 관찰자의 입장에서 쓴 것 같다. 그리고 이 주제에 대해 토닥토닥 식구들과 함께 이야기하면서, 남과 북에서 각기 다른 유년기를 보낸 우리는 비슷하면서도 확연히 다른 기억과 체험을 공유할 수 있었다. "진한 향수가 담긴 과거의 흔적들을 나열한 유년 시절을 함께 다녀온 것 같다"고 이야기한 승영은 "지난 날을 떠올릴 때, 공부한 것 이외에 아무것도 떠오르지 않는다면 얼마나 슬픈 삶일까?"라고 물으며, 어른들이 자주 하는 "다 너 잘되라고 하는 거야"라는 말이 정말 아이의 삶을 올바른 방향으로 이끄는 것인지 생각하게 되었다고 했다. 승영이 내가 속에 담아두었던 말을 명쾌하게 이야기해주어서 속이 시원해지는 듯했다. "너 잘되라고 하는 거야"라는 선한 말 속에 양면성이 존재함을 고민해보는 것이 내가 이런 글을 쓰게 된 동기가 아닐까 하는 생각도 들었다.

북한에서 온 수많은 사람들과 마찬가지로 나의 과거는 이중적이다. 나의 과거 속에는 암흑 같은 어둠도 존재하지만, 그 칠흑 같은 어둠 속에서도 무수히 반짝이는 별들이 있었다. 북한에서 보낸 유년기 이야기에 가끔 등장하는 잔인한 이야기가 너무 충격적이라 괴리감이 들 수도 있을 것이다. 종현은 교사의 폭행으로 청력을 잃은 친구에 대한 이야기를 들으면서, 또 공개처형 현장에서 피 흘리며 숨을 거둔 사람을 생각하면서 그 당시 내가 어떤 감정이었는지에 대해 물어보기도 했다. 자신은 상상조차 할 수 없다며. 솔직히 나 역시 그때의 기억들이 아주 선명하지는 않다. 그때 눈 위에 뿌려진 피를 보면서 파랗게 질려 있던 내가 떠오르는 정도였다. 청각을 잃고 학교에서 다시는 볼 수 없었던 친구에 관해서도, 사실 그 친구의 미래를 잠시 걱정했던 것 말고는 더 이상 떠오르는 것은 없었다. 나도 딱 그 정도의 보통 사람이다. 그렇기 때문에 노력하는 것뿐이다.

글을 마무리하면서 말미에 동생에 대한 이야기를 쓸까 말까 고민을 많이 했다. 어쩌면 이 글을 통해서 내 동생에게 피해가 갈 수도 있기 때문이다. 쓰고 지우기를 몇 번이나 반복하는 동안 내적 갈등이 심했다. 하지만 결과적으로 동생 이야기를 한 것은 잘한 선택이라 생각한다. 남한에서 청소년기를 보내고 있는 동생의 고민을 '토닥토닥'의 남한 출신 친구들이 많이 공감한다는 느낌을 받았다. 그리고 북한 출신의 다연 언니는, 북한에서 태어난 '흠 아닌 흠'을 짐처럼 이고 살고 있는 동생의 어려움을 누구보다 잘 이해해 주었다.

동생은 얼마 전까지만 해도 부모님이 담임 선생님을 만나는 것도 꺼려 했고, 친구들을 집으로 초대하려고 한 적도 없었다. 억양이나 출신지가 어떻게 보면 아무것도 아닌데, 그것 때문에 그림자처럼 살아온 것이다. 그런 동생이 올해에는 그림자 같은 자신과 우리 가족의 존재를 당당하게 밝히기로 결심했다. 동생의 용기에 '토닥토닥' 식구들은 진심 어린 마음으로 응원을 보내주었다. 이 글을 읽는 분들이 더 많이 응원을 해 준다면, 한국 곳곳에서 어떤 정체성이 되었든 소수자로서 자신의 정체성을 숨기고 살아가고 있을 또 다른 청소년들은 큰 힘을 얻게 될 것이다. 그래서 그들이 자신의 과거와 현재와 미래를 더욱 사랑하고 당당하게 살아갈 수 있기를 바란다.

참고

여성가족부 http://www.mogef.go.kr/korea/view/support/support04_04_02_01.jsp?view=siteview6.

KBS 청소년 기획 〈위기의 아이들〉, 2013년 9월 7일 방영.

「태어나자마자 '투명인간' 서러운 미등록 이주아동」, 『주간경향』 1117호, 2014. 4. 22. http://weekly.khan.co.kr/khnm.html?mode=view&artid= 201404141818011&code=115.

사람이 살아가는, 또 하나의 사회

군 인권

김승영

2014년 1월 8일. 남한의 최북단이면서 동시에 한반도 정중앙에 위치한 연천의 하늘은 흐렸다. 하지만 눈이 내리는 것도 아니었고, 그다지 추운 날씨도 아니었다. 이날 아침만큼은 눈이 내리고, 영하 10도쯤 내려간 장면을 상상했는데 실망스러웠다. 이곳의 진짜 겨울을 체감하면서 떠나야 속이 시원할 것 같았다. 그것이 내 21개월을 조금이나마 보상받는 길인 것처럼 느껴졌다.

"수고했다. 나가서 열심히 살아라."

"나가서 꼭 연락해."

진심인지 겉치레인지 모를 인사말들이 오갔다. 남들 다 받는 전역모도 헹가래도 받았으니, 위병소를 나서면 다시는 이 지긋지긋한 곳에 돌아오지 않아도 된다. 마지막으로 소대장에게 경례했다.

"가보겠습니다. 단결!"

그는 고개를 끄덕일 뿐, 아무 말도 하지 않았다. 가는 마당에 인사나 제대로 받아주면 어디가 덧나나 싶었지만 오히려 기분은 좋았다. 아이러니하게도 끝까지 그에게 제대로 된 군인으로 인정받지 못했다는 것이 행복했다.

군 인권? 그전에 계급부터 알려줘!

'토닥토닥' 모임에서 서로의 글을 읽고 이야기하는 시간이었다. 내 글을 읽는데, 군대의 계급 체계를 모르기 때문에 무슨 내용인지 이해하기가 어렵다는 이야기를 들었다. 듣고 보니, 당연한 반응이었다. 자리에 있던 아홉 명 중 일반적인 형태의 군대를 경험한 이는 나를 포함해 두 명이 전부였다. 일등병과 이등병 중 더 높은 계급이 무엇인지도 잘 모르는 이들에게 군 인권에 대한 글은 당연히 어렵게 느껴졌을 것이다.

경험하지 않은 것을 경험한 것처럼 생생하게 전달하는 것만큼 어려운 일은 없다. 옛 기억을 떠올려 봐도 마찬가지다. 특히 경험해보기 전엔 알고 싶지도 않고, 알려고 해도 쉽게 이해할 수 없는 곳이 군대이다. 입대 전 내게도 군대는 베일에 싸인 공간이었다. 친구나 선배들에게 물어봐도 한결같이 "가보면 다 알게 돼"라는 대답이 돌아왔다. 그래서인지 군대를 어떻게 설명해야 할지 도통 감이 오지 않았다. 그럼에도 군대 체계부터 알지 않으면 군 인권을 이해하는 것이 쉽지 않기 때문에 최대한 쉽게 설명을 하고자 한다.

'병' 계급은 1946년 미군정하에 창설되어 국군의 모체로 여겨지는 국방경비대에서 처음 만들어졌다. 국방경비대는 병 계급을 이등병과 일등병 둘로 나눴다. 이후 4등급으로 개편하면서 상위 계급을 의미하는 상병과 병사들의 우두머리라는 의미인 병장이 추가되었다.

서열을 의미하는 작대기 하나는 가장 낮은 계급인 이등병을, 작대기 네 개는 병들 중 가장 높은 계급인 병장을 의미한다. 군복무를 하는 병사들은 육·해·공·해병 관계없이 특별한 사유가 없는 한 네 계급을 거쳐 전역하며, 의무경찰·의무소방 등 일부 대체복무 형태도 명칭은 조금씩 다르나 위의 형태를 따른다. 군인이 됨과 동시에 자연스레 체득하는 것이 바로 위의 계급체계다.

병들을 네 가지 등급에 따라 분류하는 것은 가장 기초적인 체계를 세우는 방편이다. 하지만 이것만으로는 부족했다. '일정한 규율과 질서를 가지고 조직된 군인의 집단'인 군대는 병사를 지휘·통솔할 또 다른 편성 단위가 필요했다. 그래서 등장한 것이 분대장·소대장 같은 개념이다.

군인들은 보직과 임무에 따라 여러 단위로 묶이는데, 이 중 가장 작은 단위가 분대다. 적게는 4~5명, 많게는 10명 정도가 하나의 분대를 이루며 이들을 대표하는 존재가 분대장이다. 분대보다 조금 더 큰 단위인 소대는 보통 3~4개의 분대가 합쳐진 형태다. 소대는 독립된 최하 단위의 부대가 될 수 있으며, 이들의 대표를 소대장이라 부른다. 소대 단위는 2년 남짓한 군 생활의 대부분을 함께 보내므로 끈끈한 소속감으로 엮이는 경우가 보통이다. 이런 방식으로 각 단위가 3~4개 합쳐질 때마다 소대에서 중대로, 중대에서 대대로, 대대에서 연대 등으로 확장된다. 이를 아우르는 거대한 집단이 바로 군대다.

그러나 일반적인 형태의 군대를 직접 경험하지 않는 이들은 위와 같은 기본적인 군의 체계를 알지 못하는 것이 현실이다. 이는 가족이나 친구, 애인을 군대에 보낸 이들이라 해도 크게 다르지 않다. 군의 구조가 어찌 됐든, 어떤 문제가 터지든 내 아들, 내 남자친구만 잘 지내고 있으면 된다. 이런 상황에서 "분대장이~, 소대장이~"로 시작하는 푸념은 항상 "그래서 괜찮아? 휴가는 언제 나와?"라는 말로 마무리된다. 자연히 군 문제에 대해서는 무심해질 수밖에 없는 현실에서 대다수 시민에게 '군 인권'이란 "장병 복지 늘려주자" 정도의 주장으로 귀결된다. '사람으로서 당연히 누려야 할 권리'라는 보편적인 인권 측면에서 군 인권이 논의되기 힘든 지평에 있는 것은 어쩌면 당연하다.

나는 '좋은 군인'이 아니었다

입대하기 전, 부모님을 비롯한 주위 사람들은 유난히 나를 걱정했다. 걱정하는 말의 처음과 끝은 항상 "넌 몸이 약하니까"였다. 의아했다. 왜소하긴 했지만 자신을 스스로 약하다고 생각해본 적은 한 번도 없었다. 또래 남자들과 달리 몸 쓰는 걸 극도로 싫어하는 데다 매사에 '귀찮다'는 말을 습관처럼 쓰곤 했지만 속된 말로 '악바리' 근성은 있었다. 그러니 군 생활을 못할 거라는 생각은 없었다.

2012년 4월 9일, 그렇게 잊을 수 없을 날이 왔다. 눈물 짓는 부모님을 두고 의연한 척하며 훈련소에 입소했다. 생각보다 몸은 훨씬 더 힘들었지만 이 악물고 한 결과였을까. 열심히 한다는 이미지도 쌓았고, 사단장 표창도 받았다. 몇 달만 더 참고 버티면 내게도 장밋빛 미래가 올 줄 알았다. 어느새 사람들에게 나는 좋은 군인이 되어 있었다.

뭔가 잘못되었음을 느낀 건 얼마 지나지 않은 뒤부터였다. '선진병영'이라는 단어가 곧잘 사용되곤 하던 2012년이었다. 하지만 대놓고 때리지 않을 뿐 암기를 강요하거나 밤늦게 선임의 주도로 집합이 이뤄지는 등의 부조리는 여전히 남아 있었다. 묵인하면서 좋게 지냈지만 속은 썩어 들어가고 있었다. 혼자 생각할 시간이 넘치는 군대 안에서 나는 조금씩 "이런 부조리는 반복하지 않겠다", "계급이 높아지면 후임들에게 인간적으로 인정받는 사람이 되겠다"는 생각을 했다. 몇 달만 참으면 바꿀 수 있을 것 같았다. 무슨 정의의 사도라도 된 것 같은 착각에 빠지기도 했다.

시간은 조금 더 흘렀고, 눈 떠서 눈 감을 때까지 욕 듣는 게 일상이 되었다. 내가 잘못하지 않아도, 내 밑의 한 명만 실수하더라도 금세 집합 명령이 떨어졌다.

"너만 잘 하면 다인 줄 아냐?"

"다른 애들은 후임 관리하는데, 너는 관심이라도 가져 봤냐?"

듣는 말은 언제나 한결같았다. 억울했다. 후임들에게 생활하며 알아야 할 기본적인 것들, 주특기에 관한 것들을 가르친 건 나였지, 다른 병사들이 아니었다. 계속 시험을 치고 후임을 괴롭히는 모습을 보여주면 사람들은 그것을 관리, 심지어는 관심이라 생각했다. 나는 그저 똑같이 되는 것이 싫었다. 군대라는 시스템 안에서 하나의 부속품이 되어 똑같이 생각하고 행동하기 싫었다. 하지만 사실 다를 건 없었다. 차이라면 군대라는 시스템에 누가 더 빨리 적응했느냐는 것뿐이었다.

사람 사는 곳은 어디든 다르지 않나 보다. 내가 편해지기 위해선 누군가를 힘들게 해야 한다. 가만히 숨만 쉬고 있어도 모두가 힘든 군대는 더더욱 그렇다. 몸과 마음이 조금씩 자유로워질 때부터, 나는 다른 방식으로 부조리를 반복하지 않는 좋은 선임으로 기억되려 애쓰고 있었다. 그것은 군대라는 거대한 구조에 맞서는 것이 아닌, 혼자만의 도덕적 우월감에 갇히는 방향으로 나타났다. 남들이 여전히 부조리를 실천하고 또 반복해도 신경 쓰지 않았다. 적어도 나 자신은 부조리를 반복하지 않았고, 동기들이 군대에 완전히 적응해 편하게 하루하루를 보내고 있을 때 책을 읽고 운동도 했다. 어차피 혼자서는 어쩔 수 없다고 생각했다. 시키는 일은 빠지지 않고 다 했지만, 그 외에는 어떤 것도 하지 않았다. 알아도 모른 척 혼나지 않을 정도로만 했고, 후임을 관리한다는 이름으로 이뤄지는 어떠한 일에도 참여하지 않았다.

나는 '좋은 군인'이고 싶지 않았다. '좋은 군인'이란 표현의 속뜻을 21개월간 적나라하게 봐 왔기 때문이었다. 흔히 말하는 '좋은 군인'이란 규율에 충실하고, 올곧은 생각을 가지고 바른 말을 하려는 사람이 아니었다. 윗사람을 힘들게 할 만한 사고는 치지 않으면서, 말하지 않아도 당근과 채찍을 적절히 사용하여 아랫사람을 관리하는 사람이었다. 그 과정에서 당연히 누군가를 힘들게 할 어떤 말도 새어나가지 않아야 했다. 나는 어느 쪽도 다 아니었다. 그렇기 때문에 좋은 군인이 되지 못했다. 하지만 상관없었다. 좋은 군인은 아니었지만 괜찮은 사람은 됐다고 생각했다. 적어도 부조리를 반복하지 않았고, 후임들에게 욕 한 번 하지 않았으니까. 전역 이후에도 생각은 변함없었다.

아무리 나쁜 기억도 시간이 흐르면 추억이 된다. 군에서의 기억을 무용담처럼 떠들고 다니기 시작하던 때, 방송에서 군대 관련 뉴스들이 하나둘 들려왔다. 시작은 강원도 고성의 한 부대에서 일어난 총기 난사 사건이었다. 사건이 잊히는 데는 오랜 시간이 걸리지 않았다. 관심 사병 관리 소홀의 책임을 지고 몇 사람이 군을 떠났다. 제도 개선도 약속되었다. 그러나 그 사건은 시작에 불과했다. 군인들의 자살 소식이 잇따라 전해졌다. 나에게 추억이 되어가던 군에 대한 기억들이 악몽으로 살아났다. 소식들 속에서 나는 그저 "힘들어도 조금만 더 참고 버티지……"라는 말밖에 할 수 없었다. 대한민국 군부대 어느 곳에서나 일어날 수 있는 참사라는 것을 너무도 잘 알고 있었기 때문이다. 그들의 삶의 의지를 앗아간 것은 다른 무엇이 아닌 군대라는 폐쇄된 공간이었다. 조금씩 시스템에 대한 문제가 제기되고, 군 인권에 대한 이야기도 수면으로 떠올랐다.

악몽으로 돌아간 기억 속에서 군 시절의 내 모습을 다시 돌아봤다. 좋은 선임이라 자부했던 과거의 모습은 온데간데없었다. 기억 속에는 모든 부조리에 침묵으로 동조하던 나약한 내가 있었다. 의미는 달랐지만 그들 말대로 내가 '좋은 군인'이 아니었음은 분명해졌다.

'창' 없는 생활관에서는 모두가 피해자다

비슷한 시기, 토닥토닥 모임에서도 군 인권에 대해 다뤘다. 함께 읽고 있던 인권 만화책인 『사이시옷』에 최규석 작가의 「창」이라는 작품이 실려 있었기 때문이다. 2006년 발표되었던 「창」은 2011년 단편 애니메이션으로도 제작됐을 만큼 그 의미를 인정받은 작품이다. 「창」에는 두 명의 주요인물이 등장한다. 모범분대의 분대장인 정철민 병장, 그리고 부대에 전입해 온 홍영수 이병이 그 주인공이다.

만화의 배경인 생활관은 부식실을 개조했기 때문에 중대에서 유일하게 창이 없다. 이 생활관의 막내는 상병이다. 상병이면 이제 좀 편해질 때도 됐건만, 막내이기 때문에 귀찮은 잡무를 도맡는다. 막 들어온 신병처럼 자세에도 각이 살아있다. 그렇지만 불만은 없다. 분대장인 정철민이 이들을 잘 아우르며 생활하고 있기 때문이다. 모두에게 인정받는 정철민은 'A급 병사'다. 병장이란 계급이 주는 힘 때문인지 능구렁이처럼 윗사람들과 격의 없게 지낸다. 물론 이런 일이 가능한 것은 정철민이 병사로서 갖춰야 할 지식, 체력, 분대원 관리 등 분대장이 지녀야 할 덕목에 어느 하나 떨어지는 법이 없기 때문이다. 관물대에 적혀 있는 "빡세게 뛰고 화끈하게 즐긴다"는 좌우명이 정철민이라는 인물을 잘 설명해준다.

그런 그의 분대에 신병인 홍영수가 들어온다. 홍영수는 부대에 쉽게 적응하지 못한다. 엄밀히 말하면 적응하지 않으려 한다. 묻는 말에 대답도 시원찮고, 어떤 일에도 의지를 보이지 않는다. 금세 관심병사로 낙인찍힌 홍영수. 정철민은 자기 분대에 관심병사가 있다는 것을 인정할 수 없다. 급기야 분대장의 권한을 이용해 자신이 직접 홍영수를 교육하기 시작한다. 체력단련부터 시작해 군인으로서 알아야 할 것들을 하나하나 가르친다. 얼마간의 시간이 흐르고, 홍영수는 조금씩 나은 모습을 보이기 시작한다. 정철민은 만족감을 느낀다. 모든 것이 순조롭게 흘러가는 듯했다.

얼마 뒤, 큰 훈련이 진행된다. 정철민이 속한 중대는 사단장의 시찰이 예정되어 있었다. 곧이어 사단장이 등장한다. 군기 잡힌 모습을 보여주는 정철민에게 군장 검사를 지시한다. 정철민은 분대장인 자신과 홍영수의 군장을 내민다. "내 군장에는 이상이 없고, 막내는 당연히 군장을 제대로 쌌을 것이다" 하는 생각에서였다. 그러나 예상은 보기 좋게 빗나갔다. 홍영수의 군장에서 정해진 품목이 아니라 부피를 늘리기 위한 건빵과 방상내피 등이 발견된 것. 중대 전체가 얼차려를 받고, 정철민은 홍영수에게 폭력을 행사한다. 그리고 그날 새벽, 홍영수가 커터칼로 손목을 그어 자살을 시도한다. 상처는 얕았고, 목숨에는 전혀 지장이 없었다. 정황상 홍영수가 일부러 자살을 기도한 것처럼 보이지만 정철민은 일벌백계라는 군대식 논리로 영창에 가게 된다. 그 분대는 마치 모든 부조리의 원천이었던 것처럼 꾸며진다. 그리고 그 이유로 '창'이 없는 내무반 환경이 지목된다. 정철민은 15일간의 영창 생활을 마치고 나온다. 내무반에는 창이 생겼으며, 분대원들이 있어야 할 공간에는 처음 보는 병사들이 앉아 있다. 정철민은 시체처럼 남은 기간을 보낸다. 마지막 장면, 전역하는 정철민과 홍영수가 대화를 나눈다.

"나 전역한다. 행복하냐?"

"네. 적어도 정철민 병장님하고 있을 때보다는 훨씬 더 편합니다."

홍영수가 원망 가득한 눈빛과 함께 눈물을 흘리며 대답한다. 돌아서서 걷는 정철민이 일그러진 표정을 짓는 것으로 이야기는 끝이 난다.

책을 덮고 한참을 생각해봐도 이해가 안 됐다. 작가는 단순하게, 때린 정철민의 잘못을 이야기하고 싶었던 걸까? 아니면 상대적으로 보호받을 수 있는 관심병사의 처지를 역이용하는 홍영수의 태도를 문제 삼는 걸까? 그것도 아니면 내부 문제들을 파악하지 못하고 그저 정해진 규율과 관습만으로 문제를 해결하려 하는 몇몇 간부들의 이야기일까? 으레 그렇듯, 나도 자연스럽게 잘잘못을 따지고 있었다. 겉으로만 보기에는 규율을 지키고 성실히 복무했던 정철민의 잘못은 폭력을 행사한 부분뿐이었다. 반면, 홍영수는 군대라는 구조를 거부하며 결과적으로 다른 이들에게까시 피해를 주는 것 같았다. 설령 시스템이 잘못됐다고 하더라도 바꿀 수 없는 위치에 있었던 홍영수가 무조건 그것을 거부하는 행위는 바람직하지 않아 보였다.

사실 군대에서 정철민과 홍영수 같은 캐릭터를 만나는 것은 그리 어렵지 않은 일이다. 군대 안에서는 집단에 피해를 주는 쪽은 어떤 사정이 있든 간에 항상 홍영수와 같은 관심병사가 되는 것이 상식이었다. 군인으로서는 능구렁이 같은 정철민도, 고문관인 홍영수도 그리 달갑지 않다. 어쩔 수 없이 21개월 동안 같은 공간 안에서 마주쳐야 한다. 군 복무 기간 동안 군대에 점점 더 적응하지 못하고 학을 떼고 전역한 나도 만화를 볼 때는 자연스레 군인의 처지에서 생각했던 것이다. 분명 군인의 입장이라면 이 만화를 보고 열이면 열, 정철민의 손을 들어줄 것이다. 나 역시 크게 다르지 않았다.

'토닥토닥' 토론에서도 "잘 모르겠다"는 이야기가 주로 오갔다. 답답했다. 뭐가 문제인지도 모르겠지만, 적어도 여느 또래와 다를 바 없이 군대를 다녀왔고, 다른 사람들과 다를 바 없이 군 문제를 대하던 내 생각이 정답은 아닐 거라는 생각이 들었다. 얽히고설켜 도저히 풀 수 없는 실타래를 마주한 것 같았다.

"둘 다 잘못 한 거 아닐까요?"

나는 결론이랍시고 이렇게 말했다. 하지만 토론이 끝나고도 문제에 대한 의문은 좀체 사라지지 않았다. 시스템에 순응하는 A급 병사와 무조건적인 거부감을 보이는 관심병사 사이에서 어떻게 생각해야 인권에 대한 논의가 되는 걸까? 대체 왜 이 만화가 인권 책에 떡하니 실려 있는 걸까? 작가는 독자들이 무엇을 생각하길 원했을까? 몇 번이나 읽었다. 그러고 나서야 스스로 하나의 결론을 낼 수 있었다.

"애초에 누군가가 잘못했다고 생각하는 것 자체가 틀렸다. 모두가 피해자다."

인간이 가지고 있는 폭력성을 극대화하는 군대라는 시스템에서는 순응하든 거부하든 어떤 식으로든 그것에 영향을 받지 않을까? 교육을 통해 억눌렀던 폭력성을 다시 체득하게 되는 공간, 합법적인 여러 수단들을 통해 결국 완전하게 탈폭력화할 수 없도록 만드는 공간. 2년의 세월이 지나고 사회로 돌아오더라도 그 기억에서 완전히 자유로울 수 없는 곳. 그곳이 바로 군대였다. A급 병사였던 정철민도, 관심병사였던 홍영수도, 무관심으로 일관했던 나도 군대라는 거대한 시스템의 피해자는 아닐까?

악은 평범한 곳에 있다

한나 아렌트는 『예루살렘의 아이히만』에서 '악의 평범성'을 이야기했다. 1940년대 나치의 제노사이드가 극에 달하기 시작했던 시절, 유대인들을 식별하여 아우슈비츠로 보내는 최후 집행자가 된 아이히만. 독일이 패망한 지 약 15년 만에 부에노스아이레스 근교에서 전범으로 체포된 아이히만은 그가 죽인 수많은 유대인들의 성지인 예루살렘에서 재판을 받는다. 당시 특파원 자격으로 재판을 참관한 아렌트는 "나는 독일의 공무원으로서 시키는 일을 성실히 수행했을 뿐이다"라고 자신을 변호하는 아이히만의 태도를 보며 "악은 평범한 곳에 있다"는 것을 깨닫는다. 그녀는 아이히만의 사례를 통해 악의 평범성이 '사유하지 않음'에서 나온다고 주장했다. 독일의 관료로서 맡은 일을 하기 전에 자신의 '충실한 행동'이 수많은 사람의 목숨을 앗아가지는 않을지, 더 넓은 차원에서 옳지 못한 일은 아닌지 먼저 곱씹었어야 한다는 것이다.

어쩌면 우리 군대의 폐단도 이와 닮았다는 생각이 든다. 우리는 모두 저마다 다른 생을 살아가지만, 입대하기 전에 어떤 인생을 살아왔든 군복을 입는 순간 개인의 지난 삶은 사라진다. 그 자리에는 하나의 정해진 '군인의 상'만이 남는다. 20여 년간 다른 옷을 입고, 다른 생각을 하며, 다른 삶을 살아온 이들이 같은 말을 하고, 같은 생각을 하기까지는 오랜 시간이 걸리지 않는다. 오와 열을 맞춰 수백 명이 마치 한 몸처럼 움직이는 모습은 군대가 아니면 상상하기 힘들듯, 그렇게도 어색하던 '다, 나, 까' 식 말투가 저절로 입에서 나오듯.

이는 어떤 의미에서는 사람을 매우 평등하게 만드는 것일 수 있으나, 달리 보면 개개인의 사유를 거세시키는 것이다. 어떤 상황에서든 규율에 따라야 하는 환경에서 물음은 사라져 간다. "왜?"라는 질문은 군 생활을 더 힘들게 할 뿐이라는 것을 깨달은 이는 더는 묻지 않게 된다. 어떤 상황에서건 정해진 규율과 명령에 따라야 하는 환경에서 '물음'은 불필요한 것으로 여겨진다. 물음이 사라진 곳에서 악은 자연스레 발생한다. 앞으로도 쉽게 사라지지 않을 군대의 뿌리 깊은 폐단의 근저에는 '사유하지 않음'이, 개인의 사유를 거세시키는 구조가 작동한다.

사유하지 못한 결과로 나타나는 "내가 당했던 만큼 돌려줘야 한다", "시키면 시키는 대로 해라" 하는 논리는 경직되고 권위적인 집단일수록 강하게 나타난다. 군대에 대해 잘 모르더라도 군대가 매우 경직된 집단이라는 것은 누구나 알고 있다. 개개인의 다양성이 인정되지 않은 지금의 군대에서 올곧은 군인이 탄생하고 바람직한 군 문화가 정립되길 바라는 것은 어려운 일이다. '올곧음'은 시키는 대로 움직이는 것이 아니라, 스스로 지키고 고민하는 과정에서 이뤄질 수 있다. '바람직함'도 비판적인 의견이 공존하는 곳에서 숨 쉴 수 있다.

하지만 지금의 군대는 그렇지 않다. 사유하지 못하는 군대, 나아가서 사유하지 못하는 사회에서는 누구나 '아이히만'이 될 수 있다. 대한민국 국민의 절반 남짓은 군대를 경험했거나, 경험 중이거나, 경험할 예정이다. 이러한 상황에서 악은 아주 평범한 곳에서 발생할 수 있다. 여기에는 우리의 가족, 친구, 형, 동생들이 포함된다.

즉결처분권? 영창? 인권 침해!

글을 준비하고 있던 시기, 학교에서 군 인권센터 임태훈 소장의 강연이 있다는 소식을 들었다. '군 인권 침해사례의 법제적 해결방법'이라는 생소한 주제였다. 다소 딱딱하고 어려운 내용이진 않을까 걱정했지만, 다행히 그렇지는 않았다. 특히 가장 관심을 끌었던 부분은 우리가 잘못 알고 있던 군 내 인권에 대한 이야기였다. 강연 말미에 '즉결처분권', 즉 그 자리에서 타인을 사살할 수 있는 권리에 관한 이야기가 나왔다.

"여기서 군대 다녀오신 분들, 즉결처분이라는 얘기 많이 들으셨죠? 그거 실제로 없는 거 알고 계세요?"

이 말에 모두가 술렁였다. 군에서 당연하게 받아들이는 관념 중 하나가 "전시에는 명령에 불복종할 시 즉결처분이 가능하다"는 것이다. 술렁임이 잦아들기도 전에 다음 말이 이어졌다.

"6·25 때 유엔군이 한국에 와서 즉결처분이 아직도 이뤄지는 걸 보고 충격을 금치 못했다고 합니다. 서양에서는 1차대전 이후에 폐지되었거든요. 사람 목숨을 어떤 정당한 절차도 없이 지휘관 결정 하나로 뺏는다는 게 얼마나 야만적인지 알게 되었던 거죠."

옆에 앉은 친구와 "진짜야? 너 알고 있었어?"라는 말을 주고받았지만 알 리가 없었다. 설마 하는 마음에 집에 돌아와 인터넷을 검색했다. 그 말이 사실임을 확인하는 데는 5분이면 충분했다.

한국전쟁을 다룬 영화 〈고지전〉에도 무능력한 중대장을 즉결처분하는 김수혁(고수 분)의 모습이 그려진다. 이 장면은 오랜 전쟁이 어떻게 인간을 변화시킬 수 있는지 잘 보여준다. 책상에 앉아 지도를 보며 선을 긋고 지휘하는 사람들에게 애록고지는 휴전선의 모양을 결정하는 중요한 곳이지만, 현실에서 직접 총칼을 들고 마주하는 이들은 달랐다. 하루에도 몇 차례씩 고지의 주인이 바뀌는 지루한 전투가 이어진 지 수개월, 그들에게 애록고지는 어떤 대의나 희망의 장소가 아니라 체념과 절망의 공간이었다. 극단적 상황에서 적과 아군도 새로이 정립될 수밖에 없었다. 무모한 작전으로 모두를 죽음으로 내몰 수도 있는 무능력한 지휘자나 책상머리에 앉아 고지 탈환을 명령하는 지휘관이 적이 되고, 고향의 가족 소식을 전해주는 북한군이 친구가 될 수도 있었다. 이런 상황에서 즉결처분이라는 것은 살고 싶다는 의지를 역으로 보여주는 장면이었다.

엄밀히 말해 영화에 나오는 김수혁의 행위 자체는 범법 행위였다. 영화의 배경이 되었던 애록고지 전투는 즉결처분이 법적으로 금지된 후에 벌어진 전투였던 것.

우리나라 군에 즉결처분이 허용되었던 것은 1950년 7월 26일이다. 끝없이 밀리던 전세에서 이 방안을 생각해낸 사람들이 상상한 것은 영화 〈명량〉에 나오는 이순신 같은 모습이었을 것이다. 전투 의지를 상실

하고 집단 전체를 아노미 상태에 빠지게 하는 병사를 과감히 단죄하고는 "두려움을 용기로 바꿀 수만 있다면 이길 수 있다"고 말하는 모습 말이다. 그러나 현실에서는 전혀 그렇지 못했다. 평소 맘에 들지 않던 부하에게 수행할 수 없는 임무를 주고는 거부할 시 사살하는 용도로 악용되는 경우가 많았다.

이러한 폐단으로 인해 1951년 7월 10일, 즉결처분권은 채 일 년이 되지 않아 역사의 뒤안길로 사라졌다. 그러나 군에서는 60년도 더 지난 지금도 즉결처분이 마치 고유한 권한인 양 이야기되고 있다. 조금만 명령에 어긋나면 으레 "너 전시였으면 총살감이야"라는 말이 되돌아온다. 한 사람의 생명을 어떠한 절차도 거치지 않고 빼앗는 행위를 당연한 듯 가르치고 있다는 게 충격적이었다.

군 인권에 대해 잘못된 인식을 이야기하며 한 가지 더 예를 든 것이 바로 흔히 영창이라 불리는 '징계입창제도'였다. 영창이란 쉽게 말해 법을 어긴 군인을 가두기 위하여 부대 안에 설치한 감옥이다. 한 해 1만 명 이상이 영창에 구금되는 추세라고 하니 엄청난 수가 아닐 수 없다. 임태훈 소장의 말을 빌자면 "헌법에 어긋나는 자의적 구금"이라 표현되기도 하는데, 사실 쉽게 수긍하기 어려운 말이었다.

내게 영창이라는 공간은 단지 전역일을 늦추는 곳처럼 인식될 뿐이었다. 군에 가서야 알게 되는 영창에 대한 이미지는 대다수가 이와 비슷할 것이다. "너 영창 갈래? 휴가 제한 받을래?"라는 질문에 "짧으면 영창 가겠습니다"라고 대답했던 적도 있을 정도였다. 크고 작은 사고를 칠 때마다 들었던 "영창 보낸다"라는 말은 불쾌했지만, 어쨌든 잘못하면 갈 수도 있는 곳이라 생각했다. 그랬기에 '인권 침해'라는 표현을 여기에 쓰는 것은 무척이나 어색해 보였다. 그러나 조금 찾아보니 인권 침해적 요소가 있다는 사실을 금방 알 수 있었다.

징계입창제도의 문제는 보편적인 인권선언에서 찾을 수 있다. 1946년 발표된 「세계인권선언」 9조에는 "어느 누구도 자의적으로 체포되거나 구금되거나 추방되어서는 안 된다"는 내용이 담겨 있다. 물론 우리 헌법에도 어떠한 정당한 절차 없이 개인의 신체를 구속하는 것은 명백한 불법이다. 쟁점은 영창을 보내기 위해 열리는 부대 내의 자체적 징계위원회를 정당한 절차로 볼 수 있느냐는 것이었다. 답은 명확했다. 군에서 일어나는 살인·성범죄·탈영 등의 강력범죄는 군 재판이라는 합법적인 절차를 거쳐 개인의 신체를 구속하는 것으로 볼 수 있으나, 부대 내에서 자체적으로 보내는 징계입창제도의 경우 그렇지 못했다.

법에 대해 어떤 권한도, 지식도 가지지 못한 지휘관의 판단에 따라 자의적으로 보내는 곳이 영창이었다. 돌이켜봐도 일관성이라고는 찾아볼 수 없었다. 중요한 것은 누가, 어떤 시기에 사고를 쳤느냐는 거였다. 같은 일에도, 힘 있는 간부가 관리하는 병사나 평소 생활을 잘 했다고 인정받은 병사와 관심병사로 낙인찍힌 병사가 받는 징계 수위가 달랐다. 경미한 일도 군 내에 사건·사고가 많은 시기이면 가중처벌 받는 경우가 있었다. 만약 밖에서 헌법이 이런 식으로 적용된다면 누가 법을 믿고 따를 수 있을까?

그러나 이는 매우 단편적이고 부분적인 사례일 뿐이다. 인간으로서 누려야 할 기본권 제한, 동성 간의 성 문제, 구타 및 가혹행위, 언어폭력

등 논의되어야 할 부분은 너무 많다. 당연하다고 생각했던 것이 사실이 아니었을 때 취해야 할 가장 합리적인 태도는 의심이다. 지금 군대에 필요한 것은 "이제는 괜찮겠지" 하는 무조건적인 믿음이 아니라 회의의 눈길을 보내는 것이다.

군대, 그리고 폭력

군대와 관련된 모든 문제를 이야기할 때 빠질 수 없는 개념이 '폭력'이다. 말 그대로 '난폭한 힘'이라는 뜻의 이 단어는 일상적 언어로 '정도가 지나치게 많이 사용된 힘'으로 풀어볼 수 있다. 군대는 본래 자국민을 외부의 폭력으로부터 안전하게 보호하기 위해 만들어졌다. 하지만 아이러니하게도 군대를 지키기 위해서 폭력을 행사할 수밖에 없는 모순을 가진 조직이다. 그래서 군대는 국가로부터 폭력을 합법적으로 용인받는 몇 안 되는 집단이기도 하다. 이렇게 생각해봤을 때, 결국 군대라는 조직을 규정지을 수 있는 가장 명확한 본질은 '폭력성'이다. 물론 군대에 허용되는 폭력은 적에게만 한정되는 것이며, 외부에서 위협을 가하는 존재에게만 행해져야 한다. 그러나 한국의 군대는 여전히 그렇지 못하다. 지켜야 할 주체들에게 폭력이 전가되고 있다. 글을 쓰고 있는 지금도 여전히 군 내부 폭력에 대한 이야기는 공공연한 비밀이다. 그러나 이를 문제라고 생각하는 사람은 많지 않다. 군대라는 공간과 폭력을 당연하게 동일시하기 때문이다. "군대는 원래 그런 곳"이라는 믿음 때문일까? 오죽하면 군대에서 맞았던 이야기, 때렸던 이야기를 자랑스레 하는 사람도 있을까?

이러한 인식은 미디어를 통해 더욱 확고해진다. 최근 공중파의 주말 황금 시간대에 인기를 끈 프로그램인 〈진짜 사나이〉가 대표적인 예다. 방송에는 특전사를 경험한 중년 병사, 오스트레일리아 출신의 외국인 병사는 물론 여자 아이돌 간부까지 등장했다. 이들은 모두 강도 높은 훈련에 힘들어하지만 맛있는 밥, 잘 갖춰진 시설 등 우수한 군 복지에 감탄하고 끈끈한 전우애에 감동한다. 이런 과정에서 '폭력'이라 말할 수 있는 부분은 기껏해야 신체적인 측면에 한정된다.

그러나 폭력은 비단 물리적인 것만을 지칭하지 않는다. 난폭한 언어 사용을 비롯한 개인의 자유를 침해할 수 있는 모든 행위 또한 폭력의 범주에 포함된다. 정작 군대라는 공간에서 우리가 일상적으로 마주하게 되는 폭력은 이런 것들이다. 처음 사격하는 병사에게 "총 못 쏘는 군인은 군인이 아니"라고 자랑스레 하는 말이, 시키는 대로 못 하면 바로 엎드려뻗쳐 같은 얼차려를 주는 것이 "군대를 사실적으로 잘 보여 준다"는 이유로 전파를 탄다. 처음 대한민국의 군대 문화를 접하는 외국인 병사가 던지는 "한국 군인들 정말 대단한 것 같아요"라는 말을 그저 긍정적 메시지로만 이해해도 되는 걸까? 방송에서 당연한 것처럼 보여주는 것이 인권 침해적 요소를 담고 있을 수 있다고는 생각하지 못하는 걸까?

이러한 인식들은 위에서 살펴본 대로 사유하지 않음과 사유를 거세시키는 구조에 기인한다. 사유하지 않음은 개인의 문제고, 사유를 거세시키는 것은 구조의 문제다. "닭이 먼저냐, 달걀이 먼저냐"는 질문과 같이 어느 것을 앞에 놓는가는 개인의 판단에 따라 다르겠지만, 해결을 위해서는 우선 '사유하게 하는 것'이 필요하다.

그러한 대안으로 제시되고 있는 것이 민간 주도의 군 인권 교육이다. 이는 군대의 자정을 기대할 수 없는 상황에서 입대를 앞둔 남성이나 군인들을 대상으로 군대에서 겪을 수 있는 인권 침해 요소에 대해 교육할 수 있는 인력과 여건을 갖추는 일이다. 새로운 사회에서 삶을 살아내야 할 이들에게 적어도 무엇이 문제인지, 나의 권리가 어떤 것인지를 가르치는 것은 최소한 스스로 사유하게 하는 바탕이 된다.

군인이기 전에 사람이다

세계 유일의 분단국으로 남아 있는 대한민국 땅에서 군대는 어떤 이유로든 사라질 수 없는 집단이다. 군대의 필요성은 굳이 강조하지 않아도 모두 알고 있다. 그러나 "군대가 지금 이대로 괜찮은가?"라는 물음에 선뜻 고개를 끄덕일 이는 많지 않아 보인다. 그럼에도 군대를 개선하자, 군 인권을 확보하자는 요구에는 왠지 모르게 고개를 갸웃거리게 된다. 지금까지 한국 군대에만 유달리 강조되었던 비밀주의 때문일 것이다. 이따금 군에서 터지는 문제도 국가의 안보와 직결된다는 이유로 공론화되기 어려웠다. 아니, 그 이전에 무엇이 문제인지를 아는 사람조차 드물었다. 당연히 사건·사고는 개인의 부주의로 귀결돼 왔다.

모든 문제를 개인의 탓으로 환원한다면 근본적인 해결과는 멀어진다. 흠집이 난 별모양의 틀로 모형을 찍어낸다고 상상해보자. 흠집 난 틀로 찍어낸 모형은 같은 흠집을 가진 채 찍혀 나온다. 온전한 모형이 만들어지지 못한 것은 무엇이 잘못됐기 때문일까? 당연히 잘못된 틀이 문제다. 그럼에도 군대에서만큼은 이 말이 통용되지 않는 듯하다. 많은 사건·사고의 책임은 언제나 틀의 몫이 아닌 틀에 의해 찍혀 나온 모형의 몫이다.

"이전부터 정신상태가 좋지 않아서", "우발적인 범행으로" 등의 이야기는 우리가 언론을 통해 접할 수 있는 군 문제의 정해진 답안과도 같다. 결국 책임지는 주체가 없는 사회인 것이다. 시대가 변하면 군대도 변해야 한다. 군대에서 일어나는 사건·사고는 본래 문제 있었던 사람에 의해서만 발생하는 것이 아니다. 설령 그렇다 하더라도 문제를 해결하지 않고 덮어두려는 태도는 또 다른 사고를 기다리는 일에 지나지 않는다. 스스로 문제를 인정하고, 국가 방위의 근간이 되는 병사들의 인권에 대해 머리를 맞대고 고민하는 것은 안보에 위협이 되는 일도, 국익에 어긋나는 일도 아니다. 어느 영화의 대사를 빌리자면 "진실은 곧 국익이다".

군대의 변화는 사회의 변화와 함께여야 한다. 먼저, 군대를 경험한 이들의 인식 개선이 필요하다. 군대를 다녀온 곳이나 시기에 따라 우열을 가리는 식의 일차원적 사고에서 벗어나, 군대에서 내가 겪었던 일들이 어떤 문제가 있지는 않았는가 생각해보아야 한다. 내가 겪었던 일이 사회에서 그대로 일어나더라도 괜찮은 것일지 자문해볼 필요가 있다.

"군대니까"라는 핑계는 인권의 영역에서는 아무런 힘도 발휘할 수 없다. 군대이기 전에 그곳은 사람이 살아가는 또 하나의 사회다. 사람을 살게 하려고 만들어진 공간이지, 군대를 유지하기 위해 사람이 있는 것은 아니다.

칸트는 "나 스스로의 준칙이 보편적 입법의 원리가 되도록 행위하라"고 했다. 자신의 행위를 모든 사람이 한다고 가정했을 때, 그것이 보편적인 법칙이 될 수 있을 정도로 옳은 것인지 생각하라는 것이다. 군대를 경험해야 할, 경험하고 있을 이들에게 꼭 필요한 말이라고 생각한다. 군대는 그저 폭력을 답습하고 인생을 허비하는 공간이 아니어야 한다. 서로를 힘들게 하고, 또 그런 행동을 반복한다면 그보다 허무하고 슬픈 일이 어디 있을까?

이런 허무와 슬픔의 순환을 끊기 위해서 우리는 상상해야 한다. 지금과 같은 군대가 아닌 제대로 된 군대를, 사람의 군대를 말이다. 그곳은 아마 인권이 휴지 취급을 받는 그런 곳은 아닐 것이다. 인권은 상상력으로 채워진다. 우리 주위의 소중한 사람들이 경험해야 할 군대가 겪어봐야만 알 수 있는 곳, 막연하게 두려운 곳이 아니기 위해서는 더 나은 미래를 꿈꿔야 한다. 군인이기 전에 그들은 소중한 가족이자 친구이기 때문이다. 군인이기 전에 사람이기 때문이다.

• • •

군 인권에 대해 글을 쓰면서 '토닥토닥' 식구들과 나 사이에는 극복하기 어려운 선이 존재한다는 것을 알 수 있었다. 가보지 않고는 알기 쉽지 않은 군대, 그래서 관심 가지기도 쉽지 않은 '군 인권'에 대한 논의를 시작하기 위해서는 '일병'이 무엇이고 '상병'이 무엇인지에 대한 기본적인 설명이 필요하다는 것부터 내게는 충격이었다. 대다수가 군대에 대한 사전 지식이 거의 없었다.

유난히 무겁고 딱딱한 이 주제를 가지고 토닥토닥 식구들과 이야기를 했을 때 예상한 대로 "군대에 대해 알게 되었다"는 이야기를 가장 많이 들었다. 특히 여성들은 모두 이 말을 시작으로 의견을 이어나갔다. '군 인권'을 이야기하기 전에 '군대'에 대한 기초적인 설명이 더 많이 필요했던 것이다. 그럼에도 논의조차 제대로 되지 않는 군 인권에 대해 이야기할 수 있는 기반을 만들 수 있다는 것은 다행이라고 생각한다.

토닥토닥 식구들과 이야기할 때 북한 출신이며 여성인 일화는 "군대에 가는 이들이 한반도에 태어났다는 이유만으로 청춘을 바치고 있다"고 이야기했다. 그 이야기는 우리에게 '한반도의 비극'을 떠올리게 했다. 하지만 우리 주위의 사람들은 대부분 자신을 군 미필자와 구분하려 하거나 혹은 전역을 자랑스레 생각할 때 군대 다녀온 이야기를 하는 경우가 많다. 그런 사람들의 이야기에서는 일화의 말에서 느끼는 '한반도의 비극'을 찾아보기는 힘들었다.

"군인이기 전에 사람이다."

군 인권에 대해 이야기하면서 내가 하고 싶었던 말은 이것이다. 여러 친구들은 이 말을 통해 많은 생각을 할 수 있었다고 이야기했다. 특히 은영은 동기들이 대부분 군대에 가 있었기 때문에 입대한 지 얼마 안 된 친구들과의 대화가 떠올랐다고 한다. "좋은 보직으로 갔다", "선임도 잘해준다"는 이야기를 편지로 전해 듣고는 요즘 군대는 참 좋구나 하고 일반화시켜 생각했다고 한다.

그 말을 들으며, 자칫 내 이야기가 다르게 이해될지 모른다는 걱정도 들었다. 글에 나타난 군대의 모습이 어둡기만 하기에 "군대가 부정적으로만 일반화되지는 않을까?" 하는 생각이 들었기 때문이다. 분명 군에는 편한 자리도 있고, 착한 사람들도 많다. 하지만 내가 '군 인권'이라는 주제를 통해 함께 생각해보고자 한 것은 '좋은 보직'이나 '착한 선임' 같은 개인적 환경에 대한 것이 아니다. 군대뿐만 아니라 어느 곳에서든 마음씨 좋은 사람과 일하는 것은 행운이다. 나도 군대에서 좋은 선임, 후임들과 생활하며 나름 즐거움을 느꼈다. 하지만 그것은 '군 인권'에 대해 아주 사소한 부분만 이야기할 수 있을 뿐이다. '인권'이라면 개인의 문제 속에서 놓치게 되는 '구조'를 이야기해야 한다고 생각했다. 군에서 일어나는 사건들이 그저 나쁜 선임, 버릇없는 후임을 만나서 일어나는 것은 아니라는 점을 다시 한 번 강조하고 싶다.

2014년 12월 병영문화혁신위가 제시한 군 가산점 제도 도입, 병사 계급체계 단순화, 대학 학점이수 등의 군 개혁방안은 인권적 상상력이 발휘된 해답이라고 보기 어렵다. 계급을 단순화하고 모든 병사를 '용사'라 부른다고 해서 문제들이 사라지지는 않을 것이다. 또한 병역을 다한 이들에게만 주어지는 혜택은 군대를 가는 이와 가지 않는 이들을 나눠 새로운 차별을 만드는 일이다. 장애인, 성소수자, 병역거부자, 이주민 등 군대에 가지 않거나 갈 수 없는 이들에게 또 다른 폭력이 전가

되는 셈이다.

나와 생각이 가장 잘 통했던 이는 아무래도 군대에 다녀온 종현이었다. 주제를 선택할 때 종현도 군 인권에 대해 다뤄보고 싶다고 했다. 그의 이야기 일부를 가져오면 다음과 같다.

"근래에 알려진 총기 난사와 구타로 인한 사망 사건에 관련해 군대를 다녀온 이들과 이야기한 적이 있다. 그들은 수많은 죽음 앞에서 '죽을 만했겠지', '가해자들이 100퍼센트 잘못했다고 생각하지 않아'라고 너무나 쉽게 내뱉는다. '악의 평범성'은 이처럼 우리 주변에도 만연해 있다. 그렇기에 나도 '군인이기 전에 사람이다'라는 외침이 널리 퍼지길 바란다. 이 외침이 우리 군대의 잘못된 부분을 고치는 계기가 되고 궁극적으로 사회에 긍정적인 영향을 미칠 것이라고 믿는다."

종현의 이야기에서도 볼 수 있듯이, 우리는 군대에서 자연스레 체득하게 되는 폭력성에 대해 너무 둔감하다. 종현이 경험한 사람들의 반응은 군대 내의 폭행 및 사망 사건이 이슈가 되었을 때 우리 주변에서 너무나 쉽게 접할 수 있는 반응이다. 이런 반응은 자신이 겪은 일들을 비판 없이 정당화하기 때문에 나타난다. 평범한 '악'은 이렇듯 만연해 있는지도 모른다. "군인이기 전에 사람이다"라는 말이 힘들게 소리 내야 하는 '외침'이 아니라, 이 땅에서 진정으로 평범하고 당연한 이야기가 되길 바란다.

아직도 '금지된 사랑'?

성소수자 인권

노민우

나는 북한에서 태어났다. 열여덟 살까지 고등교육을 받다가 북한에서 나왔다. 미리 밝히자면 나는 이 주제에 가장 합당하지 않은 사람이다. 일단, 북한에서 나오기 전까지는 '성소수자'나 '동성애'라는 것에 대해서 한 번도 들어본 적이 없었다. 물론 북한에도 동성애자가 있었겠지만, 입 밖으로 내뱉을 수도 없었을 것이다. 그리고 내 기억에는 고향에서 '동성애'를 지칭하는 단어를 들어본 적이 없다. 북한 체제의 성격 상 이성 간의 연애도 그렇게 유연한 편이 아닌데, 북한에서 동성 간의 사랑이라니, 여전히 상상이 되지 않는다.

남한에 정착한 지 시간이 꽤 지난 지금은 "어떤 친구가 성소수자라고 하더라"라는 말이나 "어떤 유명인사가 커밍아웃을 했다더라" 같은 말을 들으면 "그래서?" 하며 넘겨버린다. 오히려 성소수자에 대해 제대로 이해하고 더 알아가고 싶기도 하다.

하지만 남한에 와서 처음으로 '동성애'에 대해 들었을 때만 해도 나는 강한 거부반응을 보였다. 동성애라는 개념을 접하고 아예 그런 것은 존재하지 않는 것이라며 인정하려고 하지도 않았다. 아마 그것은 극도로 가부장적인 북한 사회에서 나고 자란 것이 가장 큰 이유이지 않을까? 처음 성소수자에 관해 접했을 때 느꼈던 충격, 그리고 지금 와서는 아무렇지 않게 받아들이게 된 것, 이 두 가지 사이의 간극이 내가 성소수자에 관해 좀 더 깊이 알아보고, 그들의 인권에 대해서 고민해 보는 계기가 되었으리라 생각한다.

북한에서의 사춘기 시절

나는 함경북도의 시골 마을에서 태어났다. 조야하지만 제법 살기 좋은 동네였다. 집 앞에서 몇 걸음만 걸으면 맑은 물이 흐르는 작은 냇물이 있었다. 냇물을 건너 십 분 정도 오르막길을 걷다 보면 공기 맑은 산이 나왔다. 그 산에서 겨울만 되면 눈썰매를 신나게 타곤 했다. 겨울에는 아버지를 따라 산에 가서 나무를 하기도 했고, 계절에 맞는 농사일로 사계절을 바쁘게 보내기도 했다. 그렇게 반복되는 시간을 보내면서 나는 사춘기를 맞았다.

그때, 사춘기 시절 나는 이상한 감정을 느낀 적이 있다. 누구나 그런 경험은 한 번쯤 있지 않을까 생각해본다. 그날도 다른 날과 다를 바 없이 나무를 하러 산에 올라갔다. 두 시간 동안 산을 헤맨 끝에 등에 지고

갈 수 있는 양만큼의 나무를 할 수 있었다. 그렇게 낑낑거리며 나무를 등에 지고 삼십 분 정도 걸어서 집에 도착했다. 거의 매일 반복하는 일이었음에도 늘 힘들었다. 그날 저녁은 어머니께서 특별한 음식을 해주셔서 산에 함께 갔던 친구를 집으로 불러 맛있는 저녁을 먹고 잠시 눈을 붙였다. 그런데 워낙 피곤했던 까닭에 나와 친구는 그 자리에서 바로 잠들어버렸다.

내가 다시 눈을 떴을 때는 새벽녘이었다. 옆 자리에는 친구가 자고 있었다. 그런데 옆에서 곤히 자고 있는 친구를 보던 중 무엇인지 모를 묘한 감정이 스쳐갔다. 그걸 꼭 이성적인 감정이라고 부를 수는 없었다. 그 친구는 어린 나이에 아버지를 여의고 홀어머니와 두 명의 누나와 함께 살았다. 친구와 나는 아주 어릴 적부터 어딜 가나 붙어 다녔다. 그는 형이나 남동생 없이 생활했기 때문에 나와 친구이면서 형, 동생으로서 더욱 친하게 지낼 수 있었던 것 같다. 그렇기에 그 친구에게서 느꼈던 그 묘한 감정이 실제로 어떤 것이었는지 뭐라고 단정해서 표현하기는 어렵다.

결국 그 감정은 친구에게 이야기하기에도 이상한 것 같다는 생각이 들었고, 다른 누군가에게도 말할 수 없는 나 혼자만의 비밀이 되었다. 설령 내가 느꼈던 감정이 실제로 같은 남성을 좋아하는 감정이었을지라도, 북한의 사회적인 관습과 교육은 남성과 여성을 칼같이 구분지었고, 동성애와 같은 것은 존재해서는 안 되는 것이었기 때문에 함부로 누군가에게 이야기할 수 있는 성질의 것이 아니었다.

사람에 따라 오해할 수도 있겠지만, 이런 예전 비밀을 밝히는 이유는 나뿐만 아니라 많은 사람들이 어린 시절에 이런 경험을 했다는 것을 알고 있기 때문이다. 그리고 동성이든 이성이든 상관없이 동경하고 사랑하는 마음을 가지는 것은 결코 이상한 일은 아니라고 생각하기 때문이다. 그전까지는 느껴보지 못했던 감정을 느낄 수도 있고, 그것이 잘못된 것은 아니라고 생각한다. 다만 내가 살던 곳은 그것이 '잘못된' 것이었고, '있어서는 안 되는 것'이었다. 전체주의 국가에서 '비정상'이라 여겨지는 모든 것은 통제의 대상이었기 때문이다.

남한에 와서 동성애에 대해 알아가면서 나는 어쩌면 '표현의 자유'가 바로 이런 것이 아닐까 하는 생각이 들었다. '동성애'나 '성소수자'는 내게 인권만큼이나 낯선 단어였기 때문이다. 물론 한국 사회도 아직은 동성애를 반기는 분위기는 전혀 아니다. 내가 성인이 되고 나서야 동성애라는 개념을 접하고, 그것이 존재한다는 것을 받아들이기까지 시간이 걸렸던 것처럼, 이 사회 역시 동성애를 이해하는 데는 적지 않은 시간이 필요할지도 모른다.

북한의 성소수자와 연애

북한에서 중고등학교(북한에서는 초등학교는 4년이고, 중학교와 고등학교가 따로 나뉘어 있는 것이 아니라 합쳐서 중고등학교라고 부른다)를 다닐 때 주위 친구들이 어떤 다른 친구를 '중성'이라고 부르며 흉을 보는 듯한 광경을 목격한 적이 몇 번 있다. 그 중 한 가지 예를 들어보면 이런 것이다. 동급생 남자아이가 '중성' 이라고 놀림거리가 된 적이 있었는데, 그 이유는 그 친구가 여자처럼 앉아서 소변 보는 것을 누군가 보았다는 소문에서 시작되었다. 그것이 사실인지 아닌지는 소문을 퍼뜨린 친구 외에는 아무도 모를 일이었다. 어쩌면 놀림의 대상인 그 친구를 그냥 골려주고 싶은 장난 때문에 시작된 것일 수도 있다.

하지만 단순히 친구를 놀리기만 하려고 그런 소문을 퍼뜨린 것은 아닐 수 있다는 생각이 들었다. 그 친구에 대한 편견이 그런 소문을 만들어낸 것일 수도 있다. 실제로 그 친구는 여성성이 강했고, 행동도 '남자다움' 과는 거리가 멀었기 때문에 그런 편견의 대상이 되었을 수 있다. 그 친구가 성소수자라고 하더라도 사실 이상할 것은 없다. 사람 사는 곳은 다 똑같으니까.

북한 출신의 어르신들에게 북한에도 성소수자가 존재하는지에 대해서 물었던 적이 있다. 북한이탈주민인 할머니 한 분이 쉬쉬하지만 북한에서도 동성애자를 본 적이 있다는 말씀을 하셔서 역시나 싶으면서도 다른 한편으로는 깜짝 놀랐다. 그 할머니가 북한에 계셨을 때 직장 동료 중에서 동성애자인 사람을 보았다는 것이다. 할머니의 증언 덕에 북한에도 동성애가 존재한다는 사실을 확인할 수 있었다. 지금도 북한에서는 겉으로 드러나지 않을 뿐 분명 그들만의 사랑을 나눌 것이다.

북한은 매체를 통해 '평등' 을 계속 이야기하고 있지만 종교 · 언론 · 개인의 자유를 박탈한다. 자유와 관련된 모든 것은 체제에 반하는 행동으로 간주되고 엄격한 제재를 당한다.

성소수자들의 사랑은커녕 사실 북한에서는 이성 간의 연애도 마음대로 할 수 없다는 제약이 있다. 물론 공개적으로 연애를 금지한다는 뜻은 아니지만, 관습적인 시선 탓에 거리나 공공장소에서 자유롭게 이성 간의 사랑을 표현하는 것이 쉽지 않다. 가령 북한의 거리나 공공장소가 나오는 영상물을 보아도 팔짱을 낀다거나 손을 잡고 걸어가는 연인들의 모습을 찾아보는 것은 거의 불가능했다. 시대가 변함에 따라 북한에서도 이성 간의 연애에 대한 시선이 예전보다는 많이 자유로워졌다고는 한다. 그럼에도 여전히 유교적이고 가부장적인 풍습이 강하게 남아 있는 북한에서는 이성 간의 연애도 결혼을 전제하지 않고서는 공개되는 것을 꺼려한다. 전체주의 사회에서는 이성 간의 사랑조차 타인의 눈치를 봐야 하는 것이다.

만약 애정표현이 다른 사람의 눈에 들어갔다고 해도 이렇게 극도로 가부장적인 체제에서 남자의 애정 행각은 암묵적으로 용서를 받는다. 반면 여성의 경우에는 그렇지 않다. 무슨 연예인도 아닌데, 일반적인 북한의 남녀가 공개적으로 연애를 하다가 헤어졌을 때 남자보다는 여자가 훨씬 더 큰 흠을 지니게 되는 것이다. 『춘향전』의 상식이 최소한 내가 고향을 나오기 전까지는 북한에서 통용되는 상식이었다. 『춘향전』에서 춘향은 자신이 몽룡의 여자이기 때문에 죽어도 사또의 수청을 들 수 없다고 한다. 이것을 상식으로 받아들이는 것이 내가 경험했던 북한에서의 연애관이다. 반대로 남자가 어느 한 여자를 위해 끝까지 정조를 지켰다는 이야기를 찾아보는 것은 쉽지 않았다.

북한 사회에서 남녀가 공개적으로 연애를 하고 헤어졌을 때 여자에게 더 불리하다는 것은 이런 인습이 자리 잡고 있기 때문일 것이다. 남녀 간의 연애에 대해서도 이만큼 보수적인 사회인데, 그 문화 안에서 상식의 틀을 깨고 '성소수자'나 '동성애'를 이야기한다는 것은 상상하기가 어렵다. 그러니까 북한에도 동성애는 분명 존재하지만 공식적으로는 북한에서 동성애란 절대로 존재해서는 안 되는 것이 된다.

남한의 동성애에 대한 인식

그렇다면 내가 현재 살고 있는 남한에서 동성애는 어떻게 인식될까 생각해보았다. 나는 대학교를 다니면서 동성애라는 개념을 처음 접했다. 나 역시 처음에는 받아들이기 힘든 개념이었다. 하지만 그렇다고 무조건 '잘못됐다' 또는 '나쁘다'라고 이야기하기에는 내가 동성애에 대해 무지하기 때문에 그런 선입견이 옳든 그르든 알아보는 것이 맞는 일이라고 생각했다.

그러면서 나는 동성애에 대해 어떻게 생각하는지 주위 사람들에게 물어본 적이 있다. 보통은 대학교 친구들이었다. 그 중 몇 명은 아주 강하게 동성애에 대해서 부정적으로 이야기하는 사람도 있었고, 일부는 본인한테만 피해가 없다면 상관없다고 하는 이도 있었다. 그런데 동성애가 '좋다'거나 '찬성한다'는 말을 들은 기억은 잘 없다. 존재하는 것임에도 왜 찬성해야만 하는 것일까? 이런 경직된 사고는 전체주의 국가인 북한에서의 경험을 떠올리게 했다.

그리고 동성애가 이성애자들에게 어떤 피해를 주는지에 대해서 나는 잘 모르겠다. 왜 친구들이 그런 말을 했을까? 그냥 그들은 동성애란 잘못된 것이고 나쁜 것이라고 생각하기 때문인 걸까? 객관적인 입장보다는 철저히 주관적으로 바라보기 때문에 그런 말을 할 수 있는 것일까?

특히, 주위 사람들도 그렇고 방송 매체에서도 가끔 그렇게 동성애 코드를 가지고 웃음거리로 사용하는 것을 많이 본다. 그것이 재미있기만 하면 "개그는 개그일 뿐"이라며 사람들은 아무렇지 않게 넘겨버리고 만다. 하지만 동성애자들은 소수자다. 다수가 소수의 아픔을 경험한 적이 없기 때문에 그들의 삶과 소수자로서 겪어야 하는 고충을 이해하는 데는 한계가 있다. 그럼에도 그저 희화화시킨다는 것은 분명히 문제가 있다고 생각한다.

성소수자 Y군을 만나다

성소수자 인권에 대해 도움을 얻고자 나는 '토닥토닥 프로젝트'에 참가한 두 명의 친구와 함께 성소수자인 친구 Y를 만나 인터뷰를 했다. 처음 Y를 기다리면서 한 번도 한국인 성소수자를 마주하지 못했던 세 명은 왠지 모르게 긴장하고 두근거렸다. 함께 Y를 만났던 한 친구는 이렇게 그때의 감정을 기록해두기도 했다.

> 설레는 마음으로 약속 장소에 조금 일찍 도착했다. "과연 어떤 모습일까?" 하는 궁금증도 있었지만, 통상적으로 알고 있는 성소수자에 대한 이미지로 나의 상상

력은 굳어져 있었던 것이 사실이다. 살짝 튀는 스타일을 기대하고 있었던 것 같다. 말투도 조금은 여성스럽고, 행동도 여성스럽지 않을까? 당연히 이런 이미지로 각인되어 있었으니 신경도 쓰였고 부담스러웠던 것 같다. 그를 마중하러 다른 친구가 나갔다.

나는 과일을 깎으며 그 친구를 기다리는데 밖에서 인사 소리가 들렸다. 서둘러 나도 나가 보았다. 그때 나는 나의 눈을 의심했다. 내가 가지고 있던 고정관념이 산산조각 나는 순간이었다. 뿔테 안경에 투명한 피부와 크지 않은 키를 소유한 청년이었다. 머릿속이 뒤죽박죽이었다. 다르다고, 다를 것이라고 내 머릿속에서는 이미 정의가 되어 있었다. 내 앞에 서 있던 이 청년은 내가 상상하던 존재가 아니었다. 어디서나 흔히 볼 수 있는 평범한 사람이었다.

정말 그랬다. 이 친구와 마찬가지로 나도 성소수자를 바라보는 편견이 있었다. 하지만 그것은 몰랐기 때문에 생기는 편견이었을 뿐이다. 실제로 마주 앉아 이야기를 하게 되면서 모르는 것 때문에 생기는 공포는 상당 부분 사라지게 되었다. 내가 자부하는 특유의 넉살로 잡담을 하면서 비슷한 또래인 Y와 우리 세 명 사이의 분위기는 화기애애해졌다. 그렇게 어느 정도 편해졌을 때부터 나는 궁금했던 것을 질문했다.

먼저 Y에게 본인이 성소수자임을 처음 알게 되었을 때 어떤 마음이었는지부터 물었다. 그 친구는 본인이 동성애자임을 알고 처음에는 많이 혼란스러웠다고 했다. 하지만 이내 본인의 정체성을 인정하고 자신의 삶을 살기로 마음을 먹었다고 한다. 아직까지는 부모님께 커밍아웃을 하지는 않았다고 했다. 대충 알고는 계시겠지만 그렇다고 부모님께서 자신의 성정체성을 이해해 주실 것이라는 생각은 안 한다는 것이다. 만약 부모님께 커밍아웃을 한다고 해도 부모님은 그저 고칠 수 있는 병 정도로 반응하시지 않겠느냐며 한숨을 쉬었다. 그리고 좋지 않은 가정 형편 때문에 짐이 하나 더 생기는 것을 원하실 리 없고, 부모님께서 이혼하신 뒤로는 어릴 때부터 혼자 나와서 살고 있기 때문에 말씀드릴 기회도 없었다고 했다.

그의 이야기를 듣고 있으면서 그가 자란 환경이 그를 힘들게 했을 수도 있겠다는 생각을 했다. 하지만 한편으로는 정체성 면에서도, 가정 환경 면에서도 어려운 상황에서 스스로 강해지는 법을 일찍이 터득한 것 같아 대단하다는 생각이 들었다. 누군가의 도움이 필요한 청소년기에 특히 성정체성과 관련된 방황이 자칫 극단적인 결과로 연결되는 경우를 매체를 통해서 종종 접할 수 있었지만, 그 친구는 스스로 잘 선택해서 성장해온 것 같았다.

그 친구의 이야기로는 요즘에는 그래도 성소수자들이 만날 수 있는 공간이 많아졌다고 한다. 스마트폰 어플리케이션이 나오면서 더 광범위하게 성소수자들끼리 소통을 할 수 있게 됐기 때문이다. SNS나 스마트폰을 통해 주로 만나면서 그들만의 문화를 만들고 있는 것이다. 이렇게 성소수자들이 디지털 기반으로 그들만의 문화를 만든다는 것은 동성애에 대한 사회적 시선이 곱지 않기 때문에 물리적인 장소에서 그들 본연의 목소리를 내지 못하고, 보이지 않는 곳에서 소통하고 있다는 것을 보여준다.

다음으로 나는 그 친구에게 2014년 6월 대구에서 진행되었던 성소수자들의 축제인 퀴어퍼레이드에 대해 듣고 싶었다. 대구라는 보수적인 도시에서 벌어지는 성소수자들의 축제임에도 상당히 많은 사람들이 전국 각지에서 모였다. 하지만 그날 성소수자들과 그들에게 연대하는 사람들이 퍼레이드를 진행하는 데에는 많은 난관이 있었다. 보수적인 교회 단체가 난입해 저지를 시도한 것이 대표적이다. 그날 있었던 충돌 상황들에 대해서도 물어보았다.

Y는 "그 사람들의 행동도 어찌 보면 표현의 자유다. 막을 수는 없다고 생각한다"라고 말했다. 자신이 성소수자임을 퀴어퍼레이드를 통해 표현하는 것처럼 그들도 표현하고 싶은 것을 표현하는 것이라고 했다. 이런 행동과 결사의 자유는 막을 수 있는 것도 아니고 비난하고 싶지도 않다고 말했다. 다만 그들이 폭력을 동원해서 억압하고 저지한 점이 있다면 그것은 분명히 잘못된 것이라고 덧붙였다.

그의 이야기를 들으면 들을수록 그가 성소수자로서의 정체성을 찾아가면서 자신을 힘들게 했던 주변의 요인들을 극복하고 자신이 지향하는 길로 차근차근 걸어가고 있다는 느낌이 들었다. 그는 본인이 무엇을 해야 하며, 본인의 위치가 어디인지에 대해서 비교적 어린 나이에 일찍 깨닫고 그렇게 살아온 것처럼 보였다. 퀴어퍼레이드 같은 집단행동이 성소수자들도 이제는 음지에서 벗어나 자신의 목소리를 내며 밖으로 뛰쳐나오려는 노력으로 느껴졌다. 이 역동적인 움직임과 그 친구의 깊은 생각을 더 듣고 싶었던 나는 같이 밥을 먹으며 더 이야기하자고 제안했고 그 친구는 흔쾌히 응했다.

대구 시내의 많은 식당들 중에서 우리는 돼지갈비찜이 맛있다는 곳으로 들어갔다. 메뉴는 역시나 돼지갈비찜으로 주문했고, 맛있게 먹으며 이야기를 이어나갔다. 몇 시간 동안 그와 우리는 많은 이야기를 나누었고, 그의 여러 가지 면모를 보고 들을 수 있었다. 가령 그의 취미 중 하나는 재미있게도 '잠 자는 것'이라고 했다. 사람들을 많이 만나는 것을 별로 좋아하지 않기 때문이란다. 어릴 적에 미술학원을 다녔던 이야기도 했다. 미술학원은 여자들이 다수를 차지하고 있는 곳이었는데 그는 거기에서도 자신이 소수자였다며 웃었다. 그는 웃어넘겼지만 나는 어쩌면 그가 어느 것 하나 스스로 의도한 바 없이 소수자일 수밖에 없는 삶을 산 것은 아닐까 하는 생각을 했다.

그와 이야기하면서 나는 2014년 퀴어퍼레이드의 캐치프레이즈를 떠올렸다.

"사랑은 혐오보다 강하다."

'동성애'를 생각하는 사람들은 육체적 사랑만을 생각하면서 혐오에 빠지는 일이 많다. 하지만 성소수자들도, 동성애자들도 다 똑같은 '사랑'을 하고 있다. 모든 사람들이 똑같이 본인들이 만족할 수 있는 사랑을 하고 있을 뿐이다. 다만 그것을 쉽게 용인해주지 못하는 문화가 아쉽다. 이 아쉬움은 내게 다음과 같은 비유를 떠올리게 했다.

맞춤복은 각자의 취향을 고려하여 정확한 치수로 품을 들여서 만들어야 한다. 하지만 기성복은 정해진 치수에 일정한 색상으로 대량생산된다. 내가 살던 북한에서는 모든 것이 기성복의 세계였다. 일정한 기준에 맞추어 행동하고 생각해야 했다. 인간을 기성복처럼 정의 내리고 국가를 운영하면 모든 것이 마치 잘 돌아가는 것처럼 보인다. 남한 사회에서도 최소한 내가 알아본 성소수자들을 대하는 태도는 기성복의 세계다. 모든 인간을 어떤 범주로 규격화할 수 없음에도 말이다.

해는 서쪽에서 뜨기도 한다

성소수자들이 사회에 바라는 것은 대단한 것이 아니다. 그저 똑같이 사랑을 하게 해달라는 것이다. 2000년대에 들어오면서 이들에게 기쁜 소식이 말 그대로 '서쪽'에서 들려오기 시작했다. 세계에서 처음으로 네덜란드에서 동성애자 커플의 결혼이 합법적으로 승인된 것이다. 네덜란드는 2000년에 동성 결혼을 합법화하면서 동성 부부들도 이성 부부와의 차별 없이 상속과 연금 등 모든 부분에서 동등한 입장을 가질 수 있도록 했다.

특히 네덜란드는 동성 결혼을 합법화한 지 몇 년 후, 동성 부부의 국내 아동 입양과 이혼도 이성 부부와 같은 기준에서 할 수 있도록 법제화했다. 동성 결혼에 대해 회피하는 모습을 보여 오던 선진국들에서도 네덜란드 정부가 동성 결혼을 합법화하면서 동성 결혼이 다시 이슈로 떠오르기도 했다. 성소수자들 중 동성애자들에게는 동성 결혼 합법화보다 더 반가운 소식은 없을 것이다. 최근에는 미국에서도 상당수의 주가 주법을 바꾸어 동성 결혼을 허용하는 추세다. 법의 보호를 받기 시작했기 때문에 그 나라들에서 성소수자들은 상당수 음지에서 양지로 나올 수 있었다.

하지만 한국 사회를 살아가는 성소수자의 입장에서 본다면 아직까지 그것은 먼 나라의 일이다. 한국뿐 아니라 아시아에서도 아직까지 동성애자들을 위한 제도적 장치는 찾기 어렵다. 긍정적인 소식이 아예 없는 것은 아니다. 아시아에서도 대만이 최초로 동성 결혼을 특별법으로 추진하면서 동성애자에 대한 차별과 인식에 대응하고자 하는 움직임이 일고 있다는 기사를 찾아볼 수 있었다. 하지만 아직까지 한국에서는 성소수자나 동성애에 대해서 날이 선 시각이 훨씬 많다. 커밍아웃을 하면 곱지 않은 주변 시선에 둘러싸이는 것이 당연시되기 때문에 쉽게 자신을 드러내지 못하고 있는 것이 현실이다.

금지된 사랑?

이 글을 준비하면서 한 편의 영화를 보게 되었다. 〈브로크백 마운틴〉이었다. 영화에는 '애니스 델마'와 '잭 트위스트'라는 두 명의 카우보이가 등장한다. 두 사람은 와이오밍이라는 오지 산골에서 양떼를 돌보는 일을 하면서 만나게 된다. 처음에 두 사람은 단순히 목장에서 편히 지내는 좋은 동료였다. 그러다가 잭이 먼저 애니스에게 감정을 느끼고 다가간다. 애니스는 잭을 완강하게 거부하지만 많은 시간을 단 둘이 지내면서 여름이 지나가는 동안 그들의 관계는 평생 지속되는 사랑으로 깊어진다는 내용이다.

물론 그들의 사랑은 영화의 배경이 된 시대에서는 금지된 것이었기 때문에 두 사람은 항상 보이지 않는 곳에서 둘만의 시간을 가진다. 영화는 잭과 애니스가 서로 떨어져 있던 시간만큼 서로의 사랑을 확인하는 내용을 담고 있다. 나는 인권에 대해 관심이 있는 사람이라면 한 번쯤은 봐야 하는 영화라고 생각한다. 영화에서는 두 사람이 키스를 하거나 깊은 관계를 가지는 장면이 가끔씩 연출된다. 하지만 영화에서 전달하려는 것은 그것이 전부가 아님을 엔딩 크레디트가 올라올 때 알 수 있다. 진실된 사랑을 하고 싶어했던 두 사람의 마음이 밀려오기 때문이다.

나는 토닥토닥 프로젝트에 참여하면서 인권에 관련된 몇 권의 책을 읽었다. 그 중에는 성소수자 청소년에 대한 책도 포함되어 있었다. 『앰 아이 블루?』가 바로 그 책이다. 이 책은 성소수자 청소년들의 일상을 다룬 소설집이다. 책에 수록된 첫 번째 단편의 제목은 책의 타이틀인 『앰 아이 블루?』다.

이 소설에는 본인이 게이라는 것을 강하게 부정하면서 살던 '빈센트'라는 열여섯 살의 사춘기 소년과 게이라는 이유로 목숨을 잃고 요정이 되어 빈센트에게 도움을 주려고 따라다니는 '멜빈'이 등장한다. 여기서 '요정'fairy은 미국 속어로 남성 동성애자를 뜻하는 말이다. 요정 멜빈은 자신의 성정체성 때문에 힘들어 하는 빈센트에게 용기를 주려고 이런 이야기를 한다.

"우리 게이들은 이 세상 모든 게이들이 딱 하루만이라도 다 파란색으로 보이면 어떨까 하는 상상을 하곤 했지. 그럼 이성애자들이 자기가 아는 사람들 중에는 게이가 없다고 착각하지 않을 것 아냐? 그동안 쭉 게이들에게 둘러싸여 살아왔으면서도 아무렇지 않게 잘 지냈다는 걸 깨닫게 되겠지. 세상에 게이 경찰, 게이 농부, 게이 교사, 게이 군인, 게이 부모, 게이 자식이 있다는 사실을 더 이상 외면하지 못하게 될거야. 우리도 드디어 숨어 살 필요가 없게 되고."

멜빈의 말처럼 이성애자들은 자신의 주변에는 동성애자가 없을 것이라는 착각을 하면서 살고 있다. 또 빈센트처럼 자신이 동성애자라는 사실을 알게 되면서 괴로워하며 그것을 부정하면서 살아가는 사람들도 많을 것이다. 동성애나 다른 성소수자에 대한 사회의 부정적인 시선 때문일 것이다. 그저 평범하게 살아가는 다수의 이성애자들은 동성애에 대해 말할 때 육체적인 관계같이 선정적인 부분만 가십거리 삼으면서 마음대로 상상하고 마음대로 벽을 만들어 버린다.

하지만 분명 그것은 편견이고 극히 일부분이다. 나도 토닥토닥 프로젝트를 시작하기 전까지만 해도 동성애나 성소수자에 대해 제대로 고민해본 적은 없었다. 하지만 인권에 대해서 사람들과 이야기하고 동성애자인 친구를 만나면서 아주 조금이나마 이해를 할 수 있었다. 대부분의 이성애자들은 동성애를 잘 모르기 때문에 잘못된 정보를 공유함으로써 오류를 낳는다. 또한 한국 사회에서 대부분의 이성애자들은 특별한 계기가 없는 한 동성애에 대해서 앞으로도 잘 모를 것이며, 별반 관심을 가지지 않을 수도 있다. 동성애자들 역시 이성애자들과 마찬가지로 인간으로서 마땅한 권리를 누리겠다는 것인데, 그들이 다수자와 다르다고 하여 나쁘게 바라볼 필요가 있을까? 모든 사람이 자신의 권리를 누리고 살아갈 수 있는 인권이 있는데 동성애자라고, 성소수자라고 자신이 누릴 권리가 다수자보다 적어야 한다는 것은 잘못된 것이라고 생각한다.

이 세상에는 다수에 의해 의도된 것이든 의도되지 않은 것이든 차별받으며 살아가는 소수자들이 있다. 아니, 많다. 다수자의 무의식적인 언사나 행동이 어떤 사람에게는 큰 상처가 된다. 그런 상처는 한 사람을 삶의 구렁텅이로 몰아넣을 수도 있다. 이런 위기 상황이 닥치기 전에, 작은 관심과 이해만으로도 어떤 사람들에겐 큰 용기와 힘을 가져다줄 수 있다. 단순히 관심을 가지는 것을 넘어, 함께 살 수 있는 사회가 됐으면 하는 바람이다.

당신들은 존엄하다, 내가 그렇듯

사실 나 역시 토닥토닥 프로젝트에 참여하기 전까지는 동성애나 성소수자는커녕 '인권'이라는 것 전반에 대해 별다른 관심도 없었고, 알고 있는 것도 없었다. 어쩌면 관심을 가질 여유가 없었다고 하는 것이 더 맞을 것 같다.

그러던 중 한국인권행동 오완호 사무총장의 강연을 프로그램의 일환으로 들었는데, 강연 내용이 바로 성소수자에 관한 것이었다. 오 사무총장은 강의 중에 나를 뚫어지게 쳐다보며 "나는 존엄한가?", "당신은 존엄합니까?"라는 질문을 몇 번이고 반복했다. 나는 그 말을 계속 곱씹었지만 질문을 들을 때마다 당황한 나머지 어떤 대답도 할 수 없었다.

토닥토닥 모임 초기였기 때문에 나 자신이나 타인의 존엄에 대해 그렇게 깊이 생각해 본 적도 없었고, 그런 것에 대해 이야기를 나눠본 적도 없었기 때문이다.

그런데 생각해보면 당연한 이야기다.

우리는 모두 존엄하다. 그 존엄은 어떤 누구에게는 해당되고 누구에게는 해당되지 않는 그런 것이 아니다. 이 책에 들어갈 주제를 정하면서 굳이 성소수자라는 내가 잘 모르는 주제를 맡겠다고 한 이유도 마찬가지다. 그들도 분명 존엄한 인간인데 왜 자신을 숨기고 살아야만 하는 것인지에 대해 더 알아보고 싶었다.

지금 이 글을 쓰고 있는 나 역시 '북한이탈주민' 또는 '새터민'이라고 불리는 소수자이기에 더욱 그랬다. 동성애자가 자신이 동성애자임을 밝히는 것을 꺼려하는 것처럼 우리 북한이탈주민들 역시 사회 생활을 할 때, 차별받는 것을 예상해 의식적으로 숨길 때가 많다. 즉, 나는 나의 정체성과 관련해 성소수자들과 마찬가지로 소수자라는 인식을 가지고 있는 셈이다.

이전에는 인권 자체에 대해서도 거의 생각해 본 적이 없었다. 나처럼 인권이라는 개념이 생소한 북한이탈주민뿐만 아니라 한국 사회를 살아가는 다수의 사람들에게도 평소 인권에 대해 생각할 여유는 별로 없는 것 같다. 모든 사람들이 가져야 하는 기본적인 권리인데 이것이 과연 어떤 것인지조차도 잘 모르고 지내는 것이다. 보통 사람들은 자신만은 다수의 힘 있는 집단에 들어가고 싶어한다. 자신이 소수자에 속한다고 할지라도 마치 다수자에 속해 있는 것처럼 행동하기 때문에 서로가 서로에게 상처가 되는 행동을 하기도 한다. 그런 식으로 이 세상에는 많은 차별이 존재한다.

동성애에 대한 사람들의 시선이 예전에 비하면 아주 많이 좋아졌다고 한다. 하지만 이 글을 준비하면서 좌충우돌하는 동안 내가 접한 동성애에 대한 우리 사회의 시선은 여전히 날카롭기만 하다. 그렇기 때문에 조악한 내 글을 읽고 있을 여러분들부터 소수 집단에 해당하는 사람들을 접할 때 무작정 부정적으로 보지 않고 긍정적인 측면을 더 바라봐 주기를 바란다. 분명 이것은 소수자에게 큰 용기를 주기 때문이다.

인권에 대해 토론을 하고 동성애자 친구도 만나면서 많은 이야기도 나누었다. 그러면서 내 편견에도 조금씩 변화가 시작됐다. 더 알아가고 싶기도 하다. 그리고 앞으로도 동성애뿐만 아니라 구석구석에서 차별과 소외를 겪는 사람들에 대해 알아가고 싶다. 알아가는 것은 나를 바꾸게 해준다. 남한에 와서 처음 동성애에 대해 들었을 때의 나와 지금 동성애에 대해 글을 쓰고 있는 나는 분명히 다른 사람이다. 내가 동성애에 대해서 조금이나마 이해하고 또 이렇게 동성애에 대해 이야기를 하게 될 줄은 전혀 생각해 본 적이 없었기 때문에 나 자신에게 놀라고 있는 중이다.

이 글을 쓰기 위해 나름대로 성소수자에 대해 정보들을 수집하려고 이곳저곳 다녀보기도 하고, 참고 자료들을 보면서 이해하려고 노력을 기울였다. 그렇다고 해도 성소수자나 동성애에 대해 원체 이해하는 바가 부족했기 때문에 글을 쓰면서도 어려움이 많았다. 그래서 두서없는 이 글이 세상에 나오는 것이 사실 두렵기만 하다. 하지만 토닥토닥 프로젝트에 참여하면서 친구들과 여러 가지 의견을 나누다 보니 사회에서 공공연하게 이루어지는 차별들을 느낄 수 있었고, 그러한 부조리들을 이야기하고 싶은 생각이 들었기에 단편적인 조각들을 이렇게 모아봤다. 사회가 수많은 사람들의 모임이라는 생각을 한다면, 이런 부분에 무지했던 내가 단편적인 조각들을 모아가며 이해하려는 노력보다 훨씬 더 많은 노력이 소수자과 다수자 간의 보이지 않는 벽을 허물기 위해서 필요할 것이다. 다만 내 마음을 울렸던 문장인 "모든 사람에게는 천부적으로 인권이 존재한다"는 것이 그저 말뿐인 말이 되지 않기를 바랄 뿐이다.

• • •

토닥토닥 프로젝트를 처음 시작할 때 나는 사실 두려웠다. '인권'이라는 단어가 어렵게 느껴졌다. 몇몇 구성원들 역시 이것이 어렵고 무거운 주제라고 생각했을 것이다. 그래서 처음에는 걱정뿐이었지만 다행스럽게도 모임의 분위기는 활기 찼다. 우리는 최대한 우리들의 경험에 근거하고 다른 여러 자료들도 인용해 가며, 남과 북의 인권 상황에 대해 우리가 알 수 있는 객관적인 사실들을 뽑아내려고 노력했다.

인권에 관해 우리는 여러 가지 주제를 가지고 이야기해 나갔고, 성소수자도 그 중 하나였다. 그런데 성소수자의 인권에 대해 이야기를 할 때는 다른 어떤 주제보다 자연스럽게 이어나가는 것이 어려웠다. 성소수자를 직접 만났던 사람 자체가 극히 드물었기 때문이다. 당사자가 참여하기는커녕, 당사자를 만나 보지도 못한 사람들이 이야기를 하는 것이 탁상공론처럼 여겨졌다.

특히나 북한에 있을 때 '동성애'나 다른 성적 정체성에 대해서 상상도 하지 못했던 내게 '성소수자'라는 주제는 더욱 어렵게 다가왔다. 남한 사회 역시 성소수자를 제대로 포용하지 못하는 사회이기에, 어떻게 해야 성소수자를 직접 만날 수 있는지 갈피를 잡는 것도 쉽지 않았다. 하지만 그랬기 때문에 더욱 도전 의식이 들었다. 자격도 없다고 생각했고, 다른 이들에 비해 글 재주도 많이 모자라다고 생각했지만 이 주제에 뛰어들고 싶었다.

성소수자에 대한 이야기를 토닥토닥 식구들과 하면서 여러 가지 생각을 공유했다. 승영은 "인권에 대해 공부한 후에도, 여러 글을 읽었음에도 동성애에 대해 지지한다고 말하는 것은 여전히 쉽지 않다"고 고백했다. 왜냐하면 "그들과 삶을 나누지 못한 채, 공감을 한다고 말하는 것은 조심스럽기 때문"이라는 것이다. 나 역시도 처음에는 성소수자들에 대해 승영과 비슷한 생각이었다. "잘 모르고 함께 지낸 적도 없는데 내 멋대로 이야기하는 것이 아닐까?" 하는 의문이 들었다. 하지만, 이것은 반대로 생각해보면 내가 성소수자에 대해 이야기하는 것 역시 이상한 일도, 이해 못 할 일도 아니라는 말이기도 했다. 그냥 나와 그들이 다르지 않다는 것이 중요하지, 그 외의 것들은 크게 중요하지 않다고 생각했기 때문이다.

일화의 경우 "내가 북한이탈주민인 동시에 여자인 사회적 소수자여서 그런지, 성소수자들과 동질감을 느낄 때도 있다"고 말했다. 나 역시 일화와 비슷한 환경에서 성장해 왔다. 또한 현재도 한국에서 같은 정체성으로 살고 있다. 때문에 어쩌면 북한이탈주민인 내가, 성소수자가 느끼는 많은 것에 동질감을 느낄 수도 있겠다는 생각을 했다. 그렇기 때문에 편견과 배제 없이 모두가 모두를 포근하게 안을 수 있는 사회가 되기 위해서 여전히 우리 모두에게는 많은 준비가 필요하다.

보이는 것이 전부가 아님을

장애인 인권

김은영

너에게

“이 아이는 류마티스 관절염을 앓고 있어요. 아파서 수업을 많이 못 할 수도 있으니 주의해 주세요.”

봉사하는 삶을 살겠다며, 남을 이해하는 마음을 갖겠다며 시작한 활동이었다. 그런데 막상 너를 만나러 가는 길은 무척 떨렸다. 때로는 아이들의 친구가 되고, 때로는 아이들의 선생님이 되어주면 된다고 했던 멘토링 활동이었다. 주변에 어린 친구가 없는 나는 열두 살이나 어린 너를 과연 이해할 수 있을까 하는 것이 제일 큰 고민이었다. 게다가 장애와 병 그 사이 어디쯤에서 아파하고 있는 너를 어떻게 대해야 할지 감이 잡히질 않았다.

처음 너를 보고 가장 먼저 든 생각은 네가 예상보다 ‘큰 아이’라는 것이었다. 생각도 몸도 컸다. 초등학생이라 어릴 것이라고 생각했지만 너는 큰 아이였다. 아프더라도 그것이 투정으로 이어지지 않을 것처럼 보였다. 그래서인지 나는 네가 아프다는 것을 잊어버리고 내 방식대로 행동했다. 너와의 관계보다는 공부를 가르치는 데 더 신경을 썼고, 네가 하기 싫다고 말할 때마다 그 나이엔 다들 그럴 것이라 생각하며 넘겼다. 너를 만난 몇 달 동안 네게 건넸던 말은 나의 투정뿐이었다.

"선생님 힘들어. 한 시간 동안이나 버스 타고 와야 해. 왜 도와주질 않니?"

네가 심하게 아프던 날에도 난 그렇게 말했다. 너의 아픔을 나는 아예 이해하지 못하고 있었다. 결국 너는 입원을 했고 그제야 나는 깨달았다. 아프다고 한 게 진짜구나. 투정이 아니라 진짜였구나.

너를 만난 건 인권에 대한 공부를 시작하기 전이었다. 아는 것도, 물어볼 곳도 없는 나에게 도움을 준 건 너뿐이었다. 너와의 대화 속에서 나는 하나하나 알아갔다. 그 속에서 느낀 건, 나는 이기적인 사람이었다는 것이다. 내가 남들보다 더 이해와 배려를 잘 하려고 노력하는 사람이라 생각했는데, 그 모든 것은 내 입장에서만 하는 이야기였다. 진실로 서로의 마음을 터놓고 대화를 하지 않았던 것이 문제가 된 모양이다. 물론 내가 내 방식대로만 이해했다는 것이 가장 큰 책임이었다. 상대방을 이해하려고 할 때는 내 식으로 그 사람을 이해하는 것이 아니라, 그 사람의 상황과 여건을 모두 고려해야 한다는 것을 깨달았다. 이렇게 머리로는 알고 있어도 막상 사람을 마주하면 잊곤 한다.

그렇게 너는 퇴원을 했다. 그리고 며칠 전 나와 수업을 다시 시작했다. 아파서 그런지 너는 그날따라 수업을 하기 싫어했다. 나에게 이제 오지 않았으면 좋겠다는 말까지 했고, 나는 상처를 받았다. 내가 당황해 하니 너는 내게 이렇게 말했다.

"선생님이 싫은 게 아니에요. 공부가 하기 싫은 거지……."

너는 처음부터 지금까지 큰 아이였다. 내가 내 멋대로 해서 싫은 게 아니라, 그저 공부가 싫어서 그렇다는 말까지 잊지 않는 너는 상대방을 배려하고 이해할 줄 아는 아이였다. 나는 오늘도 너에게 배운다. 상대를 배려하는 게 어떤 것인지, 진지한 대화를 할 땐 어떻게 해야 하는지 하나하나 배우고 있다. 나는 비록 너의 고통을 이해할 수 없을지라도 공감하는 자세는 배울 수 있을 것이라 생각하고 또 생각한다. 이것이 내가 너로 인해 알게 된 모든 것이었다.

'당신에게 달린 일'

장애인 차별에 대한 문제가 얼마나 많은지 알아보는 법은 간단하다. 인터넷 검색 창에 '장애인 차별'을 검색하고 뉴스란을 보면 된다. 나는 이 글을 준비하면서 두 달 동안 종종 검색을 해봤다. 검색할 때마다 알 수 있는 건 하나같이 검색한 날을 기준으로 불과 며칠 전 일어난 사건·사고들이라는 것이다. 지금 이 순간에도 사건이 일어난 것이 일주일을 넘지 않는다. 심지어 두 건이었다. 내가 느끼는 이 심각성은 나만이 아니라 다른 사람도 똑같이 느끼고 있는 것이라 생각한다. 그래서 내가 알아온 것들에 대해서 이야기하고자 한다.

먼저, 장애인 인권 침해 사례 중 많은 부분을 차지하는 것이 있다. 성적인 차별이다. 장애 여성 성폭행 문제는 정말 많다. 2014년 10월 30일 한국여성장애인연합 주최로 열린 '여성장애인 안전권 실태 및 정책 마련을 위한 토론회'에서 실태 조사한 결과를 발표했는데, 여성 장애인 10명 중 6명 이상은 "외출했을 때 사회가 안전하지 않다"고 느낀다고 했다. '장애'에 '여성'이라는 성적 차별이 더해져서 고통받고 있는 것이다. 계속해서 문제는 일어나는데 해결은 잘 되고 있지 않다. 고통에 단계가 있다면, 성적인 문제는 내가 도저히 감당할 수 없을 것 같은 단계의 고통이라 생각한다. 그런데 그런 일이 무척 많이 일어나고 있다는 것이다.

장애인 인권 차별 문제에서 돈과 연관된 것도 꽤 많다. 물건을 파는 시각장애 할아버지에게 장난감 지폐로 결제를 한 사건이나, 지적장애인에게 식당에서 일을 시키고 14년간 급여를 지급하지 않은 사건 등은 모두 장애인을 기만한 사건이다. 자신보다 못하고 법적인 제재를 당할 것 같지 않기에 만만하게 보는 것이다. 노동력을 제공받았으면 급여를 주는 것이 기본이다. 그런 기본적인 것도 지키지 않는 것은 장애인 인권 의식의 심각성을 드러낸다.

나는 14년 동안이나 급여를 받지 못한 사건이 해결되는 과정에서 지금 우리가 실천할 수 있는 개선책을 찾을 수 있다고 생각한다. 그 사건의 전말은 이러하다. 지적장애를 가지고 있는 그가 일했던 식당이 술집으로 업종을 바꾸면서 그는 일을 그만두게 되었다. 그가 다른 일을 구하려고 주민들과 이야기하던 중에 신분증과 통장을 식당 사장에게 맡기고 있다는 말을 듣고 이를 이상하게 여긴 주민들이 사장에게서 신분증과 통장을 찾아주었고, 그의 은행 계좌를 조회하면서 사장이 그의 급여와 수당을 횡령했다는 사실이 알려졌다. 주변 사람들의 관심으로 사건이 밝혀진 것이다.

이 일뿐만 아니라 노인 문제, 아동 문제, 여성 문제, 환경 문제, 복지 문제 등 모든 문제의 시발점은 '관심'이라고 생각한다. 관심을 가짐으로써 모든 행위는 시작된다. 누군가를 위한 법을 제정하고 누군가를 위해서 시위하는 것 또한 관심으로부터 시작된다. 더 나은 세상을 바라는 건 관심을 가지는 사람의 몫이다. 요즘은 옆집 사는 사람 얼굴도 모를 정도로 서로에 대해 관심이 없다. 옆집 사람도 모를 정도이니, 이렇게 보이지 않는 사건에 관심을 가지지 않는 것이 그리 놀라운 일이 아닐지도 모른다. 그렇기 때문에 더욱 관심을 가져야 한다. '관심'은 모든 일의 기본이 되는 토대다.

당신에게 달린 일

한 곡의 노래가 순간에 활기를 불어넣을 수 있다.

한 송이 꽃이 꿈을 일깨울 수 있다.

한 그루 나무가 숲의 시작일 수 있고

한 마리 새가 봄을 알릴 수 있다.

한 번의 악수가 영혼에 기운을 줄 수 있다.

한 줄기 햇살이 방을 비출 수 있다.

한 자루의 촛불이 어둠을 몰아낼 수 있고

한 번의 웃음이 우울함을 날려 보낼 수 있다.

한 걸음이 모든 여행의 시작이다.

한 단어가 모든 기도의 시작이다.

한 가지 희망이 당신의 정신을 새롭게 하고

한 번의 손길이 당신의 마음을 보여 줄 수 있다.

한 사람의 가슴이 무엇이 진실인가를 알 수 있고

한 사람의 인생이 세상에 차이를 가져다 줄 수 있다.

이 모든 것이 당신에게 달린 일이다.

— 잠언 시집 『지금 알고 있는 걸 그때도 알았더라면』 중에서

이해와 공감

'토닥토닥' 멤버들과 장애인 인권에 대해서 토론하며 느꼈던 것이 몇 가지 있었다. 많은 사람들이 장애인 인권에 대해 깊이 공감하지 않는 이유와 우리가 도움을 주지 못하는 이유 등에 대해 이야기하게 되었는데, 그에 대해 모두들 비슷한 의견을 말했다. 장애를 가진 사람들에게 먼저 도움을 줘야 할지, 아니면 그게 그들에게 부담이 될지 잘 모르겠다는 것이다. 나는 그런 것이 소통이 없는 현실에서 온다고 생각한다. 그들의 생각을 모르기 때문에 더욱 그런 것이다. 나 역시 나의 행동이

그들에게 어떤 영향을 미칠지 잘 모르기에 봉사를 하며 힘들었다. 하지만 이것이 그런 이들을 꼭 찾아 나서야 한다는 말은 아니다. 다만 '준비'를 해야 한다고 말하고 싶다.

먼저 준비해야 할 것은 '자신만의 생각을 정립하는 것'이다. 생각을 정립하기 위해서는 다양한 의견을 듣고 깊게 이야기를 나누어야 한다. 나 혼자만 생각하면 그 생각에 갇히기 마련이다. 다른 사람과의 대화를 통해 생각의 보편성을 마련해야 한다. 그렇기에 나 또한 토론을 하면서 다른 사람의 새로운 의견을 받아들여 발전된 나의 이야기를 할 수 있게 된 것 같다.

그리고 나는 내가 겪은 일 중 장애체험과 임종체험을 떠올려 보았다. 그것이 어떤 의미일지 생각해보았다. 그 체험을 할 때 나를 포함해 다수는 진지하지 않은 태도로 임했다. 장난인 듯, 놀이인 듯 대했다. 이렇게 다들 가벼운 태도로 임하는데 이 체험을 하는 것이 대체 어떤 의미가 있을지 궁금했다. 장애 및 임종체험이 단순히 신체적 고통을 똑같은 강도로 겪어 보자는 취지는 아닐 것이다. 그렇다면 무엇 때문일까? 나는 '이해'와 '공감'이 아닐까 생각했다. 체험을 장난스럽게 했다고 하더라도 그 체험의 취지를 생각해 달라고, 힘들었던 사람들을 한 번이라도 떠올려 보라고 하는 게 아닐까?

한동안 유행했던 '아이스 버킷 챌린지'도 그렇다. 루게릭병 환자들에 대한 관심을 불러일으키고 기부금을 모으기 위해 미국에서 시작된 이벤트로, 이 운동은 SNS를 타고 세계로 확산됐다. 참가자는 세 명을 지목해 "24시간 안에 이 도전을 받아들여 얼음물을 뒤집어쓰든지 100

달러를 루게릭병협회에 기부하라"고 요구한다. 그 뒤 자신이 얼음물을 뒤집어쓰는 장면을 동영상으로 찍어 인터넷에 올린다. 근육이 수축되는 루게릭병의 고통을 얼음물을 뒤집어쓰며 잠시나마 느껴보자는 취지로 시작된 이 운동은 유행처럼 퍼져나갔고, 많은 사람들이 즐겁게 동참했다. 장난스럽게 한다고 해도 후원자의 수는 몇 배나 늘었고 지금도 급증하고 있다고 한다. 이 캠페인을 보고 충북대학교에서는 장학금 마련을 위한 '북버킷 챌린지'를 열었고, 용인서부경찰서에서는 아동학대 피해자를 위한 '아이스버킷 챌린지'를 시작했다.

이렇게 연대가 이어질 수 있다면 다소 장난스럽게 보여도 의미가 있는 것 아닐까? 그 행동을 하기 위해 한번씩은 찾아보고 알아보는 과정이 분명히 있을 것이니 말이다. 또한 '재미'는 문턱을 낮추는 역할도 한다. 어렵게만 생각한 후원과 잘 몰랐던 루게릭병에 대해 사람들은 조금 더 쉽게 다가갈 수 있게 되었다. 특히나 공적인 후원으로만 해결이 되지 않는 것들에 대해서 개인의 후원으로 조금 더 도움이 될 수 있는 즐거운 방향이 되지 않았나 하고 생각한다.

보이는 것이 전부가 아님을

2014년 5월 17일은 나에게는 잊을 수 없는 날이다. 그날은 처음으로 내 영화를 촬영한 날이었다. 6분도 채 안 되는 짧은 영상이지만, 그 영상을 준비한 한 달은 내게 힘든 시간이었고 더불어 '생각'을 많이 한 시간이었다.

대구에서 영화를 찍는 사람들이 모여 프로젝트를 진행했다. 하나의 시나리오를 여덟 명이 자신의 스타일대로 각색해서 촬영하는 것이다. 손호석 작가의 시나리오로 원래 제목은 '커플은 싸워야 제 맛'이었다. 청각장애를 가진 여자와 그렇지 않은 남자의 이야기다. 클래식을 좋아하는 남자는 듣지 못하는 여자를 위해 좋아하지 않는 넌버벌non-verbal 공연만 봐 왔고, 한 번만 클래식 공연을 같이 보자고 한다. 그러나 여자는 내키지 않아 하고 결국 둘은 싸우게 된다.

나는 이 시나리오가 흥미로웠다. 먼저 든 생각은 "그래. 다를 게 뭐가 있겠어?" 하는 것이었다. 소통하는 방법이 다르다고 그들이 하는 이야기가 다른 것은 아니니까. 장애가 있든 없든 이 커플에게도 여느 커플과 다름없이 그저 사람과 사람 사이의 충돌이 생긴 것이다. 그러한 생각들을 바탕으로 내 이야기를 만들어 나갔다. 처음 써보는 시나리오였기에 갈팡질팡했지만 몇 번의 피드백을 받으며 나의 생각, 나의 이야기를 넣어 시나리오를 각색해 나갔다. 그렇게 만들어진 내 시나리오는 여자와 남자가 다투고 난 이후의 이야기를 보여준다. 제목은 '보이는 것이 전부가 아님을'이라고 정했다. 둘만의 이야기가 아닌, 다른 사람들이 이 연인을 바라보는 시선에 대해서 말하는 내용으로 각색했다.

내가 이 영화로 하고 싶었던 이야기는 우리가 흔히 던지는 눈길과 아무 생각 없이 하는 귓속말이 어떤 이에게는 상처가 될 수 있다는 것이다. 나 또한 장애를 가진 사람들이 지나갈 때마다 쳐다보곤 했다. 그 시선에 딱히 의미가 있는 건 아니었다. 내가 바라보는 눈빛이 상대방에게 다르게 받아들여질 수 있다는 걸 몰랐다. 그런데 토닥토닥 프로젝트에 참여하여 공부하고 토론하면서 '배려'는 내 생각대로가 아니라 상대방의 입장에서 해야 한다는 것을 깨달았다.

토닥토닥에서는 장애인 인권에 대한 토론을 꽤 많이 했다. 주변에서 장애인을 만날 기회가 별로 없는 나는 몸이 불편한 사람들을 이해하기가 쉽지 않았다. 그들에 대한 나의 편견만 말해도 이야기는 가득 찼다. 솔직히 말하면, 작년만 해도 거동이 불편한 사람을 쳐다보는 것이 그들의 기분을 상하게 한다는 글을 읽으면 "그냥 쳐다보는 건데 상대방의 기분까지 생각해야 하나?"라는 생각을 했다.

토론을 시작하며 처음 읽었던 책 『인권을 외치다』에는 "인권에는 상상력이 필요하다"라는 문장이 나온다. 처음에는 나뿐만 아니라 다들 인권에 '왜' 상상력이 필요한지 몰랐다. 하지만 이야기를 나누다 보니 그 말을 이해할 수 있었다. 인권에 상상력이 필요하다는 것은 우리가 편견으로 보지 못하는 것을 상상력을 발휘해 바라보라는 것이다. 너무 익숙해져 무뎌진 것들을 새롭게 바라보고 인지하자는 뜻이었다. 이전엔 단순히 내 기분이 상하지 않으려고 남에게 멋대로 하지 않았지만 이제는 그렇지 않다. 상상력을 더해서 그 사람의 입장이 되어 생각한다면 다른 사람을 제대로 이해할 수 있지 않을까? 그 이해를 통해 진정한 배려를 할 수 있을 것이다. 만약 누군가가 "내가 쳐다보는데 당신이 왜 그러냐?"라고 한다면 나는 그 사람에게 말해줄 수 있을 것 같다. "어허이, 사람 사는 거 다 비슷한데 같이 웃고 삽시다. 네?"

중증 장애를 가진 영화감독을 만나다

토닥토닥 모임에서 함께 읽은 책 중 『사이시옷』이라는 만화책이 있다. 옴니버스 형식의 만화책인데, 장애를 다루는 이야기도 있었다. 거기에는 다운증후군을 앓고 있는 은혜라는 인물이 나온다. 어느 날 은혜와 어머니의 이야기를 영화로 찍고 싶다는 감독이 찾아온다. 어머니는 "그 감독을 믿을 수 있을까?" 하는 고민과 "사람들과 은혜가 서로 상처받지 않고 끝까지 영화를 찍을 수 있을까?" 하는 고민을 동시에 한다. 어머니는 촬영에 앞서 스텝들이 은혜와 친해지려고 하는 모습, 촬영에 들어가서는 뭐든지 느린 은혜를 기다려주는 스텝들의 모습에 믿음이 갔다고 한다. 이런 이야기를 책에서만 보다가 실제로 내 주변에서 이런 일이 일어난 것을 목격했다.

몇 달 전, 대구에서 영화를 만드는 사람들의 커뮤니티에 단편 영화를 찍을 스텝을 구한다는 글이 올라왔다. 그 영화의 감독은 뇌병변 1급 장애인이었다. 뇌병변 장애는 뇌의 병변이 일으킨 신체적 장애 때문에 보행 또는 일상생활 동작 등에 제한을 받는 것이다. 중증 장애인인 것이다. 사실 커뮤니티에 올라온 글만으로는 그 감독은 나와 다를 게 없었다. 정말 평범한 사람의 글이었다. 이 글을 위해 연락을 했을 때 정말 유쾌한 분이라는 것을 알았다. 본인도 장애인 인권에 대해서 잘 모른다고 했지만 어쨌거나 도움이 된다면 "오케이!"라고 했다.

토닥토닥 식구들과 〈잠수종과 나비〉라는 영화를 봤다. 『엘』의 편집장이자 두 아이의 아빠인 보비가 주인공으로 나온다. 보비는 출세 가도를 달리던 중 '감금 증후군'locked-in syndrome으로 온몸이 마비된다. 문자판을 보고 한쪽 눈꺼풀을 깜빡이는 것만으로 세상과 소통한다. 어떻게 그런 식으로 대화를 할 수 있을까 싶었는데, 이 감독님 또한 문자판을 통해 보비와 같은 방식으로 소통하고 있었다. 게다가 그런 소통으로 영화 연출자로서 현장을 진두지휘했다. 어떻게 그렇게 할 수 있을까 싶어, 함께 영화를 찍은 사람들에게 물어보니 충분히 할 수 있다는 것이다. 스텝들은 감독에게 장애가 있다는 것을 알고 왔기에 영화의 준비단계부터 촬영까지 시간을 넉넉히 잡았다. 감독에게도 장애는 문제될 것이 없었다. 보통의 감독처럼 작가가 시나리오 마감을 넘기면 불만을 말했고, 진행 과정에서 잘못된 것은 스텝들과 소통해 해결해 나갔다. 촬영할 때도 시간이 오래 걸리더라도 자신의 생각을 문자판으로 확실히 전달했다. 흔히 볼 수 있는 영화 촬영현장이었다.

감독님과 영화를 함께 찍은 언니에게 짧은 인터뷰를 요청했다. 어떻게 영화를 함께 찍게 되었는지, 크랭크업을 한 지금은 장애인에 대해 어떻게 생각하는지 등 몇 가지 질문을 했다. 언니는 장애아동 영화교육 프로그램을 배우면서 자신에게 장애인에 대한 편견이 있음을 자각했다고 한다. 그 후 스텝을 구한다는 공지를 보고, 자신의 편견을 깨고 싶어서 감독님과 함께 하기로 결정했다는 것이다. 그런데 막상 영화 촬영을 다 하고 난 뒤 느낀 것은 "다를 게 없다"는 것이었다. 애초에 감독님의 상황을 알고 간 터라 시간도 넉넉하게 잡았고, 그랬기에 촬영이 지연되는 일도 없었다고 한다. 감독님이 약속을 어기거나 미루면 그런 부분에 대해 화가 났지, 그 사람의 장애는 문제가 되지 않았다고. 여느 감독과 스텝의 관계와 다를 게 없었다.

나는 언니와의 인터뷰에서 여태 고민하던 것에 대한 답을 조금은 찾을 수 있었다. 장애를 가진 사람과의 촬영 현장이 분명 다를 것이라고 예상하고 물었던 내 질문조차 사실은 편견이었던 것이다. 감독님도 언니도 "그게 왜? 뭐 어때서?"라는 태도로 이야기했다. 나는 당황했고 무거운 어떤 것이 뒤통수를 '탁' 치는 느낌을 받았다. "장애를 가진 사람이라고 지나치게 배려하는 것도 그에게는 부담스러울 수 있겠구나" 하는 생각과 더불어 그냥 "나와 같다"는 생각을 했다. 대화하는 방식만 다를 뿐, 모든 게 다 같았다.

지금은 바야흐로 휠체어를 탄 장애인이 극장에서 영화를 볼 수 있는 시대다. 뭐, 100퍼센트 감동은 아니다. 극장 직원 등에 업혀 좌석에 앉혀지는 신세지만, 이제는 이마저 부담스럽지 않은 분위기이다. 오히려 비용을 치르는 소비자로서 당당하기만 하다.

그런데 조금 골치 아픈 경우가 있다. 바로 여자친구와 데이트할 때다. 대구에 있는 대부분의 멀티플렉스들은 휠체어를 탄 채로 들어가기 어려운 구조로 되어 있다. 휠체어가 들어갈 수 있는 상영관들도 맨앞 라인으로만 진입이 가능한 터라, 좌석에 앉아서 보려면 마찬가지로 남자 직원의 도움을 받을 수밖에 없는 상황이다. 남자로서 쪽팔리는 순간이다! ㅎㅎ

그래, 그래, 너와 나의 사랑이 있는데 이쯤이야 능히 감수해야지! 요건 어디까지나 서로 사귀면서 폭풍 같은 한 고비를 넘긴 커플들의 러브 스토리이고, 문제는 '꼬시는' 단계에서의 영화 데이트다. 하나에서 열까지 잘 보여도 모자랄 판에 다른 남자의 등에 업히는 내 모습을 보여준다니, 헐. 여자의 입장에서 본다면 가장 흔한 극장 데이트마저 이리도 힘든데 이 남자와 계속 만난다면 극기 훈련 수준까지……. 남자로서 아찔하게 쪽팔리는 순간이다! ㅋㅋ

며칠 전 지인들과 영화 한 편을 보았다. ○○극장. (…) 가보니 최고였다! 인테리어며, 조명이며, 전망까지. 이제껏 가본 곳 중에서 제일 마음에 드는 극장이었다. 마음을 굳혔다. 앞으로 여기로 직행하기로. 하지만 정작 내 마음을 빼앗아간 것은 따로 있었다. 스크린에 들어간 순간 깜짝 놀랐다. 휠체어가 가장 뒤 라인으로 바로 들어가는 것뿐만 아니라, 휠체어석도 따로 있었다. 더욱이 뒤쪽 통로가 비교적 넓어서 자유로이 이동할 수 있고, 안쪽에는 일반 좌석 대신 휠체어 두 대 정도를 댈 수 있는 빈 공간이 있어서 거기서도 영화를 볼 수 있는 것이다. 이렇게 되면 상대방의 장애 유무와 관계없이 여자친구에게 데이트 신청을 할 수 있고, 실제로 극장에 나란히 앉아서 영화를 즐길 수 있을 것이다. 타인의 특별한 도움 없이 말이다. 나의 애매한 고민이 풀린 그날이었다.

— 이창환 감독, 「문화, 사랑, 그리고 장애인」(2013), 영화제작 커뮤니티에서

예쁘다

얼마 전 〈대국민 토크쇼 안녕하세요〉라는 프로그램에 머리카락이 자라지 않아 놀림을 받는 일곱 살 민경이가 나왔다. 원인을 알 수 없는 탈모로, 머리카락이 조금만 자라도 다 빠져버린다고 했다. 민경이가 밖에서 사람들에게 받는 것은 관심이 아닌 수군거림이었다.

방송에 출연하기로 결심한 것은 같은 프로그램에 나왔던 초은이라는 아이 때문이라 했다. 다섯 살 초은이는 멜라닌 색소 부족으로 태어날 때부터 눈동자가 파란색이었다. 언제부턴가 초은이는 사람들이 놀라는 소리만 들어도 엄마 뒤로 숨어버리곤 했지만, 방송 출연 후 자신감을 얻고 웃음도 많아졌다고 했다. 민경이 어머니도 민경이가 초은이처럼 밝아지길 원해서 신청했다고 한다.

민경이 어머니는 많은 사람이 보는 공중파 방송에 딸과 함께 나와 시청자들에게 부탁했다. 곧 초등학생이 될 딸이 받을지 모를 상처가 걱정되었던 것이다. 민경이는 방송 내내 고개를 숙이고 말을 많이 하지 않았다. 집에서는 수건을 두르고 "엄마, 나 머리 길어 예쁘지?" 라고 한다는 민경이. 민경이의 상처를 느낀다면 더 이상 상처 주지 않는 방법에 대해 생각해 봐야 할 것 같다. 아이와 어머니의 마음을 조금이라도 헤아린다면 말이다.

장애인을 앞에 두고 수군거리는 사람들의 모습. 장애를 가진 사람의 이야기를 바탕으로 한 웹툰이나 드라마, 영화에서 자주 나오는 장면이다. 그 눈빛과 귓속말 때문에 어떤 사람들은 상처를 받는다. 그런 눈빛과 귀속말이 나쁜 의도를 가지고 하는 행동은 아닐 것이다. 일부러 기분 나쁘라고 귓속말을 하거나 흘깃흘깃 쳐다보는 것도 아닐 것이다. 달라 보이기에 쳐다본 것이겠지만, 상대의 마음을 헤아린다면 더 배려할 수 있지 않을까? 민경이 어머니는 이렇게 말했다.

"민경이가 집에서뿐만 아니라 밖에서도 당당하게 지낼 수 있도록 무관심하게 지나쳐 달라. 물론 '예쁘다' 라는 말 한마디가 딸에게 큰 힘이 될 것 같다."

내가 분명히 말하고 싶은 것은 우리는 서로 다르지 않다는 것이다. 장애가 있다는 것은 장애가 없는 사람들보다 신경 쓸 부분이 조금 더 있다는 것뿐이다. 그렇기에 이상하게 쳐다볼 일도 없다.

다시 너에게

봉사 활동을 시작하고서 너와 함께 한 지 일 년이 되어간다. 그 사이 나는 인권을 주제로 토론하는 '토닥토닥 프로젝트'에도 합류했고 장애인에 관한 영화도 찍었다. 그리고 그 결과물로 이렇게 글도 쓰게 되었다.

처음, 아무것도 모르고 너를 만났을 때 어떻게 해야 할지 몰라 전전긍긍하던 내 모습이 떠오른다. 너와 대화를 나누고 또 다른 사람들에게도 물으며, 많은 시행착오를 겪었다. 처음에는 내가 옆에 오는 것도 꺼려하고 개인적인 질문을 하면 비밀이라며 말해주지 않던 너인데, 지금은 나를 보면 안아주며 오늘은 뭐 할 거냐고 먼저 묻고 내 질문에 곰곰이 생각해서 대답해 주는 네가 되었다. 며칠 전 나는 네게 말했다.

"나는 정말 네가 중학생이 될 때 곁에 있었으면 좋겠어."

그렇게 말하는 내게 너는 대답했다.

"그때까지 같이 수업할 수 있었으면 좋겠는데……. 어렵겠죠?"

그 말을 들으며 마음이 아파왔다. 사실 우리 수업은 한 달 정도밖에 남지 않았다. 올해 12월까지가 복지관에서 계획된 일정이다. 네게 이 이야기를 해야 하는데 입이 잘 떨어지지가 않는다.

지난 일 년 동안 나는 많이 변했다. 나는 네 덕분에 '장애'라는 것이 어떤 사람과 친해지는 데 아무 문제도 되지 않는다는 것을 깨달았다. 누군가와 가까워질 때는 늘 시행착오가 있을 뿐이다. 내가 바라는 것이 있다면, 네가 나중에도 나를 기억해주기를, 그래서 또 누군가를 만난다 해도 나와 그랬던 것처럼 시행착오를 거치며 그 사람과의 관계를 잘 풀어갔으면 좋겠다는 것이다. 단지 그뿐이다.

• • •

의도한 건 아니었지만 지난 한 해 동안 나는 장애인과 가까운 곳에 자주 있었다. 장애인 인권에 대한 글을 쓰면서, "내가 일 년 동안 어떤 생활을 했는지, 어떤 마음가짐이었는지 이야기해보면 어떨까?" 생각했다. 그동안 실수하면서 배웠던 것을 다른 이들에게 이야기하고 싶었다. 장애인을 보는 나의 시선이 바뀌어온 과정을 이야기하면 사람들도 내 생각에 공감할 수 있으리라 기대하며. 이런 내 마음이 잘 전달되었는지는 모르겠지만, 토닥토닥 식구들은 부족한 내 이야기를 들으며 자신이 장애인에 대해 어떤 편견이 있었는지 생각해 볼 수 있었다고 이야기해 주었다.

민우 오빠는 거리를 걸을 때 무심코 장애인을 빤히 바라봤던 자신이 부끄러워졌다고 이야기했다. 북한에서 온 자신도 이렇게 부끄러워졌는데, 아직도 남한 사회의 많은 사람들이 장애인에게 눈길을 아무렇지 않게 보내는 것이 안타깝다고 말했다. 민우 오빠의 말처럼, 알고 보면 편견이지만 편견인 줄 몰랐던 것들이 참 많다. 의도가 나쁘지 않아도 잘못 받아들여질 수 있는 것들 말이다. "내가 먼저 알고 배려하는 것이 좋지 않을까?" 하는 생각도 들었다. '배려'라는 말도 건방진 것 같다. 먼저 청하는 마음 같은 것 말이다. 내가 먼저 청하거나 먼저 한 걸음 물러나면, 상대방도 응대하거나 한 걸음 다가와 줄 것이라 믿는다. 먼저 청하는 것이 어려운 일이 아니지 않을까?

함께 토론하고 배우면서 알게 된 또 하나는, 장애인에게 필요한 것은 '도움'이 아니라는 것이다. 종현 오빠가 한 말에 공감이 많이 갔다. "그들에게 주어져야 할 것은 사회적 특혜나 시혜의 온정이 아니다. 장애를 가진 사람과 그렇지 않은 사람들이 함께 어우러져 살아갈 수 있는 환경을 만들어 나가는 것만이 공존할 수 있는 길이 아닐까?"

일화 언니도 비슷한 말을 했다. "왜 우리는 약자를 도와준다고만 생각할까?" 그렇다. 그들도, 우리도, 나도 '도움'이 아닌 '함께 살아가는 세상'이 필요하다. 나 또한 그들과 마주해 보지 않았을 때는 무조건 내가 먼저, 내가 하려는 것이 먼저였다. 하지만 그들과 함께하고 마주한 순간부터 그들과 함께하는 삶이 어떤 것인지를 어렴풋하게 알게 되었다. 그렇게 함께하고, 먼저 청하고, 서로 배려하는 것이 당연한 것임을 알게 되었다. 그리고 나는 이제 그들과 늘 '함께'임을 조금씩 느끼고 있다.

2부

함경북도에서 대구까지, 경계를 넘어서

이현석

줄기는 뿌리에서 자란다*

강을 건너기까지

그녀의 이야기, 하나

그녀의 첫 기억을 물었을 때, 그녀는 펑펑 울었던 날을 떠올렸다. 놀랍게도 그녀는 어린 시절 강하게 남아 있는 기억이 언제인지를 정확히 기억했다. 그럴 수밖에 없었다. 그날은 1994년 7월 8일, 김일성이 사망한 날이기 때문이다. 물론 김일성이 죽었기 때문에 울었던 것은 아니다. 김일성이 누구인지도 잘 알지 못했던 꼬마가 울었던 이유는 눈을 떴을 때 엄마가 없었기 때문이다. 그녀는 엄마의 흔적을 찾아 집 구석구석을 헤매다가 빨려고 놔둔 엄마의 개짐을 발견했다. 눈물, 콧물 몽땅 흘리

* 1998년 조선예술영화촬영소에서 제작한 김춘송 감독, 리영호 · 김혜경 주연의 북한 영화 제목. 이 영화는 북한 안주지구 칠리탄광의 청년돌격대장 류승남의 이야기를 바탕으로 만들어졌다. 폭력조직을 이끌던 젊은이가 청년돌격대로 일하며 새 사람이 된다는 이야기다.

며 꼬마는 개짐을 열심히 빨았다. 한참 개짐을 빨고 있을 때 엄마가 문을 열고 들어왔다. 특별한 날에 입던 한복 차림의 엄마. 상복이었겠지만 그날 기억 속의 엄마는 참 화사했다고 말했다.

그녀의 고향은 함경북도 무산이다. 그녀는 태어나서 줄곧 거기서 자랐다. 그렇기 때문일까? 그녀는 북한을 지칭할 때 '북한'이라고 말하기보다는 '고향'이라는 표현을 자주 쓴다. 탈북하기 전까지 살았던 '무산'이라는 한정된 시공간이 북한을 대표하지 않는다고 생각하기 때문인지, 북한이라는 단어를 입에 올리는 것이 아직까지 부담스럽기 때문인지는 알 수 없다.

두만강변의 가난한 집에서 태어난 그녀는 수영을 못하면서도 강변에 가는 것을 즐겼다. 오후 수업시간이면 강변으로 종종 소풍을 나가곤 했는데, 그녀는 거기서 씻고 물을 마시기도 했으며, 겨울에는 썰매를 지치기도 했다. 하지만 딱히 낭만적인 풍경은 아니었다. 그렇지 않아도 넉넉하지 않은 가정형편이었는데, '고난의 행군'이라 불리는 대기근을 겪으며 폐쇄경제체제가 무너진 시점부터 사회 인프라마저 붕괴됐다. 그녀가 강에 자주 가게 된 이유는 씻고 마시는 일을 강변에서 해결해야 할 일이 잦아졌기 때문이다. 겨울에 동파된 상수도 배관은 다음 겨울이 오기 전까지 수리되지 않는 일이 부지기수였다.

하지만 두만강 덕분에 그녀는 외부세계를 처음으로 볼 수 있었다. 압록강과 마찬가지로 두만강도 북중공유지역이었기에 자연스럽게 그녀도 빨래를 하러 두만강변으로 나온 중국 사람들을 보며 자랐다. 국경의 의미가 희미한 두만강변 때문이었을 것이다. 그녀는 외부세계와 접촉

하는 것에 점점 담대해졌다. 장마당에 나온 한국이나 미국의 영상물 디브이디를 잘사는 친구 집에 놀러가서 보는 일이 늘어갔다. 그녀의 기억에 가장 많이 남아 있는 영화는 〈제임스 본드〉 시리즈이며, 드라마는 〈여름향기〉였다. 그녀뿐만이 아니었다. 형편이 되고 유행 좀 탄다는 소녀들 중에서 한국 드라마에 중독되다시피 한 친구들이 적지 않았다.

이 평범한 시골 소녀가 그 '강'을 넘겠다고 결심하고 실행하기까지는 그리 오랜 기간이 걸리지 않았다. 중학교 3학년이 되던 해, 다른 북한 청소년들과 마찬가지로 농촌 지원을 나갈 일이 있었다. 그녀가 다니던 학교는 중국과 인접한 농촌으로 가서 한 달간 일을 하는 프로그램을 진행했다. 요리에 소질이 있는 그녀는 농사 대신 식당반을 맡았다. 하루 일과를 마치고 식당반 친구들과 선생님과 함께 숙소에 돌아온 그녀는 텔레비전을 틀었다. 전파에 혼선이 온 것인지, 외국 전파를 막아둔 잠금장치가 풀린 것인지 텔레비전에서는 한국 드라마가 나오고 있었다. 순간 서로가 눈치를 봤지만, 이내 작당모의라도 하듯 "우리끼리만 아는 거다"라며 모두가 살며시 웃고는 한국 드라마를 보기 시작했다. 그녀는 이 부분을 이야기하면서 "그때는 아예 겁이 없어졌나 봐요"라며 해맑게 웃었다.

하지만 농촌 지원에서 돌아온 후부터 시련이 시작됐다. 가족 중 누군가의 실수로 그녀가 학교를 다니는 것이 여의치 않아진 것이다. 자신의 잘못도 아닌데, 아이들로부터 왕따를 당하는 것도 모자라 선생님까지 나서서 그녀를 혼내기도 했다. 돌파구를 찾아야 했다. 그 돌파구는 오며 가며 들은 '남한에 사는 팔촌 할매'로 귀결되었다.

"학교를 다니는 게 너무 힘들었어요. 고향에서는 어릴 때부터 계속 한 반에서 같이 생활하거든요. 다른 곳으로 전학을 가는 것 자체가 어쩌면 더 무서운 일일 수도 있었어요. 그래서 그냥 남한으로 가겠다고 한 거죠. 남한에 가서 팔촌 할매를 찾아서 거기서 살겠다고 한 거예요. 강을 건너는 것보다 남한에 사는 팔촌 할매를 찾는다는 게 더 무모한 계획인데 말이죠."(웃음)

어머니와 할머니에게 남한으로 가겠다고 말한 지 일주일 만에 그녀는 동네 지인인 브로커를 통해 두만강을 넘었다. 브로커는 "어떠어떠한 곳으로 가면 안내를 해줄 것이다"라는 말만 해주었다. 그것이 북한에서 했던 마지막 대화였다.

그녀의 이야기, 둘

또 다른 그녀는 부모님의 운동회에 한복을 입고 아버지 품에 안겨 갔을 때 아제(함경북도 회령에서는 이모를 '아제'라고 부른다)들이 모두 예쁘다고 칭찬할 정도로 동네의 '춘향'이었다. 1990년대 초반 대기근이 막 시작될 무렵, 그녀의 가족은 함경북도 회령시 인근에서 일찌감치 장사를 시작했다. 덕분에 가정형편은 오히려 대기근 시기에 나아졌다. 유복한 가정에서 자란 예쁜 딸은 집안에서 곱게 자랐다. 스스로 생각하기에도 '공주'였다고 했다.

공주처럼 컸던 그녀가 부모님께 혼난 적이 한 번 있었다. '쌀가루' 때문이었다. 한국의 초등학교 저학년에 해당하는 소학교를 다닐 때이다. 당시 학교마다 '연구실'이라고 불리는 곳이 있었는데 그곳에는 김일성과 김정일 등의 사진을 전시했다고 한다. 날이 추워지면서 한지가 발린 창 틈으로 바람이 숭숭 들어오기 시작했다. 그녀의 선생님은 창틈에 붙일 쌀가루를 가져올 사람을 자원 받았다. 전체 북한 사람들의 기초대사량이 절반밖에 충족되지 않던 시절*이었기 때문에 먹을 것을 먹지 않고 바르는 데 쓰는 것은 쉽지 않은 일이었다.

그때, 그녀가 손을 번쩍 들었다.

"제가 가져오겠습니다!"

그녀는 이미 그때부터 기분이 들떴다. '위대한 수령님'과 '자애로운 장군님'의 초상을 모셔둔 곳을 보수하는 일에 자원했으니 칭찬은 이미 따놓은 것이나 마찬가지였다. 다음날 등굣길에 쌀가루를 가져와 선생님께 전했고, 당연히 칭찬을 들었다. 의기양양하게 소녀는 집으로 돌아왔다. 훌륭한 과업을 수행했으므로 집에서도 칭찬을 받을 것이라 생각했던 그녀는 그날, 어머니로부터 처음이자 마지막으로 크게 혼이 났다. 쌀가루를 가져간 것 자체는 문제가 아니었다. 아무런 말을 하지 않고 가져갔다는 것이 문제였다. 그녀는 영광스러운 일을 했다고 생각했는데, 한 번도 혼을 낸 적이 없던 어머니는 가족 간의 신의를 지키지 않은 것에 대해 혼을 낸 것이다.

* 안드레이 란코프, 『리얼 노스코리아』, 김수빈 옮김, 개마고원, 2013, 24쪽.

쌀가루를 가져간 것 때문이 아니라 쌀가루를 '말없이' 가져간 행위로 혼이 났다는 것은 대기근 당시의 상황을 이해하면 이례적인 경우라고 할 수 있다. 즉, 그녀의 가정 환경이 북한 지폐에 적혀 있는 문구처럼 '세상에 부럼(부러움) 없어라'까지는 아니라도 남부럽지 않은 환경에서 자랐음을 시사하는 것이다.

이렇듯 넉넉한 형편에서 자라, 가족의 전폭적인 사랑을 받은 그녀는 학창시절 동안 착실한 모범생이었다. 그냥 모범생이 아니라 한국의 중학교와 고등학교 과정에 해당하는 6년제 고등중학교 시절, 4학년 과정에 올라갈 때 전교 1등을 해야만 편입할 수 있던 시 소재의 '수재학교'에 들어갈 정도로 우수한 인재였다. 모범적으로 학교를 졸업한 그녀는 영화를 전공으로 하는 고등전문학교에 진학했다.

이우영 북한대학원대학교 교수가 지적했듯 김정일이 국정에 관여한 이후로 북한에서 예술과 문화는 중요한 정치 행위로 입지를 구축했다. 이우영 교수에 따르면 김정일의 예술에 대한 고도의 관심은 삐뚤어진 집착이나 개인적 취향이라기보다는 북한 체제의 정치지도 행위였으며 이런 상징조작의 선두에는 영화가 있었다.

북한에서 영화라는 매체는 다른 예술 갈래보다 정치적 중요성이 두드러진다. 일단 영화는 동일한 내용을 대량 복사하여 동시에 많은 이들에게 감상시킬 수 있다. 또한 영화를 촬영하고 상영하는 데 많은 기자재와 인원을 필요로 하기 때문에 '지하작품' 같은 것을 제작하거나 상영하는 것을 통제할 수 있다. 무엇보다 문맹자들에게도 영화만큼 효과적인 정치교육수단이 없으며, 관객들이 어두운 극장에서 몰입하는 만큼 다르게 해석할 여지도 줄어든다.*

북한의 폐쇄적 체제를 유지하는 데 중요한 분야를 전공했지만 실제로 그녀가 극장에 취직한 뒤 직접 영사기를 돌리는 일은 일 년에 한두 번에 불과했다. 소위 말하는 '땡보직'이었던 것이다. 노회하거나 게으른 사람들에게는 딱 맞는 직장일지 모르나, 뒤늦게 세상에 대한 호기심이 봇물 터지듯 뿜어나오던 그녀에게 이 직장은 따분하기 그지없는 곳이었다. 따분할 뿐만 아니라 조직 생활도 마음에 들지 않았다. '생활총화'같이 의미 없이 진행되는 북한식 비판 관습 역시 지루했다.

그때 그녀를 사로잡은 것은 중국에 다녀온 친구들의 이야기였다. 친구들은 바깥 세상이 좋다는 식으로 내놓고 말하지는 않았다. 하지만 그들이 간혹 흘려주는 이야기만으로도 새로운 세계가 강 건너에 있다는 것을 알기에는 충분했다. 그녀 역시 이미 '연변방송' 같은 외부 라디오를 듣고, 〈미녀 삼총사〉, 〈천국의 계단〉 같은 미국과 한국의 드라마에 심취해 있었다. 특히 갓 이십대가 된 그녀를 사로잡은 것은 〈천국의 계단〉에 나오는 최지우, 김태희를 비롯한 수많은 여성들의 헤어스타일이었다. 당시 그녀의 고향에서는 여자들이 머리를 풀고 외출하지 못했는데, 한국 드라마에 나오는 여자들이 당당하게 머리를 풀어헤치고 거리를 활보하는 모습은 그녀에게 매력적으로 다가왔다.

중국으로 나간 친구들이 많은 돈을 벌어서 집으로 보내준다는 것도

* 이우영, 『김정일 연구(III) : 분야별 사상과 정책』, 통일연구원, 263쪽.

잘 알고 있었다. 두만강변에 함께 나갈 때마다 아버지는 강 건너를 가리키며 "저 집에는 사촌이 살고, 저 집에는 작은할아버지가 살고, 저 집에는 육촌 아제가 산다"고 귀에 못이 박히도록 이야기해주었다. "비빌 언덕도 충분히 있는데 건너가지 못할 이유가 뭐가 있을까?"라고 그녀는 생각했다. 생각해보면 (북한 쪽) 강원도로 시집 간 이웃집 딸도 통신 사정이 열악해 가족들과 몇 년이나 연락이 두절되는데 까짓것 중국에 가서 연락 조금 안 된다고 해도 무슨 상관이랴 싶었다.

"'에라, 모르겠다' 하는 심정으로 두만강을 건넜어요. 처음에는 남한에 올 생각은 하지도 못했죠. 그냥 중국에 넘어가 돈 좀 벌어서 돌아갈 요량이었어요."

하지만 "에라, 모르겠다"며 두만강을 건넌 것이 마지막이었다.

그의 이야기

축구를 좋아해 다부진 체격을 자랑하는 청년의 기억 속에서 건져낸 생애 첫 이미지는 '할머니'였다. 할머니는 거실에서 문턱을 베고 모로 누워 계셨다. 그리고 그는 할머니를 바라보며 서 있던 기억이 난다고 했다. 그만큼 지금은 돌아가신 할머니에 대한 그의 애착은 남달랐다. 손자를 예뻐하는 할머니와 온 가족이 화목하게 살았던 어린 시절이 그에게는 가장 아름다운 기억이다. 그의 기억이 남아 있는 고향은 함경북도 회령시에서 조금 떨어진 농장마을이었다. 도농복합형 마을에서 농장마을에 해당되는 곳이었는데, 몸도 날래고 싸움도 잘 했던 그는 동네에서 소위 '골목대장'이었다.

투닥투닥 싸우며 크는 것이야 아이들의 자연스러운 모습이지만 그가 싸움질을 했던 것에는 이유가 있었다. 농장마을 옆에는 탄광마을이 바로 붙어 있었다. "아오지 탄광으로 보내버린다"라는 말처럼 한국에서는 북한 탄광촌이 북한에서 가장 험하고 비참한 곳으로 알려져 있지만, 그가 살던 곳에서 탄광마을은 농장마을보다 위상이 훨씬 높았다. 농장마을에 사는 사람들은 단순히 "농사짓는다"고 했지만 탄광마을 사람들은 "직장에 다닌다"고 이야기했다.

갑작스럽게 불어닥친 대기근의 위기 또한 농장마을과 탄광마을의 위상이 급격하게 차이 나도록 만들었다. 할당량이 주어진 이상, 농장마을에 사는 사람들은 남녀노소 불문하고 큰 사고를 당하거나 죽을병에 걸린 것이 아니면 쉬는 것이 허락되지 않았다. 하지만 계급이 높았던 탄광마을은 '직장'에 다니는 것이었기 때문에 부부 중 한 명은 임의로 쉴 수 있었다. 일을 쉬는 것은 주로 여성이었는데, 이를 계기로 탄광마을의 여성들 다수가 장마당에 나가 자생적 자본주의 시장을 형성하게 된다. 농장마을 사람들도 짬이 생기면 장마당에 나와 장사를 할 수는 있었지만 팔 수 있는 것이라고는 벼 낟알처럼 부가가치가 낮은 것뿐이었다. 탄광마을 사람들이 파는 물건이 부가가치가 훨씬 높았음은 말할 것도 없다.

농장마을과 탄광마을 간에 벌어진 경제적 격차는 학교에서 그대로 재현되었다. 어릴 때부터 같은 반에서 너나없이 지내던 아이들이었지만 고등중학교에 들어가면서 갈등이 나타났다. 탄광마을 아이들이 농장마을 아이들을 무시하기 시작한 것이다. 무시의 정도가 심해지면서 한국에서 문제가 되고 있는 '왕따'와 마찬가지로, 탄광마을 아이들이 무리를 지어 농장마을 아이들 중 약한 친구들을 집단으로 괴롭히는 일이 생겼다. 농장마을 출신 중에서 주먹으로 위상이 가장 높았던 그는 마을 친구에 대한 괴롭힘을 두고만 볼 수는 없었다. 그런 일이 있을 때마다 그의 주먹이 향했던 곳은 집단 괴롭힘을 주도한 학급 반장의 명치였다.

반을 통틀어 서열이 가장 높았던 학급 반장은 탄광마을 출신이었다. 유복한 가정에서 자란 덕에 체구도 컸고, 뒤를 봐주는 사람들도 든든했다. 준거집단에 대한 잘못된 애착이 다른 집단에 대한 배타적 폭력으로 나타나는 것은 사춘기 아이들에게 흔히 발견되는 것이지만, 이것이 '잘못된 것'이라고 교정해주는 사람은 아무도 없었다. 학급 담임부터 탄광마을 사람이었고 아이들 싸움이 어른 싸움으로 번지게 되면 손해를 보는 것은 언제나 '없는 사람'임을 어린 골목대장도 잘 알고 있었다.

한국의 고등학교 과정에 해당하는 고등중학교 고학년으로 올라오면서 학급 반장은 공식적으로 붉은청년근위대 학급 소대장이 되었다. 한 반 전체가 소대원이 되는 구조였다. 학급 소대장 임명권을 가지고 있는 이는 학교에서 군사조직을 맡고 있는 사회주의청년동맹 지도원이었다. 물론 소대장으로 임명되는 직통 열쇠는 뇌물이었고, 뇌물을 줄 만한 형편이 되는 가정은 탄광마을에만 존재했다. 그는 일상적인 학교 생활을 할 때는 여전히 탄광마을 출신 반장과 치고 박고 싸우면서 긴장관계를 유지할 수 있었지만, 열병식처럼 공식적인 군사훈련이 있는 날이면 지휘계통을 거역할 수 없었으므로 학급 반장에게 여지없이 깨지곤 했다.

이렇듯 아이들의 세계만으로도 충분히 부조리했으나, 그는 고향에 있을 때 단 한 번도 조국에 대해서 의심을 해본 적이 없다고 했다. 그도 대다수의 북한 사람들과 마찬가지로 '남조선'과 '배반자'(북한이탈주민)에 대한 이야기를 들었다. 한국 영화나 드라마가 장마당에 나와 있는 것도 알고 있었다. 카세트테이프나 엠피스리로 복사된 한국 대중가요도 들어본 적이 있었다. 하지만 집안 형편이 어려웠기 때문에 CD나 비디오테이프를 사는 것은 언감생심이었고 무엇보다도 그런 것은 유해매체라고 여겼다. 여기저기서 들려오는 한국 소식은 터무니없는 거짓말이라고 생각했다. 한국 드라마에 나오는 화려한 배경도 조작된 것이라 의심했다. 어릴 때부터 엄했던 아버지의 가훈은 "나쁜 것은 하지 마라"였다. 그런 그에게 그런 '나쁜 것'들은 당연히 피해야 하는 것이었다. 『LA 타임즈』 동북아 전문기자인 바바라 데믹의 표현을 빌자면 '진정으로 믿는 자'True believer *였던 셈이다.

하지만 가족 중에서 '진정으로 믿는 부자父子'와는 조금 다른 생각을 가진 사람이 있었다. 어머니였다. 북중 국경을 넘는 사람들이 많아지던 21세기 초반, 그의 어머니는 일찌감치 중국으로 넘어갔다. 연변에서 약 4년 간 미등록 이주노동자 생활을 하던 어머니는 충분히 돈을 벌면 북

* Barbara Demick, *Nothing to Envy: Ordinary Lives in North Korea*, Spiegel & Grau, 220p.

한으로 돌아갈 수 있을 것이라 생각했다. 하지만 돌아가면 그녀를 기다릴 제재들이 점점 귀향을 두렵게 만들었다. 중국에서 접한 새로운 세계들, 그 중에서 '남조선'으로만 알던 '한국'의 존재가 매력적으로 다가왔다. 그의 어머니는 결국 북으로 돌아가는 것을 포기하고 2000년대 초반, 가장 험난한 탈북 경로 중 하나로 알려진 몽골 루트를 통해 한국행을 결행한다. 만 이틀에 걸쳐 사막을 걸어야만 하는 경로였다. 사막에는 국경선이랄 것이 없었기에 길을 따라 걷다가 조금만 왼쪽으로 방향을 잡으면 중국 영토로 들어가게 되고, 거기서 공안을 마주치면 북송될 수 있는 위험한 길이었다.

그가 어머니의 전화를 받은 것은 어머니가 집을 떠나고 7년 만이었다. 할머니와 함께 집에서 두런두런 이야기를 나누며 놀고 있을 때, 브로커가 집으로 찾아와 어머니와 통화를 하게 해주었다. 7년 만에 연락이 된 어머니는 간단한 메시지만 전했다. 두만강 건너편에 있으니 잠시 건너와서 보자는 것이었다. 도강증 없이 몰래 강을 건너간다는 것이 약간 마음에 걸렸다. 그럼에도 잠시나마 어머니를 볼 수 있다는 마음이 두려움을 이겼다. 그는 브로커를 따라 얕은 강을 걸어서 건너갔다. 하지만 강 건너편에 고대하던 어머니의 모습은 보이지 않았다. 어리둥절해 있던 그에게 브로커가 다시 전화기를 건네주었다. 어머니의 목소리였다. 어머니와 두 번째 통화를 하면서 그는 경악을 금치 못했다. 어머니는 그에게 바로 한국으로 넘어오라고 이야기했다. 단 한 번도 생각해 본 적이 없는 일이었다.

고향에서 태어나 한 자리를 지키며 이십 년 동안 체제에 충직한 생활을 하던 그가 스스로 그런 결정을 할 리 없었다. 그런 아들의 성정을 잘 아는 어머니는 일단 두만강 건너로 아들을 나오게 해서 한국으로 올 것을 간청한 것이다. 그의 어머니는 자신이 한국으로 오면서 겪은 천신만고를 아들이 겪지 않도록 하기 위해 일반적인 탈북 비용의 두 배나 되는 최단기 경로로 주선을 해둔 상태였다.

"그 전화를 받고 할머니 생각이 가장 많이 났어요. 그냥 '어머니 잠시 만나러 다녀올게요' 하며 집을 나섰는데 할머니를 다시는 볼 수 없게 되었으니까요."

그 대화가 마지막이 될 줄 알았다면 큰절이라도 한 번 하고 올 걸, 하며 아쉬워하는 그의 목소리는 늘 쾌활하던 모습과 다르게 안타까움과 서글픔이 묻어 떨리고 있었다.

그들이 살았던 세상

"한국에 가보고 싶다"는 생각에, "중국에 가서 돈을 벌겠다"는 생각에, "어머니만 잠시 보고 집으로 돌아올 것"이라는 생각에 경계를 넘었다. 세 사람이 탈북을 한 경위도 제각각인 만큼 그들이 살아온 환경도 제각각이었다.

넉넉하지는 않았지만 외부 문물의 수혜를 듬뿍 받았던 이도 있고, 넉넉한 환경에 그녀의 아버지가 표현한 대로 '온실 속의 화초'처럼 자라온 이도 있고, 찢어지게 가난하면서도 외부 문물은 유해 매체라고 여기며 충직한 일상을 살아온 이도 있다. 그렇다고 그들의 삶에서 공통점이 전혀 없는 것은 아니었다. 그들은 모두 두만강 인근 함경북도 출신이었고, 대기근 시기에 청소년기를 보냈다. 북한이탈주민의 대다수는 함경북도 출신이다. 북한에서는 '고난의 행군'이라고 부르는 대기근 시기에 함경북도와 같은 변방 지역이 가장 혹독한 대가를 치러야 했다.

대기근의 직접적인 원인은 냉전 체제의 종식에 있었다. 북한은 언제나 자립경제체제라며 선전해왔지만, 실제로 소비에트연방이 해체되기 전까지 소련과 중국 사이에서 등거리 외교를 하며 사회주의 국가들로부터 들어오는 원조에 과도하게 의존하고 있었다. 하지만 소련이 해체되고 냉전 체제가 종식되면서 1990년에서 1994년까지 대외교역 및 원조가 10분의 1로 줄어들었다. 여기에 최악의 수재가 겹친다. 1995년 7월 30일부터 20일간 시간당 평균 300밀리미터의 폭우가 북한 전역에 쏟아졌다. 하천은 범람했다. 같은 해 9월 6일 조선중앙통신은 외부 세계에 수해 사실을 처음으로 인정하고 도움을 청했다.*

북한이 경제와 농업을 평년 수준으로 지탱했더라면 굳이 외부에 알리지 않았을 수도 있다. 하지만 소련의 종언이라는 큰 변수와 함께 '주체농업'을 자처하던 북한식 농법의 실패는 식량부족 사태를 야기했다. 유엔식량농업기구FAO와 유엔세계식량계획WFP은 특별보고를 통해 1997년 7월에서 9월에 최악의 위기가 오리라고 예측했다.** 예측은 빗나가

* 와다 하루끼, 『와다 하루끼의 북한 현대사』, 남기정 옮김, 창비, 2014, 226쪽, 247쪽.
** 와다 하루끼, 같은 책, 253쪽.

지 않았다. 기아로 인한 사망자가 대거 발생하기 시작한 것이다.

케임브리지대 권헌익과 한양대 정병호는 대기근에 따른 식량 위기가 역설적이게도 '은둔 국가'의 창문을 열어젖혔다고 주장한다. 대기근은 북한에서 국가와 사회구성원 간의 결합을 유지시키던 '도덕적 관계'에 압박을 가했다. 뿐만 아니라 주민들을 외부와 격리했던 당국의 봉쇄 장벽을 약화시켰다. 배급이나 분배 체계가 와해되면서 도덕적 해이가 만연했다. 이로 인해 조선로동당의 권위가 추락하게 된 것이다.*

이때 가장 많은 타격을 받은 것은 변방이었다. 평양과 멀리 떨어질수록 '주체'가 강조되었다. 이 시기 '주체'는 북한의 자립을 뜻하는 것이 아니었다. 국가가 책임질 수 없으니 인민들이 자력갱생하라는 뜻에 더 가까웠다. 경제적 위기 상황에서 위험을 소외 지역으로 돌린 것이다. 국민대 안드레이 란코프는 세계식량기구의 연구 결과와 국내외 추정치를 종합하여 대기근으로 인해 직·간접적으로 사망한 인원이 40~60만 명으로 추산된다고 했고**, 미국의 연구자 놀런드 등은 60만에서 100만 명 사이일 것으로 분석하고 있다.

이런 경제적 폐허는 사회 체계와 국가 운영에서 이전과는 다른 북한의 모습을 탄생시켰다. 사회경제적으로는 식량 및 경제위기가 심화되면서 더 많은 사람들이 시장에 의존했다. 대기근 초기에는 '장마당'과 같은 자생적 시장경제에 대해 북한 주민들이 부정적으로 보았다고 한

* 권헌익 · 장병호, 『극장국가 북한 – 카리스마 권력은 어떻게 세습되는가』, 창비, 2013, 238쪽.
** 안드레이 란코프, 『리얼 노스코리아』, 119쪽.

다. 하지만 시간이 흐르며 다양한 사람들이 시장에 모여 물품과 정보를 교환하게 되었다. 그러면서 점점 시장은 북한에서 생존에 필수불가결한 사회적 공간으로 자리 잡는다.

앞서 세 명의 이야기에서도 시장은 중요한 매개체로 등장하는 것을 볼 수 있다. 이렇듯 시장은 외부 문화가 유입되는 중요한 통로인 동시에 새로운 계급, 즉 정치적 고위층이 아닌 경제적 부유층을 형성하는 계기가 된다. 기존에 가지고 있던 이미지와는 정반대로 시장이 생존에 필수불가결한 요소가 되면서 "시장은 우리 당이다"라는 획기적인 표현까지 등장하게 된다.*

경제적인 면에서는 자생적 시장경제가 나타났지만 정치는 퇴행을 거듭했다. 일상 경제의 폐허를 극복하는 국가 운영 방향으로, 1998년 김정일이 국방위원장에 취임하면서 '군대가 모든 것에 우선하는 정치'인 '선군정치'를 본격화했다. 선군정치는 북한의 국가상인 '가족국가'라는 허상을 근근이 유지시켰다. 하지만 '가족국가' 북한은 가족구성원의 기본적 생계보장조차 지키지 못하게 됐다. 약탈적 자본주의 경제에 대항하는 사회주의적 '도덕경제'라는 북한의 경제 슬로건도 유명무실해진다. '도덕경제'란 모든 인간적 가치들 중에서도 공동체적 생존과 생계의 윤리를 가장 존중하는 것이라고 주장했다. 하지만 공동체의 생존은 이미 파탄 상태였다. 결국, 대기근 이후 발생한 경제실패에 대해

* 권헌익 · 장병호, 같은 책, 247쪽.

선군정치로 대처한 것은 북한체제를 유지하던 각종 규범적 틀을 해체하는 결과로 이어졌다.*

앞서 이야기한 세 명의 사례들은 서로 공통점이 없는 것처럼 보인다. 하지만 이 세 이야기의 배경에는 근현대 동안 유지되어오던 북한의 체질을 전면적으로 바꾼 식량 및 경제 위기가 있었음을 알 수 있다.

최근에 들어서는 북한과 중국 간의 경제 교류가 비약적으로 확대되고 압록강과 두만강 등 접안 지대에서 이루어지는 비공식적인 교역량이 공식 교역량을 압도하는 등 북한 경제가 회복기에 접어들었다는 연구 결과들이 발표되고 있다. 이와 보조를 맞추어 북한이탈주민들의 숫자가 줄어들고 있다. 북한 당국의 단속이 강화된 것도 한몫하겠지만, 세 명의 사례에서 보았듯이 국경지대에서 월경하는 것 자체는 한국인이 일반적으로 상상하는 것만큼 어려운 일은 아니다. 즉, 이러한 동향도 대기근의 폐허에서 어느 정도 회복하고 있음을 일부분 반영한다.

* 권헌익 · 장병호, 같은 책, 260쪽.

나는 여기 속해 있는가?

북한이탈주민과 대한민국

다시, 그녀의 이야기, 하나

"남한에 사는 팔촌 할매를 찾아 한국으로 가겠다"는 그녀의 계획은 처음부터 틀어졌다. 브로커의 농간으로 일 년 정도는 국경지대 가정집에서 식모살이를 해야 했다. 중국 음식이 입에 맞지 않는 것은 중국에서 당면한 문제 중 가장 사치스러운 것이었다. 맹장염에 걸렸지만 제대로 치료를 받지 못해 고통에 시달려야 했다. 중국의 은신처였던 '주인집'에서 노역에 가까운 일을 하고도 품삯을 받기는커녕 한국에 가면 브로커와 주인집 사람들에게 잔금을 입금하겠다는 계약서를 쓰고 나서야 본격적인 한국행을 시도할 수 있었다.

중국의 동북쪽 끝에서 출발하여 공안의 눈을 피해가며 서남쪽 끝에 위치한 윈난성 쿤밍에 다다른 그녀는 다른 북한이탈주민들과 함께, 브로커가 말해준 대로 메콩 강을 건너 태국으로 향한다. 하지만 엉뚱하게도 메콩 강을 건너 당도한 곳은 미얀마였다. 메콩 강을 따라 내려오게 되면 오른쪽은 미얀마, 왼쪽은 태국이다. 왼쪽으로 가서 태국 경찰에게 잡히는 경우에는 수감 생활 후 한국행이 가능하지만, 오른쪽으로 갔다는 것은 수감생활 후 북송을 당한다는 뜻이었다. 일행은 소스라치게 놀랐지만 천우신조로 한국에서 온 부부를 만나 그들의 도움으로 한국인인 척하며 태국에 입국할 수 있었다.

태국에서 불법입국 혐의로 체포되어 호송된 곳은 대표적인 관광도시 치앙마이였다. 북한이탈주민이 급증하던 시기에 북한을 나왔기 때문에 치앙마이의 감옥은 북한이탈주민으로 인산인해였다. 수용 인원의 몇 배를 넘긴 감옥 생활은 부조리의 연속이었다. 앞서 한국에 들어간 사람들이 감옥 후배들에게 자릿세를 받고 자리를 파는 것은 다반사였다. 돈이 조금 있는 사람들은 감옥 안에서 몸을 누이기 위해 돈을 주고 자리를 샀다. 그녀처럼 무일푼인 경우에는 대부분의 시간을 서서 지내야 했다. 비인간적인 수용시설에서 여성들끼리 몸싸움이 나는 경우도 있었고 때에 따라서는 숨겨온 흉기로 칼부림이 일어나기도 했다.

3개월의 수감 생활이 끝나고 그녀는 한국 국적기에 몸을 실을 수 있었다. 북한이탈주민들을 지원하는 체계도 정립되지 않았던 시절인 데다 미성년자였던 그녀는 정부 보조를 제대로 받지 못했다. 여전히 어린 소녀였던 그녀가 '주체'를 혹독히 겪어야 했던 곳은 아이러니하게도 한국이었다.

그녀가 한국에서 처음 시작한 것은 국비학원에 등록해 미용업을 배우는 것이었다. 헤어컷 기술과 두발관리를 배우고 나온 그녀는 수원의 한 미용실에 취직했다. 한동안 집—미용실—집의 연속이었다. 다른 누군가를 만날 짬이 나지 않았다. 다행인지 불행인지, 덕분에 누구도 그녀가 어디서 왔는지에 대해서 관심이 없었다. 그녀는 동료들에게 "일을 하기 위해 시골에서 올라왔다"고만 이야기했다. 그런 경우가 드물지 않았기에 누구도 더 이상 묻지 않았다.

좀 더 높은 수준의 미용실에서 일을 배우고 싶다는 생각을 한 그녀는 명동에 있는 미용실로 자리를 옮겼다. 직원만 서른 명 가까이 되는 그곳에서도 북한이탈주민이라는 정체성을 숨기고 그저 '실장님'이 시키는 대로 따라 하기 바빴다. 실장에게 혼나지 않은 날을 손가락으로 꼽을 수 있을 정도였다. 20년 경력의 미용사였던 실장은 카리스마도 있고 상류층 고객들을 주로 상대했기에 자존심도 강했다. 하지만 실장 역시 하루 열두 시간씩 중노동을 하는 것은 그녀와 마찬가지였다. 명동에 오는 손님들은 잘나간다는 이들이 많았다. 그들의 비위를 맞추는 것도 여간 힘든 일이 아니었다. 그러나 힘들었던 만큼 수확도 있었다. 그녀는 어떻게 사람을 대해야 하는지 배웠고, 상류층과 상류층을 따라 하려는 사람들을 접하면서 한국의 자본주의가 어떤 식으로 돌아가는지 조금은 이해했다고 말했다.

북한이탈주민이라는 것을 숨겼기 때문에 귀찮은 질문을 받거나 무시당하는 상황은 피할 수 있었다. 하지만 그렇다고 완벽히 자유로울 수는 없었다. 가장 상처를 받은 일은 북한이 미사일을 쏜 어느 날이었다. 한가한 시간대의 미용실을 뉴스 특보가 메웠다. 직원들은 혀를 끌끌 차면서 대화했다. 북한이 미사일을 쏜 것은 잘못되었다고 생각했으므로 그런 말을 듣는 것까지는 괜찮았다. 김정일을 욕하는 것 역시 아무 상관없었다. 하지만 북한 '사람'을 얕잡아 이야기하는 것을 그저 흘려듣기란 쉽지 않은 일이었다.

"촌스러운 놈들." "가난뱅이들." "저것 봐라, 저놈들은 꼭 저런다." "또 쌀 달라고 아우성이다."

그녀는 감정을 추스를 수가 없었다. 그리고 혼란에 빠졌다.

"'내 정체성을 밝혔다면 저 사람들이 그 자리에서 저런 이야기를 하지 않았을까?' 아니면 '그 자리에서는 하지 않더라도 내 뒤에서 욕을 할까?' 하는 생각이 들었어요. 만약 밝힌다고 해도 당신들이 생각하는 것처럼 우리가 나쁜 사람은 아니라는 걸 과연 설명할 수 있었을까 하는 의문도 들었죠."

그날 이후에도 이전처럼 정체성을 숨기며 살았기 때문에 다행히 북한이탈주민이라는 정체성과 관련되어 상처받는 일은 그리 자주 일어나지는 않았다. '미사일', '핵', '교전'과 같은 큰 뉴스가 나오지 않는 이상 사람들에게 휴전선 북쪽은 존재하지 않는 것이나 마찬가지였다. 오히려 그녀를 힘들게 하는 것은 매일 장시간 이어지는 육체노동, 고객을 응대할 때 소모되는 감정노동, 선배들에게 혼나면서 느끼는 서러움 등이었다. 그것만으로 충분히 바쁘고 힘들었다. 또한 당시 그녀에게는 생의 목표가 한정되어 있었다. 브로커에게 주어야 할 자신의 한국행 비용과 주인집에 주어야 할 잔금, 그리고 가족들을 탈북시킬 때 필요한 자금을 위해 돈을 모으는 것 말고는 다른 것을 생각할 여유가 없었다.

그렇게 일 년 6개월 동안 하루 열 시간 이상 일을 하고 나서야 온 가족이 한국에서 다시 모일 수 있었다. 가족이 모이고 안정을 찾으면서 그녀는 미성년 노동자에서 꿈 많고 호기심 많은 소녀로 되돌아올 수 있었다.

그녀는 미용실의 단골 손님이었던 여교수를 떠올렸다. 자신에게 관심을 기울이며 그녀의 말을 가끔씩 들어주고 조언을 해주던 교수는 그녀의 삶에 본보기가 되었다. 고상하고 진중한 교수의 모습에서 발견한 그녀 인생의 새로운 목표는 '공부를 하자'는 것이었다. 하지만 완전히 다른 체제에서 새롭게 공부하는 데 부담감을 느꼈던 그녀는 일단 중국에 가서 중국어와 '차'茶에 대해 공부를 하기로 했다.

두만강을 넘어야겠다는 결심을 하고 강을 건너기까지 불과 일주일밖에 걸리지 않았던 이 '행동파' 소녀는 이번에도 무작정 중국 쿤밍행 비행기표를 예매하고 인터넷으로 알게 된 중국 거주 한인의 집으로 가게 된다. 하필이면 비행기를 타기 전날, 리암 니슨이 주연한 영화 〈테이큰〉*을 보는 바람에 이거 큰일 생기는 것 아닌가 걱정하며 잠도 못 이뤘다고 한다. 다행스럽게도 중국에서 만난 한국인은 종교인이었고, 그의 친절한 안내 덕분에 어학당에 입학할 수 있었으며 기숙사 생활도 시작할 수 있었다. 하지만 그녀는 중국어를 배우면서 또 다른 고민에 빠

* 원제 〈Taken〉. 피에르 모렐 감독의 2008년 작 영화로, 파리 여행을 떠난 딸 킴(매기 그레이스 분)이 납치당한 후 딸을 구출하기 위해 아버지 브라이언(리암 니슨 분)이 직접 납치범을 추적하고 복수에 나선다는 내용.

졌다. 북한이탈주민 중 상당수는 이미 중국어에 능통했고, 한국에서도 중국어를 전공하는 사람들은 차고 넘쳤기 때문이다. 중국어를 어느 정도 익힌 그녀는 중국어만 알아서는 크게 도움이 되지 않는다는 생각에, 영어를 배우겠다는 결심까지 한다.

머뭇거리지 않고 결심을 바로 행동으로 옮기는 그녀의 여정은 캐나다까지 다다르게 된다. 한국에 잠시 들어와 일하면서 캐나다행 편도 비행기표를 살 수 있는 돈과 여유금 600캐나다달러(약 60만 원)를 벌어서 바로 캐나다로 향했다. 미용실에서도 일하고, 레스토랑에서 아르바이트도 했다. 하는 일은 비슷했지만 한국에 있을 때보다 훨씬 여유로운 생활을 할 수 있었다. 이민자학교에 입학해서 영어 공부도 본격적으로 시작했다. 북한에 있을 때도 영어 교사와 별로 친하지 않아 'Hello'밖에 할 수 없었던 그녀는 다양한 나라에서 온 친구들과 함께 기초부터 차근차근 배워나갔다.

처음에는 캐나다에 적응되지 않는 부분도 많았다. 한국이나 중국에서 바쁘게 사는 것에 익숙해져 있던 그녀는 느릿느릿하게 진행되는 캐나다의 일상이 답답해서 속이 터질 때도 있었다고 한다. 하지만 시간이 지나면서 이 느림이 자연스러워졌고, 그 자연스러움이 사람들 마음에 관용과 여유로움을 깃들게 하는 것은 아닐까? 하는 생각을 하게 됐다. 그녀는 특히 피부색이나 성적 지향이 다르다고 해서 손가락질하거나 피하지 않는 문화가 새로웠다. 영어가 어눌하고 서툴러서 손해를 보는 때가 없지는 않았지만, 그 정도는 감수할 부분이라 생각하고 넘어갈 만큼 만족스러웠다. 친해진 친구들에게 자신이 북한에서 왔다는 이야기를 해도 반응이 단순했다. "오!"라며 어깨를 한 번 들썩이는 것이 전부였다. 이주민 출신 친구들은 "나랑 별반 다르지 않네"라는 식으로 응수하기도 했다.

삼 년 가까운 시간 동안 캐나다에서 생활하면서 나름 '세련된' 생활에 익숙해지기도 했지만 가족이 너무 그리웠다. 그녀보다 일 년 뒤에 캐나다로 온 어린 동생이 특히 캐나다 생활을 힘들어했다. 어린 동생에게는 타지에서 사는 것이 큰 스트레스였다. 한국에 있는 할머니, 아버지, 어머니 생각이 자주 났다. 여유가 되면 캐나다에 눌러 살 생각도 하지 않은 것은 아니었지만, 영어를 배우겠다는 처음의 목표는 어느 정도 달성했으니 한국으로 돌아가야겠다고 결심했다. 무엇보다 친척 중 한 분이 일손이 필요하다며 한국에 오지 않겠냐며 제안하기도 했다.

그렇게 삼 년간의 캐나다 생활을 마치고 그녀가 정착한 곳이 바로 이곳, 대한민국의 대구였다. 한국에 돌아와 살기 시작한 지 일 년이 채 되지 않은 셈이다. 일을 하다가 이런저런 사정으로 그만두고 늦깎이 대학 신입생이 된 그녀에게 지금 가장 변한 것이 무엇인지 물어보았다.

"캐나다가 전환점이었어요. 그곳에 가기 전까지 특히 한국에서 일만 할 때는 세상에서 제가 가장 불행한 사람이라고 느꼈거든요. 무언가를 배워도 항상 부족하다고만 생각했고, 열등감에 시달렸어요. 그리고 아마 북한이탈주민이라면 다 느낄 그것, '나는 어디에 속한 사람일까?'라는 질문도 스스로에게 계속해서 던졌어요. 의식적으로 숨겼던 시간이 워낙 오래였기 때문에 그런 것도 있겠지만, 가끔씩 사람들이 고향이 어디냐고 물어보면 북한에서 왔다는 것을 숨기는 것이 습관이 됐던 것 같아요. 그런데 캐나다에 다녀오고 나서는 내가 배우지 못했던 것을 채우려고 한 것, 열등감을 채우려고 한 것이 좀 부질없는 일이었다는 생각이 들었어요. 어디서 살건 '나는 지구인으로 살지 뭐!'라는 인식이 생겼다고 할까요."

한국에 돌아와 지내면서 어려움은 없었냐는 질문에는, 아직은 얼마 안 돼 직접 어려움을 겪은 것은 별로 없다고 하면서도 조심스럽게 마음 아팠던 기억들을 꺼냈다.

"북한에 있을 때는 남한 사람들이 남한 정부 때문에 고통받는 사람들이라고 배웠어요. 그러니까 남한 사람들은 해방의 대상이지, 증오의 대상이 아니었던 거죠. 체제와 사람을 분리해서 배웠어요. 그런데 특히 이 지역에 계신 어르신들은 북한 정부와 거기서 살았던 사람을 동일시하는 것 같아요. 젊은 사람들도 북한 정부와 북한 사람들에 대해서 다르게 생각한다고 하지만 인터넷 댓글 같은 것을 보면 꼭 그렇지도 않은 것 같고요."

또한, "조선에서 온 사람들은……", "조선의 어떤 것은……"과 같이 사람들이 북한을 지칭할 때 '조선'이라는 북한의 공식 명칭을 사용하면 진짜 다른 나라 이야기를 하는 것 같아 마음이 아프다는 것이다. 북한을 '조선'이라고 부르면 마치 그녀 자신이 이탈자라기보다는 도피자나 나라를 배신한 나쁜 사람이 되는 것 같은 느낌이 든다고 했다.

"이것도 열등감 때문인지는 모르겠지만, 우리는 그저 같은 사람이잖아요. 단지 휴전선 하나 때문에 그런 것뿐인데 말이에요."

다시, 그녀의 이야기, 둘

지루한 일상에 넌더리가 난 참에 "에라, 모르겠다"는 마음으로 중국으로 건너갔던 또 다른 그녀는 말을 꺼내기 힘들 정도로 괴로운 타국 생활을 청산하고 나서야 한국에 들어올 수 있었다. 인천공항에 도착해 국정원 합동신문센터로 호송되는 동안 차멀미를 계속했다. 차멀미를 하면서 차창 밖을 내다봤다. 단 한 장면도 놓치고 싶지 않았다. 재미있게도 그녀의 기억에 선명하게 남은 세 글자는 '짬뽕집'이었다.

"한국 짬뽕이 맛있다는 말은 들어봤는데, 실제로 그 글자를 보니 여기서 정말 먹어보고 싶다는 생각이 들더라고요."

이렇게 말하고는 스스로 생각해도 우스운지 까르르 웃고는 이야기를 이어나갔다. 조사를 마치고 하나원에서 적응교육을 받은 뒤 한국 사회에 첫발을 내딛었다. 하나원에서 나올 때 북한이탈주민들은 향후 거주지를 추첨하게 된다. 그녀는 처음에는 수도권인 인천을 지망했지만 떨어지고 나서 부산과 대구 사이에서 고민했다. 고민 끝에 내린 결론은 대구였다. 왠지 부산은 고향의 가족들과 너무 멀어진다는 생각이 들었다.

그녀는 이불 하나와 짐 하나만 들고 대구의 임대아파트로 향했다. 엘리베이터가 없는 6층 아파트의 꼭대기 층까지 짐과 이불을 들쳐 메고 걸어 올라갔다. 방 하나를 깨끗하게 청소하는 데만 몇 시간이 걸렸다. 적십자에서 나온 도우미들과 담당 형사가 대중교통을 어떻게 타고, 주민등록은 어떻게 하고, 휴대전화는 어떻게 만드는지를 알려주었다. 정신없이 바빴던 하루를 마치고 난 까닭일까? 한국 사회에서 첫날은 그렇게 덤덤하게 지나갔다. 진짜 생활은 그 다음날부터였다. 하나원에서 함께 나온 언니와 시장으로 가서 그릇부터 샀다. 가재도구를 사고 아파트로 홀로 돌아오는 길은 미로 같았다. 똑같이 생긴 아파트 단지들과 단지 안의 아파트 건물들 사이에서 한참을 헤맸다.

얼마 지나지 않아 국비지원 학원에 들어갔다. 6개월 동안 컴퓨터와 엑셀, 파워포인트, C언어 같은 것을 배우는 과정이었다. 처음 컴퓨터를 켰을 때 강사가 인터넷 메신저에 가입해서 단체 대화방에 들어오라고 했다. 그녀는 어떻게 하는지 알지 못했다. 강사가 회원가입을 도와주기 위해 그녀의 주민번호를 입력했다. 발급된 지 얼마 안 된 주민번호는 인터넷 상에서 없는 번호로 나왔다. 강사와 수강생들은 의아해 했고 눈치 빠른 이들은 재중 동포라고 여겼지만, 북한에서 왔을 것이라고 상상하는 사람들은 없었다. 그녀 역시 무언가 설명을 하려 했지만, 말을 하면 북한에서 왔다는 것이 티가 나니까, 말 못하는 사람마냥 어색한 웃음만 지었다.

혼자 생활하면서 안 해본 아르바이트가 없었다. 처음에는 뷔페 주방에서 일을 시작했다. 주방에서도 역시 말없이 일만 거들었다. 가끔씩 일하다가 무언가를 물어봐야 할 때 망설인 적이 많았다. 이유는 마찬가지였다. 말을 하면 다 알아차리니까. 그 다음에는 PC방에서 카운터를 봤다. 동료와 같이 일하는 것이 아니니 다른 사람이 자신의 고향을 알아차리는 것에 대한 부담은 없었다. 하지만 북한이탈주민 고용지원금을 받는 사장과 신뢰에 금이 가는 일이 빈번하게 일어났다. 느지막이 사장이 와서 정산을 하고는 컴퓨터에 입력된 시간과 금액이 맞지 않으면 "이상하다. 왜 비는 걸까? 왜 비지?"라며 도끼눈을 뜨고 그녀를 쳐다봤다. 아르바이트생에 대한 일상적인 의심이었다고 했을지라도 그녀는 자신이 북한에서 왔기 때문에 업신여기는 것이 아닐까 생각했다.

"말하면 다 아니까."

그녀를 사로잡았던 이 두려움을 어느 정도 극복한 것은 대형마트에서 일하면서였다. 단순히 진열하는 일을 한다고 해도 고객이 무언가를 물어볼 때 유창하게 대답하지 못하면 해당 직원에 대해 불만이 접수되는 일이 생긴다. 게다가 함경북도 말투가 공격적으로 느껴져서 마치 화가 난 듯 보이는 경우도 있었다. 이러면 또 불만이 접수될 수도 있다. 처음에는 "감사합니다"라는 말도 잘 나오지 않던 그녀는 살아남기 위해 고객만족 교육에서 배운 내용을 열심히 연습했다. 그때의 노력 덕분에 자신의 말투로 출신이 드러나는 것에 대한 공포를 어느 정도 극복할 수 있었다고 한다.

하지만 가끔씩 말투가 다른 것을 느끼고 "중국에서 왔어요?"라고 묻는 고객이나 동료들이 있었다. 이런 질문에는 흔히 재중 동포들을 조선족이라 하대하는, 야릇한 태도가 섞여 있었다. 일회적인 관계에서는 강원도 출신이라고 둘러댔지만, 계속 마주쳐야 하는 사이에서는 북한에서 왔다고 이야기를 하는 것이 예의라 생각했다. 이렇게 고향을 밝히고 나면 신기해하는 눈으로 쳐다보았다. 그렇다고 그 시선에 하대하는 태도가 가려지는 것은 아니었다. 이런 시선이 싫어서 한때는 "함경북도에서 왔어요"라고 대답한 적도 있었다. 이런 대답을 하면 가끔씩 이렇게 묻는 사람들도 있었다.

"함경북도는 중국 어디에요?"

황당하기 그지없지만 북한에 대한 일반적인 인식 수준이 어느 정도인지 보여주는 사례라고 할 수 있다. 중국에서 받은 상처를 극복하기 전에 한국에서 느끼게 된 시선들은 아물지 않은 상처를 덧나게 했다.

"지금은 제 배경을 알고도 저를 바라보는 태도가 사람마다 다르다는 것을 아니까 많이 극복했지만, 그때는 상처 받는 게 너무 싫었어요. 별것 아니라고 생각하면 그만일 수도 있었지만, 그때는 그게 별것 아닌 게 아니었거든요."

대형마트에서 일을 하면서 그녀는 배움에 대한 필요성을 느끼기 시작했다. 몸 쓰는 일은 고졸 직원들이 도맡아서 하고 있었다. 애써 번 돈을 엉뚱하게 쓰는 동료 직원들도 많이 보게 되었다. 지금은 학력의 차이가 생활태도를 결정짓는다고 생각하지는 않지만, 그때는 그게 배운 사람과 배우지 않은 사람의 차이라고 생각했다. 대학은 가지 않더라도 최소한 적성에 맞는 기술을 배우고 싶었고, 이곳에서 벗어나 좀 더 괜찮은 환경에서 살고 싶다는 욕구가 생겼다.

대형마트를 나와서 그녀가 택한 '적성에 맞는 기술'은 바리스타였다. 한국에 와서 매력을 알게 된 커피에 끌렸다. 지원서를 낸 카페에 자신을 고용하면 정부에서 북한이탈주민 고용지원금이 나오기 때문에 급여의 절반을 얼마간 지원받을 수 있다는 것을 알렸다. 사장은 그녀를 직원으로 채용했고 급여 지원도 받았지만, 그녀의 급여 수준은 다른 직원에 비해 턱없이 낮았다. 주된 이유는 대졸자가 아니라는 점이었다. 카페에서 일하는 데 대학 졸업장이 왜 필요한지 알 수 없었지만 그래도 커피가 좋았으니 참았다. 하지만 임금 협상을 하거나 사소한 문제가 생길 때면 출신 성분을 따졌다.

"넌 거기서 왔으니 이런 걸 잘 몰라서 그러나 본데……."

출신지와 학력에 대한 거듭된 차별을 겪으며 그녀는 두 가지를 결심했다. 커피가 너무 좋지만 커피와 카페에 대해 배우는 것은 조금 미뤄두자는 것, 그리고 조금 늦긴 했지만 대학을 가겠다는 것이었다.

그녀는 중국 생활의 경험을 살려 비교적 공부하기 수월한 중어중문학을 전공하기로 했다. 입학은 했지만 문제는 그 다음부터였다. 사회생활과는 또 다른 장애물들이 산적해 있었다. 가장 먼저 부딪힌 어려움은 상대적인 상실감이었다. 대학 첫 학기에는 "나도 여기서 태어났으면 저 나이에 이렇게 친구들과 어울려 지냈을 텐데" 하는 아쉬움이 너무나 컸다. 그동안 외롭고 힘든 생활을 하면서 안으로 침잠해 간 성격 변화도 한몫했다.

"대학에 들어가서 처음에는 나이에 맞게 생활할 줄을 몰랐던 것 같아요. 이십대의 반이라는 것이 허공으로 사라졌다는 생각이 들었어요. '왜 그 땅에 잘못 떨어져서 여기서도 이렇게 살아야 할까?' 하는 생각도 많이 했어요."

학교에 늦게 들어온 또래보다도 조숙한 생각을 하며 대학 생활을 시작했지만 다행스럽게도 시간이 지나면서 적응해나갔다. 나이 어린 동기들과도 어울리기 시작했고, 엠티도 다녀오고 동아리 활동도 했다. 학교 생활은 그녀가 그녀의 나이답게 생활할 수 있는 계기가 되었다.

수업을 따라가는 것도 쉽지 않았지만 그만큼 노력했다. 영어를 아예

하지 못했기 때문에 교양필수인 대학영어를 이수하는 데 애를 먹었다. 하지만 수업 전에 교재를 번역하고 미리 문제를 풀어가는 등 노력한 결과 교양영어에서 A학점을 취득하는 쾌거를 이루기도 했다.

오히려 1학년 수업에서 가장 어려웠던 과목은 글쓰기였다. 북한과 철자법이나 단어가 다른 것도 문제였지만 자신의 주장을 펼치는 훈련이 전혀 되어 있지 않았기 때문에 글을 쓴다는 것이 쉽지 않았다. 그녀는 북한에서 어릴 때부터 교육 받은, 틀에 갇힌 글쓰기가 원인이라고 생각했다. 어떤 글을 쓰든 '장군님께서……'로 시작하는 글을 써야 했다. 글을 많이 쓰긴 했지만 스스로에게 진실한 글을 쓴 적이 없고, 순수한 자신만의 생각을 말하지 못했다고 느꼈다.

첫 중간고사 때도 차이를 호되게 느꼈다고 한다. 대학입시를 준비하며 쌓아온 공부에 대한 노하우와 각종 '족보'를 활용해가며 척척 시험공부를 해내는 동기들과 달리, 아무 요령 없이 교과서만 붙잡고 첫줄부터 하나하나 읽어가는 그녀는 투입한 시간에 비해서 낮은 점수를 받아 실망하기도 했다.

대학 초반에 신고식을 호되게 치룬 후 어떻게 공부하는지도 알게 되고 남들과 비슷한 수준이 되었지만, 아직도 첫 학기와 대학 입학 전의 시간들이 '잃어버린 시간'처럼 느껴져 안타까울 때가 있다고 했다. 다만 조금 달라진 점이라면 마음을 터놓을 친구들이 조금 생겼다는 것. 그리고 자신이 안고 가야 할 것들에 대해서는 더욱 인내하게 되었다는 것이다.

가끔씩 그녀는 평소 부모님께서 그녀에게 걱정하듯 해 준 말을 곱씹곤 한다. "우리 딸은 온실 속의 화초처럼 자라서 바깥 세상을 견디기 힘들 텐데." 두만강을 넘자마자 그녀는 그 말을 실감했다. 그리고 그 말은 수년이 흐른 지금까지도 생생히 들린다고 했다. 하지만 지금은 그 말이 떠오를 때 조금 달라진 것이 있다고 한다. 그녀 자신의 선택에 대해 책임을 지는 것은 매순간 어려웠지만 어쨌든 혼자 책임져야 한다는 것을 부단히 깨달았기 때문이다.

중국으로 넘어가서 고향에 있는 아버지와 다시 연락이 닿은 날, 그때 그녀는 자애롭고 든든하기만 하던 아버지가 흐느끼는 것을 처음 들었다. 불콰하게 취하신 목소리로 가깝지만 가까울 수 없는 곳으로 간 딸에게 아버지는 이렇게 말씀하시며 전화기 건너편에서 우셨다.

"우리 딸, 애비가 죽기 전에 과연 너를 다시 볼 수 있겠냐……."

중국에 있을 때는 그나마 조금의 가능성이라도 있었지만 한국으로 오면서 아버지의 말은 현실이 되었다. 그녀의 부모님은 딸이 모험에 가까운 일에 호기심을 번득일 때면 언제나 "그러다 등짐에 석탄을 멘 사람들처럼 된다"고 말씀하셨다. 사서 고생하는 사람들을 그녀의 고향에서는 이렇게 표현한다고 했다.

결과적으로 한동안은 정말 '등짐에 석탄을 메고' 살았지만, 길고 긴 방황 끝에 그녀는 이제 대학을 졸업하게 되고 또 다른 출발점에 선다. 그녀는 전공을 선택할 때 수월하게 할 수 있는 공부가 아니라, 힘들더라도 좀 더 실용적인 기술을 배울 수 있는 학과를 선택했으면 어땠을까 하는 아쉬움이 남는다고 했다. 하지만 그녀는 이 또한 스스로가 한 선택에 대한 책임이라며 자신을 다독였다. 앞으로 어떤 미래가 그녀를 기다릴지 알지 못한다. 그러나 미래가 어떠하든, 앞으로 무엇을 하든 그녀가 단 하나 잊지 않고 있는 것이 있다면 그녀의 가족일 것이다.

"고향에서도 강원도나 황해도처럼 멀리 시집 가면 평생 못 보고 살거든요. 그렇게 스스로 위로해요. 그러니까 결국, 이곳에서 열심히 잘 사는 게 부모님께 효도하는 길이라고 생각합니다."

다시, 그의 이야기

별안간 한국으로 와야 한다는 말을 들은 그는 혼란에 빠졌다. 자신의 의도와 상관없이 죄를 지었다는 생각부터 들었다. 그리고 불과 몇 시간 전까지 함께 했던 가족과 친구들에 대한 그리움이 몰려왔다. 강을 넘고 나서 며칠간은 그리움 때문에 "뭐라도 잡아 타고 다시 돌아가야 하나" 라는 생각이 들었다. 굳이 수치로 표현하자면 좋지 않은 마음과 좋다는 마음이 7대 3이었다.

조국에 죄를 지었다는 마음만큼이나 동네에 대한 그리움도 컸다. 농장마을에서 함께 살던 사람 중에 모르는 사람은 아무도 없었으니 가족만큼이나 친구들과 이웃들 생각이 났다. 당연히 그럴 수 없었겠지만, 이렇게 갑자기 나오게 될 줄 알았다면 "인사라도 하고 왔더라면 어땠을까" 하는 생각도 했다. 무엇보다 할머니에게 작별인사를 하지 못했다는 것에 가장 마음이 아팠다. 잠시 다녀오면 되는 줄 알고, 할머니에게 어머니와 통화하고 오겠다며 집을 나섰는데 그게 마지막이 되었다.

반면, 좋다는 생각이 든 것은 어머니를 만날 수 있다는 기대감 때문이었다. "평생 쌀밥은 넉넉하게 먹을 수 있겠다"는 생각도 무시할 수는 없었다. 아직 마음이 정리되지 않았을 때 브로커가 왔고 위조여권을 나누어 주었다. 중국에서 한국으로 들어오기까지 끝이 보이지 않는 사막을 걷는 극단적인 고생을 한 어머니는 자식만큼은 편한 경로로 데려오고 싶었다. 위조여권을 통한 루트는 가장 단기간에 한국으로 들어올 수 있는 길이었다. 하지만 출항하기 직전 중국 공안에게 위조여권임이 들통나버리는 바람에 모두 연행되었다. 끝장이라고 생각했다.

그들은 어두컴컴한 호송차로 어디론가 실려 갔다. 가는 길에 운전을 하던 공안요원이 전화 한 통을 받았다. 알아듣지 못하는 중국어로 공안요원은 소리를 질렀다. 지금 생각해보면 그냥 중국어를 한 것뿐인데, 그때는 마치 소리치는 것처럼 들렸다고 했다. 겁에 질린 그들을 실은 차량은 한참을 달려 어느 건물 앞에 도착했다. 그를 포함한 북한사람들은 자신들을 북송하기 전에 구금하는 시설이라고 생각했다. 그런데 거기에 낯익은 사람이 기다리고 있었다. 브로커였다. "중국에서는 되는 것도 없고 안 되는 것도 없다"는 중국 속담이 딱 맞는 상황이었다. 어리둥절했지만 어쨌든 그로서는 목숨을 다시 찾은 기분이었다.

한번 적발된 이상 위조여권을 통한 입국은 불가능해졌기 때문에 메콩강을 거쳐 태국으로 향하는 일반적인 경로를 이용했다. 첫 번째 그녀보다 훨씬 늦은 시기에 한국행을 한 것이어서 빽빽한 인구 밀도를 자랑하는 태국 수용소에서 고통받은 일은 없었다고 한다. 얼마간 기다리다가 한국 요원들이 수용소에 도착했고, 그들의 인도를 받아 한국 국적기에 탑승할 수 있었다. 난생처음 비행기에 타고 나서 그가 가장 당황했던 것은 승무원이 그에게 말을 걸었을 때다.

"소고기 요리와 닭고기 요리가 있습니다. 뭘 드시겠습니까?"

기내식을 준다는 것에 놀란 것이 아니었다. 한국행 비행기에서 한국말을 듣는 것이 놀라웠다. 말로만 남북한이 같은 민족이라고 들었는데, 정말 같은 말을 쓴다는 것이 신기했다고 한다. 텔레비전으로 남한말을 들어보았지만, 직접 그에게 남한말로 친절하게 말을 건넨 것은 그 승무원이 처음이었다.

방콕에서 인천까지 짧은 비행이 끝났을 때는 아침이었다. 국정원 요원들의 인도를 받은 그와 다른 북한이탈주민들은 합동신문센터로 호송되었다. 버스를 타고 공항고속도로를 지나 국도에 들어서니 출근하는 사람들과 등교하는 학생들의 인파가 눈에 들어왔다. 공항, 버스, 고속도로, 국도, 출근하는 사람들, 등교하는 학생들, 그리고 그 배경을 이루는 도시들. 어마어마한 경제적 격차를 실제로 보자 그는 놀라운 동시에 노여웠다고 한다.

북한에서 이십 년 가까이 살아오면서 한국 학생들은 깡통을 차고 다니는 줄로만 철석같이 믿었다. 자신과 가족들은 '개처럼' 살면서 김일성과 김정일을 신으로 믿었다. 그런데 한국 땅을 밟고 난 후 눈앞에 펼쳐진 광경은 북에서 배운 것과 달라도 너무 달랐다. 앞의 두 사람에 비해 사상적으로나 문화적으로 더욱 경직된 가정 환경에서 자랐던 그. '진정으로 믿는 자'가 받은 배신감은 훨씬 격앙되어 나타났다.

남한에서의 정착 과정은 앞선 두 사람에 비해 비교적 순조로웠다. 어머니가 이미 한국에 잘 정착해 있었기 때문이다. 한국에 와서 그가 처음 한 것은 운전면허를 따는 것이었다. 부유층이 아니면 자가용을 탈 수 없는 북한에 비하면 렌트카든 어머니의 차든 자유롭게 운전할 수 있는 남한은 그에게 천국이나 다름없었다. 운전면허를 따고 직업전문학교에 다니기 시작했는데 어떤 것을 배워야 하는지 모르기는 어머니도 마찬가지였다. 우선 캐드CAD반을 신청해서 수업에 들어갔다. 컴퓨터를 처음 배우는 사람에게는 엄청나게 어려운 프로그램이었다. 어쨌든 신청한 것이기에 고생스럽게 교육을 마쳤다. 덕분에 엑셀이나 한글 등 실용적인 프로그램은 캐드를 다 배우고 나서 배우는 촌극이 벌어지기도 했다.

아르바이트도 하려고 했지만 어머니는 단호하게 아직 돈을 벌 때가 아니라며 공부를 하라고 하셨다. 하지만 스스로 공부에 소질이 있다고 생각하지 않았던 그는 바로 대학을 진학하는 것은 부담스러웠다. 그래서 검정고시를 위해 대안학교를 다니기 시작했다. 고향에서 배웠던 것과 여기서 배우는 것 사이에 어떤 차이가 있는지부터 알아가는 것이 순서라고 생각했다. 그리고 대학에 입학했다. 그는 "내가 대학에 갈 수 있다"는 사실 자체가 기뻤다고 했다. 북한에서라면 자신의 출신 성분으로는 대학 입학은 언감생심이기 때문이다.

하지만 그 역시 '아주 심란한 대학 1학년'을 겪었다. 동기들과의 이야기에 공감되는 것은 아무것도 없었고, 학업을 따라가지 못한다는 스트레스 때문에 하루에 잠을 삼십 분밖에 못 자던 때도 있었다. 만만하게 보고 들어올 곳이 아니었다는 생각도 들었다. 그러다가 고향에 있을 때 일 년 넘게 선수 생활을 했던 축구를 다시 하면서 조금씩 돌파구를 찾았다. 축구와 술과 당구를 좋아하는 동기들과 조금씩 친해지면서 "내가 말이나 행동 같은 게 좀 촌스러운데 이제는 변해야겠다"는 생각을 하게 됐다고 한다. 대학에 적응을 하면서 한국 사회에서 어떻게 살아가야 할지 조금씩 감을 잡기 시작했다.

그렇다고 잠자리에 들기 전 마음이 뒤숭숭하던 것이 아주 없어지지는 않았다. 한국에 온 것에 대해 아직까지 '좋다'와 '안 좋다' 둘 중 어느 하나로 확실하게 말할 수는 없다고 했다. 한국에서 북한이탈주민으로 살면서 불편했거나 기분이 나빴던 적이 있었기 때문이냐고 물어봤다. 처음에는 별로 그런 기억은 없다고 했지만, 이내 몇 가지 마음에 걸렸던 기억을 끄집어냈다.

자신은 북한에 대해서 당당하게 이야기하고 다니는 편인데, 초반에는 무시한다는 느낌을 많이 받았다고 했다. 일단 그는 북한에서 왔다고 말하고 난 뒤 사람들의 반응을 관찰하는 편이었다. 그 중에는 내놓고 떨떠름한 표정을 짓는 사람들도 있었다. 그런 반응을 볼 때면 "이 사람이 나를 거지로 생각하나" 싶은 자격지심이 들기도 했다. 하지만 지역의 하나센터에서 다양한 강의를 수강하면서 그런 생각이 스스로 만든 선입견일 수도 있다는 생각을 했다고 한다. 그리고 한국 사회에 점차 적응하고 새로운 친구들을 만나면서 그렇게 떨떠름하게 보지 않는 사람들도 많다는 것을 알게 되어 지금은 마음이 많이 편해졌다고 이야기했다.

농장마을에서 탄광마을 아이들에 대항하는 '정의로운 주먹'을 자처

했던 '의리남'에게 한국에서 마주한 개인주의도 쉽지 않은 장벽이었다. 불편함은 어떻게 보면 사소한 것들이었다. 버스를 탈 때 모두가 줄을 서고 있는데 새치기를 한다든지, 식당에서 친구들과 밥을 먹을 때 자신이 몇 번 한턱을 냈음에도 그 다음부터는 그냥 더치페이를 하자고 한다든지 이런 것들이었다. "뭔가 잘못된 것 아닌가?"라는 생각이 들었지만 "사회가 다르니까 이런가?" 하며 넘겼다고 한다. 전체주의 사회에서 익숙했던 것들이 개인주의 사회에서는 통하지 않는다고 여겼던 것이다.

"여기서는 어떤 이가 다른 누군가에게 잘못되었다고 말할 권리가 있을까 하는 생각이 들었어요. 왜 그런 거 있잖아요. 한국은 '내가 벌어서 내가 맘대로 쓰는데 당신이 무슨 상관이냐?'라고 하면 할 말이 없는 사회인 거죠. 마음은 불편한데 잘못됐다고 말하기 힘든 거예요. 정의로운 척을 하는 것 자체가 불편해진 것 같아요."

그러면서도 여전히 그는 지하철이나 버스에서 큰소리로 통화하거나 자기들끼리 욕을 하는 사람이 있으면 정색을 하며 쳐다보긴 한다며 껄껄 웃었다.

그들이 살아가는 세상

1983년 2월 25일 서해 연평도 상공에서 팀스피리트 훈련을 하고 있던 한미연합 방공망에 황해도에서 남하한 괴물체가 포착되었다. 공군은

즉각 대응에 나섰고 F-5 전투기들이 요격을 위해 출격했다. 저공비행으로 날아온 괴물체는 소련제 미그 19기. 틀림없이 북한에서 온 것이었다. 하지만 요격을 위해 조준을 하고 있던 조종사는 미그기의 동태가 이상하다는 것을 발견했다. 날개를 흔들고 있는 것이다. 전투기가 상대방에게 날개를 흔든다는 것은 '투항'을 의미했다. 그리고 그날 오전 11시, 요격을 위해 출격했던 공군의 호위를 받으며 미그 19기가 수원비행장에 착륙했다. 다름 아닌 조선인민군 공군 상위(대위에 해당) 이웅평의 미그기 귀순이다.

이렇듯 1980년대 후반까지만 해도 '귀순'은 드라마였다. 이웅평처럼 전투기를 몰고 남하하지 않았다고 해도 마찬가지였다. 함경북도 청진 출신 김만철 씨 가족처럼 평범한 북한이탈주민이라도 대규모 첩보작전을 통해 한국으로 들어오게 하는 데 전력을 다했다. 한국행을 결심한 김만철 씨 가족을 일본 정부가 대만으로 추방하는 것으로 기획하여 다시 비밀리에 김포공항에 입국하게 만들었던 이야기는 한 편의 서사시였다. 21세기 이전, 분단 50년 동안 한국행을 택한 북한이탈주민이 다 합쳐도 일천 명 남짓했기에 가능한 이야기였다.

하지만 지금은 완전히 다른 세상이 펼쳐지고 있다. 북한의 대기근 이후 한국행을 택하는 탈북자는 급증했다. 현재 한국에 거주하는 북한이탈주민은 2만 7천 명 수준에서 유지되고 있다(2014년 6월 기준 26,854명, 통일부 북한이탈주민 입국 현황 http://www.unikorea.go.kr).

대부분의 국민국가에 속한 다수자들은 자신이 사는 곳에 이질적인 소수자들이 많아질수록 위협감을 느낀다. 유난스러운 배타성을 지닌 한국 사회가 예외일 리 없다. 앞서 세 명의 이야기에서 공통적으로 발견되듯 그들 역시 스스로가 한국 사회에서 환영받는 존재가 아님을 본능적으로 알고 있다.

"저것 봐라 저 놈들."

"말하면 다 아니까."

"나를 거지로 아나."

그들이 느끼는 차별은 그저 본능적인 느낌만이 아니다. 통상 임금 수준만 봐도 북한이탈주민의 남한 정착이 쉽지 않음을 알 수 있다. 2013년 기준으로 북한이탈주민의 월평균 급여는 141만 원(2013년 북한이탈주민지원재단 통계현황)으로, 같은 해 한국인 평균 임금인 323만 원의 절반 수준에 미치지 못한다. 이는 두 가지를 말하고 있다. 하나는 평균이 압도적으로 낮은 것에서 알 수 있듯 북한이탈주민의 대부분이 고소득 전문직종에 종사하지 못하고 있다는 점이다. 다른 하나는 이를 감안하더라도 실질임금수준이 여전히 낮다는 것이다.

안드레이 란코프는 이런 격차가 발생하는 가장 주요한 요인으로 '인맥'과 '의심'을 제시한다. 한국 사회에서 경제적으로 성공하는 데 중요한 것은 '인맥'이다. 북한이탈주민들은 이것이 없다. 북한에서 높은 수준의 교육을 받은 계층이라도 한국 사회에서 전문적인 일을 하기는 쉽지 않다. 이것이 전체 북한이탈주민의 70퍼센트 이상이 비숙련 노동에 종사하는 주요한 이유가 된다.* 설상가상으로 비숙련 노동에 종사하더라도 북한이탈주민의 능력을 의심하는 경우가 많다. 이에 대해서는 앞서 회령 출신의 '또 다른 그녀'를 다룬 이야기에서도 찾아볼 수 있듯,

일단 사업장에서 북한이탈주민이라는 것을 밝히면 "얘가 무엇을 알겠어" 하는 태도를 보인다.

또한, 북한이탈주민이 한국 내에 급증하면서 북한에서 왔다는 것에 대한 다양한 편견이 만들어졌다. 이는 흔히 '조선족'이라 불리는 재중교포에 대한 편견보다 더 가혹한 것이다. 재중 동포보다도 사회 적응이 안 되고 일하는 것도 싫어한다는 따위의 편견이다. 이러한 이미지는 국내 북한이탈주민들에게 상당한 도전이다. '북한이탈주민'이라는 정체성에 충실하게 살아가고자 북한인권 활동가로 살아가고 있다는 '자유북한방송' 김성민 대표 역시 동일한 문제의식을 토로한 바 있다.

"탈북자라는 이유 하나로 남한 사회에 얹혀사는 것. 사회는 나를 필요로 하지 않는데 나만이 억지로 살아가는 듯한 기분, 대한민국이라는 고속열차에 무임승차한다는 생각이 들 때면 늘 머릿속이 어지러웠다. 다른 한편으론 내가 남한 사람으로 살아야 할지 아니면 북한 사람으로 남아야 할지 몰라 방황하고 있었고, '너는 누구인가'라는 스스로의 질문에 끊임없이 대답해야 하는 정체성과의 사투도 벌여야 했다." **

근래 북한이탈주민에 대한 부정적 인식이 한국 사회에 만연한 것에 대해 함경남도 원산시 태생으로 서강대 법학전문대학원에 재학 중인 강룡은 이러한 북한이탈주민에 대한 편견은 근본적인 부분을 도외시하는 프레임이라고 이야기한다. 그의 주장에 따르면 재중 동포 다수는 한

* 안드레이 란코프, 『리얼 노스코리아』, 143쪽.
** 김성민, 「탈북자의 길」, 『황해문화』 2013년 겨울호(통권 81호), 160쪽.

국에서 평생 살 생각으로 오는 것이 아니지만, 한국에 오는 북한이탈주민 다수는 평생 이곳에서 살아야 하는 사람들이다. 단기간에 돈을 모아 돌아갈 사람과 돌아갈 곳 없이 이곳에서 살아야 사람의 일하는 자세가 차이나는 것은 당연하다고 주장한다. 북한에 있는 가족들에게 송금하거나 가족들의 탈북 자금을 마련하려면, 안정적인 한국 정착에 필수가 되는 '목돈'을 만드는 것이 여의치 않다는 점도 무시할 수 없다. 또한 직업 적응 과정을 방해하는 건강 요소들, 즉 다수의 북한이탈주민들이 가지고 있는 정신적 외상과 영양실조 및 낮은 위생 수준으로 인한 내과적 질환 역시 감안해야 하는 부분이라는 것이다.* 북한이탈주민이 가지고 있는 배경을 소거하고 단순히 표면에 드러나는 현상과 성취도만을 가지고 편견을 가지는 것은 부당하다는 뜻이다.

다수의 북한 관련 연구자들은 한국 내에서 북한이탈주민을 이등국민으로 보는 편견이 통일 이후 북한 주민들에게 어두운 전망을 제시한다는 점에 주목한다. 예컨대 독일 통합 과정에 주목해온 대구대 이희영은 동독 지역 주민들의 사회적 지위가 평균적으로 낮고 임금도 서독 지역 주민 임금의 77퍼센트에 불과한 통일 독일의 현재는 통일 한국에 '더 가혹하게' 닥칠 미래의 단편을 보여준다며 다음과 같이 이야기한다.

"서독 문화가 주류인 사회에서 동독 사람들은 자신의 경험과 문화를

* 「진보진영 무관심이 '극우 탈북자' 만든다」, 『한겨레』 2014. 9. 4.

공적 영역에서 말하지 못합니다. '게으르고 찌질한' 동독 출신이라는 낙인이 찍히는 것을 두려워하고 콤플렉스가 되는 거죠. 성적 소수자가 커밍아웃을 하지 못하는 것과 같아요."*

서독의 자본주의 문화가 우위를 차지하면서 동독 출신 주민들의 지위는 낮아졌다. 경제적 우위가 다른 가치를 압도하는 바람에 통일 이전 동독이 가지고 있던 문화적 장점들도 모두 무시되었다. 이희영에 따르면 통일된 지 20년이 지난 최근에야 동독의 사회보장시스템을 재평가하고 교육 및 양육 시스템에 도입하는 시도가 이어진다고 한다.

유감스럽게도 한국 사회가 북한이탈주민을 대하는 태도는 이보다 훨씬 뒤처져 있다. 북한이탈주민이 가지고 있는 문화나 사고방식에 귀 기울이려는 노력은 찾아보기 힘들다. 오히려 북한이탈주민들은 자신이 김일성 일가같이 나쁜 사람이 아니라는 것을 '증명'받기에 급급해 한다. "나는 사회주의자가 아니다", "나는 공산주의자가 아니다", "나는 김일성주의자가 아니다"라는 증명을 강요당하는 것은 자신의 고향, 즉 자신이 살아왔던 문화와 사고방식, 심지어 친인척과 이웃에 대한 기억 일체를 부정하는 것이어서 심리적 갈등을 겪게 된다.

상황이 이러함에도 한국 사회가 북한과 북한 주민을 바라보는 시선은 개선될 조짐이 보이지 않는다. 통일 비용 문제를 이유로 통일에 적대적인 사람들은 차치하더라도, 통일이 국부 창출의 기회가 될 것이라

* 「통일 준비, 탈북자에 대한 인정부터」, 『한겨레』 2014. 7. 29.

고 믿으며 통일을 지지하는 관점도 심각한 결함을 가지고 있다. 이러한 사고방식은 북한이 가지고 있는 자원과 저렴한 노동력을 통해서 북한과의 경제 통합이 경제 성장의 촉매가 될 것이라는 식민주의적 믿음을 기반에 두고 있기 때문이다. 이 관점 역시 북한 주민이 가지고 있는 문화에 대한 고려는 거세한 채 '돈'의 논리에 충실히 따를 것을 요구한다.

서울대 김병연은 자신의 연구 결과를 토대로 OECD 국가 중 한국보다 일인당 소득이 높으면서 더 물질주의적인 성향을 보이는 나라가 없음을 지적하고, 반대로 북한은 경제적 사고 방식의 측면으로 볼 때 세계에서 가장 집단주의적 사고를 보여준다는 예시를 들면서, 이 상충되는 가치관이 충돌할 경우 나타날 파열음을 우려한다.* 오슬로대 박노자는 한층 더 급진적으로 "세계 최악의 장시간 노동, 세계 최악의 산재대국, 세계 최악의 비정규직 초과 착취 국가인 한국"이 북한을 유사 식민주의에 입각하여 흡수 통일하는 것은 김씨 일가 체제 종식 후 북한 주민들이 선택하게 될 최악의 시나리오 중 하나가 될지도 모른다는 의견을 다소 과격하게 개진한 바 있다.**

주장에 온도 차이는 다소 있을 수 있으나 앞서 열거된 모든 학자들의 공통된 의견은 시장만능적인 관점으로 통일을 지향하는 것은 장기적으로 도움이 될 수 없다는 것이다. 오히려 다수의 학자들은 시장만능주의, 식민주의적 관점에서 벗어나 모두에게 이익이 되는 시대에 도달하

* 김병연, 「통일은 돈이 아닌 공감에서 시작된다」, 『중앙일보』 2014. 8. 14.
** 박노자, 「김남주, 남민전, 그리고 그의 사상」, http:// blog.hani.co.kr/gategateparagate/64484.

기 위해 가장 중요한 요소는 '공감'共感임을 공통적으로 지목한다.

공감은 단순히 온정 어린 시선으로 보는 것이 아니다. 그들이 실제로 어떤 생각을 가지고 있고, 어떻게 살아왔으며, 어떻게 살아가고 있는지 곁에서 함께해야만 공감할 수 있다. 전문가들이 공감을 통일의 가장 중요한 요소로 여긴다는 것은, 북한이탈주민이 한국 사회에서 미래의 통일을 위해 중요한 자원임을 반영한다.

예컨대, 사회주의 독재정권의 종식을 직접 경험한 란코프는 1970년대 말부터 모스크바 지식인 사회에서 소비에트 정치체제에 대한 냉소와 의심이 만연했던 점을 언급하며 이러한 논지를 강화한다. 체제에 대해 비판적이었던 러시아 지식인 사회가 체제에 적극적으로 반대하는 운동을 예비하는 배지培地가 되었다는 것이다. 한국에서도 군부독재 이후 연쇄 파국으로 치닫지 않고 민주화 정권이 들어설 수 있었던 기저에 거대한 대안 엘리트 세력이 있었던 점도 이와 비슷한 사례라고 할 수 있다.

하지만 유례없는 경찰국가인 북한 사회에는 이런 대안 세력 자체가 없다는 것이 문제다. 방송과 디지털 정보를 통해 북한 주민들에게 외부 정보가 일정 부분 전달되더라도 대안 엘리트가 북한 내부에서는 나오기는 힘들다. 따라서 북한 외부에 있는 북한이탈주민 공동체 중 가장 선도적인 역할을 할 수 있는 희망은 남한의 북한이탈주민 공동체에 걸어야 한다는 것이다.*

이어서 그는 한국 내 북한이탈주민들이 이런 역할을 수행하기 위해 한국 정부와 사회는 북한이탈주민에 대해 전향적으로 정착 지원을 확

충해야 할 필요가 있음을 주장한다. 이유는 다음과 같다.

첫째, 북한이탈주민들은 북한에 거주 중인 친인척들에게 물질적 지원뿐만 아니라 효과적인 정보제공 창구로 작용하고 있다. 따라서 숙련직, 전문직에 종사하는 탈북자들이 많아질수록 북한 사회에 더 큰 변화를 줄 수 있는 정보를 보내줄 가능성이 높아진다는 것이다.

둘째, 가능성이 적긴 하지만 만약 북한이 붕괴된다면 북한이탈주민 지식인들 중 일부는 분명히 고향으로 돌아갈 것이므로, 귀향한 지식인들은 그곳에서 한국과 현대 사회에서 어떤 일을 수행해야 하는지 효과적으로 교육할 수 있게 될 것이라는 예측이다.

셋째, 북한이탈주민 전문가와 지식인들은 한국 사회 내에서 북한이탈주민 공동체의 역할 모델이 된다는 점이다. 이주노동자 등 다른 소수자 공동체와 마찬가지로 낮은 사회·경제적 지위는 '자기영속성'을 지니게 된다. 성공적인 역할 모델이 없다면 세대가 바뀌어도 낮은 사회계층에 머물 가능성이 높다는 뜻이다. 특히 성공적 역할 모델의 부재는 젊은 북한이탈주민들이 한국 사회에 적응하는 데 있어서 부정적인 영향을 미칠 수밖에 없는데, 이점 역시 북한이탈주민들의 지위를 개선해야 하는 이유라는 것이다.**

이처럼 한국의, 나아가 한반도 전체의 정치사회적 견지에서 보았을 때, 한반도 정세 전문가들이 국내 북한이탈주민들에게 기대를 거는 것

* 안드레이 란코프, 같은 책, 311쪽.
** 안드레이 란코프, 같은 책, 313~314쪽.

은 당연하다. 하지만 이러한 전향적 정착지원 확대 역시 정부관료와 일반인들이 북한이탈주민들을 받아들이는 태도가 획기적으로 변하기 전까지는 요원한 일일지 모른다. 여전히 정착지원 제도가 미비하고 북한이탈주민 절대 다수가 비숙련직에 종사함에도, 이 수준의 지원마저 '특혜'라고 공격하는 세력이 있는 것이 현실이다. 사회 소수자들에 대한 혐오세력이 집요하게 거론하는 '무임승차 이데올로기'는 함께해야만 겨우 생존할 수 있는 미래에 대한 전망마저 좀먹고 있다.

이런 현실에서 문화적 교감을 통한 '공감'이 가진 중요성이 다시 부각된다. 물론 '공감'이 모든 것을 해결할 수는 없다. 하지만 공감하지 않고서는 북한 붕괴 이후를 대비한 대안적 북한이탈주민 엘리트 그룹은 물론이고, 한국 사회 내의 젊은 북한이탈주민들을 위한 훌륭한 역할 모델을 양성하는 것조차 시작할 수 없다.

앞서 우리는 세 명의 각기 다른 한국 적응기를 보았다. 이들은 사소한 불편함부터 직접적 차별까지 그 정도가 다를 뿐 '시선의 감옥'에서 자유롭지 못하다. 하지만 그럼에도 그들은 한국 사회 안에서 각자만의 방식으로 당당하게 살아가길 원하고 있다. 그들이 원하는 것은 무조건적인 시혜 정책도, "나는 아니다"라고 증명하는 것도, 온정 어린 눈길도 아니었다. 배타적 한국 사회를 그나마 다채롭게 구성하는 다양한 인자 중 하나로 존중받는 것이다. 이러한 존중은 비단 북한이탈주민뿐 아니라 이 땅을 살아가는 모든 소수자를 위한 존중과 궤를 같이한다.

'공감'으로 집약되는 소수자를 위한 존중은 우리의 삶 곳곳에 숨어 있는 그들을 밖으로 나오게 하는 것에서 시작한다. 그리하여 환대하고,

그들의 삶 속에 부대끼며, 서로가 그리 다르지 않다는 것을 알게 되고, 다른 면이 있다면 왜 다른지 이유를 알아가야 한다. 인간이 사회적 동물이라면, 그리고 인간의 본성이 이기적이지만은 않다면, 만나서 공감하는 것에서부터 복잡다단한 문제의 실타래가 풀릴 수 있다.

또한 북한이탈주민들을 만나는 것은 단순히 '만남' 이상의 의미를 가진다. 2015년 현재 인터넷 매체는 물론 케이블과 종편채널 등의 미디어를 통해 온갖 자극적인 소재의 북한 관련 기사와 프로그램이 쏟아져 나오고 있다. 하지만 우리는 정작 바로 옆에 살고 있는 2만 6천 명의 북한이탈주민들에 대해서는 관심이 없거나, 때로는 관심을 가지려 하지 않는다. 관심을 가진다 해도 '사람'에 대한 관심보다는 어떻게 하면 그들을 정치적으로 이용할지 골몰하는 경우도 심심치 않게 목격한다.

남북한을 두루 경험해온 북한이탈주민들은, 이 땅에서 "과연 내가 여기 속해 있는가?"를 끊임없이 되물어야 하는 그들은 우리에게 소중한 또 하나의 이웃이며 친척이며 가족이다. 전시 상황과 분단 체제는 집요하게 한국 사회의 발목을 다방면으로 붙잡아 왔다. 지금도 예외는 아니다. 이런 시기에 우리는 북한의 실체를 정확히 알기 위해 노력하는 것과 동시에 그곳에서 살아가고 있는 '사람'들과, 그곳에서 살아왔으며 지금 이곳을 살고 있는 '사람'들의 민낯을 마주하는 것이 필요하다. 내수용 정략적 이해利害가 아니라, 사람 간의 이해理解를 통해 같음을 알고, 다름을 인정하며, 함께 사는 법을 깨치는 것에는 거창한 이념이 필요없다. 그것은 바로 장기불황과 불평등이라는 환경이 낳은 극단주의가 횡행하는 위기의 시대에 필수불가결한 생존 매뉴얼이다.

처음 만날 땐 낯설어 머뭇했지만*

남북 청년들, 인권으로 만나다

이곳에서 나고 자란 또 다른 청년들

그리고 여기, 한국에서 나고 자란 또 다른 세 명이 있다.

엄밀히 말하자면 한 명은 일본 오사카에서 태어났다. 그는 두 살 때 한국으로 건너왔다. 이후에도 가정 형편상 경북 영천, 대구 봉천동, 인천 부평, 경북 포항으로 계속 옮겨 다녔다. 초등학교 때 서울 잠실에 정착해 중학교까지 졸업했지만, 고등학교에 입학할 무렵 다시 대구로 왔다. 그는 대구에 정착해 공과대학을 다니고 있지만, 언제 어디로 옮겨 갈지 모른다는 불안감을 항상 가지고 있다고 한다. 대구에서의 첫 기억

* 북한 생활가요 〈우리가 처음 만날 때〉 가사 중. 전문은 다음과 같다. "우리가 처음 만날 땐 낯설어 머뭇했지만 / 이제는 정이 들어서 서로가 친구 되었지 / 마음의 창문을 열어 서로가 마음 합칠 땐 / 이제야 우리 알았지, 우정의 다리 놓인 줄."

은 전학 온 날 조회시간에 선생님의 질문에 서울말로 대답하자 쉬는 시간에 아이들이 몰려와 "야야, 서울말 함 써보그라" 하고 외치던 억센 대구 사투리이다.

그는 국어교육과를 다녔던 누나의 영향으로 고등학교 때부터 소설을 읽는 것을 즐겼다고 한다. 작가가 만든 세계였지만 읽어 내려가다 보면 그 상황 속에 푹 빠졌고, 밤을 새워 책을 읽었던 일도 여러 번 있다고 했다. 그에 반해 비문학은 잘 읽지 않는 편이었는데, 인터넷에 모집공고가 뜬 독서모임에 가입한 것이 계기가 되어 사회과학 서적도 읽기 시작했다고 한다. 그는 수줍음이 많고 자신의 의견을 개진하는 것에 익숙하지 못했다. 적성에 맞지 않는 공과대학을 다니면서 자신에게 맞지 않은 일을 하며 살아야 한다는 생각에 늘 갑갑했던 그는 토닥토닥 프로젝트에 참여할 것을 권유받고 망설임 없이 모임에 들어왔다. 취직하는 친구들을 보면 걱정이 되기도 했지만, 대안적인 삶을 사는 사람들을 만나면서 많이 달라졌다. 그저 좋아하는 일에 충실한 사람이 되고 싶어졌다.

또 다른 한 명은 대구에서 태어나 지금까지 줄곧 대구에서 살고 있다. 그는 대학 입학 전까지 자신은 둥글둥글함과 성실함뿐인 평범한 학생이었다고 이야기했다. 적을 만들고 싶지 않았기에 내키지 않더라도 아무 말 없이 행동하는 것에 익숙했다고 한다. 그때까지 자신의 생각을 표현하는 장소는 '싸이월드 다이어리'와 '스타크래프트'라는 두 개의 가상 공간이 전부였다.

대학에 입학해서도 얼마간은 현실 세계와 가상 공간의 괴리가 좁혀지지 않았다. 오히려 더 넓어졌다. 웃고 떠들다 끝나는 술자리와 자신의 고민으로 가득 찬 싸이월드 다이어리 간의 간극이 그랬다. 그러다 첫 여름방학이 되어 선배의 권유로 농활에 참가했다. 방학에 할 일도 없었기에 별 생각 없이 떠난 농활이었다. 그리고 그 농활이 자신을 바꾸었다고 했다. 사회문제에 대해 알지도 못하고 관심도 없던 자기와 달리 그 자리에서 만난 선배들은 해가 떠 있을 때는 농사를 거들고, 저녁에는 동네 꼬마들과 기타를 치면서 놀다가, 밤이 되면 농촌과 사회 그리고 대학에 대한 문제들에 대해 함께 공부하고 심도 있게 토론했다. "뭐 이런 사람들이 다 있지?" 하는 놀라움도 잠시, 배우고 싶어졌다. 선배들은 그가 혼자서만 끙끙 앓던 고민들을 '사회 문제'라는 이름으로 함께 고민해주었다. 하지만 그들과 함께 거리로 나선다는 것은 전혀 다른 문제였다.

고민하는 대학생은 되었지만 실천하는 대학생은 되지 못해 갈등하던 그가 찾아간 곳은 교지 편집 동아리였다. 남 앞에 나서는 것은 여전히 쉽지 않은 일이었지만, 글로 자신을 표현하는 것은 내심 자신이 있었다. 그 동아리의 선배가 토닥토닥 프로젝트에 대해 알려주었다고 했다. 읽고 토론하며 책도 쓰는 활동인데 해보지 않겠냐며. 그는 자신의 이름이 들어간 책을 쓸 수 있다는 점에 확 끌렸다. 사실 처음 지원할 때는 '북한'이라는 글씨는 눈에 들어오지 않았다고 고백했다.

마지막 한 명 역시 대구에서 태어나 대구에서 줄곧 자랐다. 토닥토닥 첫 모임 뒤풀이 자리에서 건너편 테이블의 청년이 다가와 전화번호를 물어볼 정도로 눈에 띄는 미인인 그녀는 대뜸 학창시절부터 공부를 '안' 했다는 이야기부터 했다. 공부가 하기 싫기도 했지만 그것보다는 더 좋아하는 일이 있었기 때문이다.

그녀가 좋아한 것은 '책'이었다. 그냥 책을 읽는 것이 좋았다. 장편 소설이 특히 좋았다. 어머니 역시 그녀의 중·고등학생 시절부터 대학까지 한 번도 성적표를 보자고 하지 않았다. 성적보다는 인성이 중요하다며 공부는 안 해도 좋으니 책은 많이 읽으라고, 과장 조금 보태서 하루에 수십 번은 말씀하셨다고 했다. 어머니 스스로도 그녀에게 세뇌시키는 것이라 말씀하셨을 만큼 책 읽는 것을 강조했다. 그런 환경 덕분에 그녀는 책만 읽을 수 있었다. 성적은 개의치 않았다.

책에만 빠져 계속 책을 읽다보니 직접 사람들을 만나보고 싶다는 생각이 들었다. "어떻게 하면 사람들을 만날 수 있을까?" 고심하던 그녀는 인터뷰가 괜찮은 도구다 싶었다. 친구와 함께 인터뷰 웹진을 만들었다. 웹진의 이름을 '세상을 이은 관찰'이라 짓고, '이은'이라 줄여 불렀다. 웹진은 처음부터 '맨땅에 헤딩'이었다. 기획부터 인터뷰, 웹진 디자인까지 모든 것을 친구와 스스로 해야 했기에 힘들었지만 그녀에게는 잊을 수 없는 경험이었다고 했다. 무엇보다 대화를 하고 이야기를 듣는 그 과정에 매혹되었다.

휴학을 하고 웹진도 중단하고 있을 때 인터넷에서 '토닥토닥 프로젝트' 공고를 보았다. 책을 출판한다는 것에도 끌렸고, 누군가와 대화를 하고 책을 읽을 수 있다는 것도 매력으로 다가왔다. 누군가의 이야기를 직접 들을 수 있는 만남, 누군가의 이야기를 문자로 만날 수 있는 책. 그녀가 좋아하는 두 가지를 하는 동시에 책까지 낸다니 끌리지 않을 이유가 없었다.

만남, 이전과 이후

이렇게 남한 출신 청년 세 명이 토닥토닥 프로젝트에 합류했다. 세 사람 모두 청소년기를 대구에서 보낸 후 현재는 대구와 경상북도에 소재한 대학에서 재학 혹은 휴학 중이다. 세 청년은 북한이탈주민을 만나본 적이 없었다. 이전까지 북한이나 북한이탈주민에 대해 관심을 가졌던 이들도 없었다. '토닥토닥 프로젝트'에 참여한 주된 이유는 책을 만든다는 것 때문이었다. 북한이탈주민은 물론 북한에 대해서도 거의 백지나 다름없는 상태였던 청년들은 토닥토닥 모임에서 북한 출신 청년들을 처음 만났고, 친구가 되었다. 평범한 20대 초중반인 이들이 북한이탈주민을 만나기 전과 후를 비교하는 것은 의미 있을 것이다. 그리고 이들의 만남이 시사하는 바는 분명 가볍지 않을 것이다.

우선, 한국에서 나고 자란 세 명에게 북한이탈주민 대학생들을 처음 만났을 때 어떤 생각을 가지고 있었는지부터 물어보았다. 공통된 이야기는 '대구'라는 도시에서 북한이탈주민을 만날 수 있으리라는 생각을 하지 못했다는 것이다. 같은 학교에 다니고 있다는 사실도 몰랐다. 한 명은 북한이탈주민을 수용하는 시설이나 모여 사는 동네가 따로 있을 것이라고 생각했다. 북한이탈주민은커녕 북한에 대해서도 진지하게 생각해본 적이 없다고 이야기했다. 그랬기 때문에 이들은 북한이탈주민을 만난다는 것에 대해 일말의 불안감과 두려움을 가지고 있었다. 그들은 공감 카페에서 북한이탈주민 대학생들을 처음 보았을 때 자신들과 너무 똑같다는 것에 놀랐다고 하나같이 말했다. 막연히 외모나 분위기부터 다를 것이라는 편견을 가지고 있었던 것이다.

처음에는 북한이탈주민 대학생들이 자신들에 대해서 어느 정도 경계를 하는 것을 느꼈다고 했다. 북한이탈주민 대학생들도 처음에는 "새로 들어온 사람들을 믿을 수 있을까?" 하는 생각을 했다고 한다. 데면데면한 상태가 2주 정도 지속되다가 한 달 만에 서로에 대한 경계심이 풀리게 되었다. 자연스럽게 친해진 가장 중요한 요인으로 '자신의 이야기'들을 가감 없이 나눴던 것을 꼽았다. 특히 북한이탈주민 대학생들이 탈북 과정과 북한에 있을 때 사연을 비공식적 자리에서 솔직하게 공유한 것이 주효했다고 한다. 한 명은 이렇게 이야기했다.

"처음 봤을 때, 생각보다 표정이 다들 밝은 거예요. '그렇게 힘들지는 않나 보다'라고 막연히 생각했어요. 그런데 그날 이후로 달라졌어요. 속 깊은 이야기를 나눈 날이었죠. 언니, 오빠들이 북한에 있을 때 겪은 이야기와 탈북한 과정을 들으면서 많이 울었어요. 다른 학생들도 나와 같지 않을까 생각해요. 북한이나 북한이탈주민에 대해 아무런 관심이 없거나, 관심이 있다 해도 삐뚤어진 시선으로 보고 있지 않을까 하는 의문이 생기는 거죠. 이렇게 가까이 있는지도 몰랐고, 이렇게 힘들게 오는지도 몰랐는데……. 저만 해도 직접 만나서 친해지고 속을 털어놓기 전까지는 정말 아무것도 몰랐으니까요."

서로가 마음을 터놓게 된 후 같이 울고 웃을 수 있는 친구들이 생겼다는 것이 토닥토닥에 참여하면서 가장 많이 바뀐 점이라고 덧붙였다.

이러한 소통과 공감은 북한을 바라보는 관점을 바꾸기도 했다. 남한 출신 대학생의 경우 이전까지 '북한'이라고 하면 '김정일', '핵', '쌀',

'소'와 같은 것을 떠올렸다고 한다. 또한 종편 출범 이후 폭증한 북한 관련 프로그램을 보면서, 그것이 비록 예능 프로그램이라 하더라도 방송에서 북한의 상부구조에 대해서만 집중하는 것을 이상하게 생각하지는 않았다고 한다. 즉, 지배층과 커넥션이 있는 사람이 주로 출연하거나, 그렇지 않더라도 상부구조에 대한 이야기만 하니 자연스럽게 평양의 상위계급과 북한을 동일시해왔다는 것이다. 하지만 서로가 매일 만날 정도로 친해진 지금, '북한'이라는 단어를 떠올리면 세 명의 새로운 친구들을 떠올리게 되었다고 한다. 간단하게 말하면, '사람'으로 다가가게 되었다는 것이다.

또 다른 청년 역시 남북을 정치·경제 체제만으로 비교했는데, 지금은 거기 있는 '사람'들에 대한 관심이 더 생겼다고 이야기했다. 북한을 다룬 기사를 보더라도 통계나 지표보다는 "정말 그곳에 있는 사람들은 어떻게 살고 있을까?" 하는 궁금증이 생긴다는 것이다. 예컨대 북한이탈주민 대학생에게서 그의 어머니가 몽골 사막을 걸어서 탈북한 이야기를 듣고 난 다음부터는 탈북이 단순히 강을 건너는 것이 아니라 제3국에서 더 모질고 험한 과정이라는 것을 알았고, 이후 매체를 통해 탈북에 관한 이야기를 접하면 그들의 고난에 감정 이입이 되기 시작했다고 한다.

이렇게 이들은 북한이탈주민들과 일 년 가까이 긴밀하게 만나는 모임을 하고 나서야 어느 정도 편견이 해소되고, 체제나 거대담론이 아닌 '사람'이라는 키워드로 북한을 바라보기 시작했다. 토론 모임이 끝난 후에도 매일 연락하고 사소한 일상을 공유하는 친구로 발전한 여섯 명의 관계는 인식의 변화가 긍정적으로 작용했음을 보여준다.

이러한 인식의 변화는 상호적이었다. 북한이탈주민 대학생 중 한 명은 자신에 대해 얼마나 솔직해질 수 있을지 의문이 들었다고 했다. 남한 친구들이 과연 자신의 배경을 얼마나 이해할 수 있을지에 대해서도 부정적이었다. 그는 겉으로는 요목조목 이야기를 잘하는 것처럼 보였음에도, 스스로는 토론을 진행하면서 자신이 표현을 잘 못하고 있다는 자책과 열등감 때문에 힘들었다고 했다. 하지만 모임을 거듭할수록 남한 출신 친구들이 편해졌고, 마음 놓고 서로의 고민과 걱정거리를 나눌 수 있게 되었다고 했다. 한국에 와서 진솔한 대화를 할 수 있는 친구들을 만난 것이 앞으로 이곳에서 살아가는 데 큰 힘이 될 것이라는 이야기도 덧붙였다.

또 한 명은 '인권'이란 주제로 독서모임을 한다고 했을 때 내키지 않았다고 했다. 인권이라는 용어조차 잘 몰랐고, 인권이라고 하면 '북한 인권'이 먼저 생각나 불편한 주제라는 생각이 들었다고 했다. 남한 친구들과 토론을 잘 할 수 있을지도 걱정스러웠다. 말로 하기도 어려운 내용을 글로 잘 표현할 수 있을지에 대한 부담감도 있었다. 하지만 책을 읽고 이야기를 나누며 '인권'이라는 것이 대단한 무언가가 아니라 사람이 사는 곳이라면 어디든 존재해야 하는 것임을 깨달았다고 했다. 실제로 그녀가 토론을 진행하면서 가장 많이 반복했던 이야기도 "우리 주변의 작은 일부터"였다. 이렇듯 인권에 대해 알아가는 과정도 소중했지만 그녀가 가장 소중한 수확이라 여기는 것은 따로 있었다.

"책 속에서 얻지 못하는 것을 얻을 수 있었던 소중한 시간이었어요.

토닥토닥 모임으로 인연이 된 좋은 사람들과 허심탄회한 대화와 만남을 이어가면서 사람 사이의 따뜻한 정을 느낄 수 있었어요. 언제인지는 기억나지 않지만 하루는 아침에 일어나 이런 생각을 한 적이 있어요. '내 곁에는 좋은 사람들이 많구나. 세상은 아직 살 만하고, 오늘도 나는 즐겁다'라고 말이죠."

그녀는 그동안 책으로 함께 쌓은 지식도 중요하지만, 좋은 사람들을 알게 되고 일상적 대화를 주고받으며 포장하지 않은 진실한 모습을 스스로 마주할 수 있게 된 것이 감사하다는 말을 덧붙였다.

나머지 한 명도 다른 친구들보다 좀 투박하게 표현했지만 진솔한 이야기를 들려주었다. 그냥 '쉬는 날'이었던 일요일에 책 한 권 더 읽게 된 것, 좋은 친구들을 만나게 된 것, 이 두 가지만으로도 이 모임에 참가한 의미가 있었다고 했다. 또한 사물과 사건을 바라보는 시선이 좀더 성숙해진 것을 느꼈다고 이야기했다. 어떤 주제든 단편적인 면만 보지 않고 사실을 바탕으로 다각도에서 나름의 잣대를 가지고 올바른 판단을 하려고 노력하게 된 것도 달라진 점이라고 말했다.

그런데, 이 지점에서 남한 출신 대학생들 주위의 반응이 궁금했다. 이런 모임 즉, '북한이탈주민'들과 함께 '인권'에 대해서 공부하고 글을 쓰는 모임을 가진다고 했을 때 주변의 반응은 어떠했는지 물었다.

"일단 부모님의 반응은 '잘 알아보고 하는 거냐?'였어요. 혹시나 취직할 때 앞길 막는 것 아닌지 걱정하신 거죠. '인권'이란 주제도 그렇고, '북한'이라는 키워드도 그렇고, 어디서 환영받는 주제는 아니잖아요? 그렇게 생각하시는 게 안타깝긴 했지만, 삶의 경험이 다르니 어쩔 수 없다고 생각했어요. 친구들의 경우에도 남북을 경제 격차만으로 비교하면서 우리가 우위에 있다는 생각에서 별로 벗어나지 않는 것 같아요. 그다지 본인들과 상관없는 이야기라고 생각하고……. 세대와 상관없이 인식이 안 좋은 것 같아요. 그러니까 '이런 모임 하면 도움이 되겠느냐'고 걱정하는 거죠."

부모 세대의 염려는 익히 예상할 수 있는 반응이었지만, 또래 집단이 받아들이는 방식은 흥미로웠다. 이는 현재 한국 사회 대다수 청년들이 공히 가지고 있는 모습을 반영하고 있는 것으로 판단된다. 흔히 대학 생활 중 대외 활동은 향후 도움이 되는가, 즉 '스펙'이 될 가능성을 염두에 두고 하는데, 이러한 모임이 과연 도움이 될지 의문을 제기하는 것이다.

전직 고등학교 국어 교사인 이계삼은 저서 『청춘의 커리큘럼』에서 "누구나 다 자기에게 주어진 시간과 자신만이 부릴 수 있는 권리를 가진 몸이 있습니다. 그러나 우리는 이 학교 교육이라는 필터를 통과하면서 자기의 몸으로 자기의 시간을 살아갈 수 없는 존재가 되고 맙니다. 이것이 근대 학교 교육이 안겨다주는 가장 큰 비극입니다"*라고 말한 바 있다. 이러한 근대 교육의 비극은 1997년 'IMF사태'라는 충격 이후 사회에 만연하게 된 성과지상주의와 맞물려 "진학과 취업에서 고용의 안정성을 최우선으로 생각하게 만드는"** 사회가 되었다. 조금 더 철

* 이계삼, 『청춘의 커리큘럼』, 한티재, 2013, 316쪽.
** 엄기호, 『교사도 학교가 두렵다』, 따비, 2013, 230쪽.

학적으로 이야기하자면 '타자에 의해 착취되는 존재가 아니라 자기 스스로를 착취하는 존재'*로서 개인의 가능성을 좁혀가는 것이 이 세대를 구성하는 성과사회의 요체가 되는 것이다. 이러한 분위기에 압도당한 1997년 이후의 한국 사회에서 유소년기를 거친 다수의 대학생들은 고용에 '도움 되는 것'과 '도움 되지 않는 것'을 명쾌하게 구분한다. 그리고 이들에게 토닥토닥 프로젝트 같은 모임은 주로 '도움 되지 않는 것'에 속한다는 인상을 주는 것이다. 다른 이도 자신의 친구들이 비슷한 반응을 보였다고 말했다.

"'책이 나오면 스펙에 도움이 되겠네'라는 사람들도 있었지만, 오히려 친한 친구들은 '그런 걸 왜 하냐?'는 반응이 대부분이었어요. 취업 준비도 안 하고 뭐 하냐는 거였죠. 틀린 말은 아니에요. 친구들은 이미 나름대로 앞길 찾아서 영어 공부든, 입사시험 공부든 바쁘게 살아가잖아요. 그런 것과 상관없는 듯이 살아가는 저를 걱정하는 거죠. 그런데 저도 미래에 대한 불안감에서 자유롭지는 못하기는 마찬가지예요. 저도 배운 걸 써먹지 못할까 봐, 결과로 인정받지 않을까 봐 불안해요."

이들에 비해, 무관심으로 일관된 반응에 힘이 빠졌다는 이도 있었다. 자신은 휴학을 하고 예술 분야에서 일할 생각을 하고 있으며, 이미 이전에도 세속적인 기준의 '스펙'과 상관없는 모임들을 많이 했기 때문에 주변의 반응이 "아, 그래?" 정도로 끝났다는 것이다. 부모님도 "신기하

* 한병철, 『피로사회』, 김태환 옮김, 문학과지성사, 2012, 44쪽.

네. 북한에서 온 사람들이 주변에도 있었구나" 정도의 반응이었다고 했다. "좋은 일 하네"라는 반응이 그나마 가치 판단이 섞인 것이었다. 대부분 이런 것에 대해 모르니까 할 말이 없다는 태도이거나, 딱히 궁금해 하지 않는 듯했다.

남한 출신 대학생들은 준거 집단과 개인 성향에 따른 차이는 있었으나 공통적으로 "이해받지 못한다"는 느낌을 받고 있었다. 이는 양적 성과에 집중하는 현재 한국 사회에서 질적 성장에 집중하는 것은 '쓸데없는 일', '세상 물정 모르는 일'로 취급받는 경향이 존재하기 때문이라고 할 수 있다. 하지만 그들은 이러한 '쓸데없는 일', '세상 물정 모르는 일'을 통해서 많이 성장했다고 생각하고 있었다. 그 중에서도 북한이탈주민 대학생들로부터 자극이나 영향을 받은 점은 특기할 만하다.

한 명은 이렇게 이야기했다.

"북한에서 왔기 때문이라기보다는 평범한 저희보다 고생을 많이 했기 때문에 생기는 차이는 있는 것 같아요. 무엇을 하든 열심히 하고자 하는 열망이나 열정이 저희보다 훨씬 큰 것 같아요. 간절함의 크기가 다르다는 생각을 했어요."

구체적으로 어떤 것에서 그런 느낌을 받았는지를 물어보았다.

"어린 나이에 건너와서 혼자 살았던 친구들이 많잖아요. 그 중의 한 명은 단순히 돈을 번 것이 아니라 다른 식구들 탈북 브로커 비용까지 벌어야 했으니 얼마나 치열하게 살았을지 짐작도 안 되는 거죠. '나라면 그렇게 살 수 있었을까?' 자문해보면 아예 탈북 자체를 생각도 못 했을 것 같아요. 그런 경험을 가지고 있는 친구들이니까 여기 와서도 삶의 태도가 달라질 수밖에 없는 것 같아요. 스스로 반성하게 되는 거죠. 세속적인 성공과 관련 없어도 상관없으니 어떤 삶을 살든 조금만 덜 게으르게 살자고."

'인권'의 경계를 넘어

> 인권은 모든 인간이 타고난 권리다. 이것은 우리의 국적, 사는 곳, 성별, 사회적 혹은 민족적 기원, 피부색, 종교, 언어 및 기타 지위에 따른 구별 없이 모두가 타고난 권리이며, 우리는 차별 없이 동등하게 인권의 적용을 받는다. 이러한 권리는 상호 연관되어 있으며, 상호 의존적이며, 서로 분리될 수 없다.*

유엔인권고등판무관실UNOHCHR은 인권을 위와 같이 정의하고 있다. 여기에서 핵심이 되는 것은 '모든 인간이 타고난 권리'rights inherent to all human beings다. 유엔에서 인간의 기본권을 다루는 주무기관인 인권고등판무관실은 인권이 '보편적'이라는 점을 이와 같이 명확하게 정의한다.

간혹, 북한의 인권 상황에 대한 문제제기를 불편해하며 인권의 '상

* United Nation Human Rights Office of the High Commissioner, *What are human rights?* : Human rights are rights inherent to all human beings, whatever our nationality, place of residence, sex, national or ethnic origin, colour, religion, language, or any other status. We are all equally entitled to our human rights without discrimination. These rights are all interrelated, interdependent and indivisible. (http://www.ohchr.org/EN/Issues/Pages/WhatareHumanRights.aspx)

대성'을 논거로 드는 경우가 있다. 당연히 북한 정부가 이렇게 주장한다. 한국 사회 일부도 이런 식의 주장에 동조한다. 하지만 한반도 및 재외한인의 인권 문제를 지속적으로 연구해온 서울대 통일평화연구원 서보혁은 이런 '인권 상대주의'에 대해서 다음과 같이 반박한다.

그에 따르면, 인권의 보편성을 부인하는 상대주의는 단순히 그것이 문화인류학의 상대주의 방법론을 견강부회했다는 문제에 그치지 않는다. 인권 상대주의는 인권 침해를 정당화하며, 인권을 침해하는 사회를 '문화적 특수성'이라는 논리로 묵인할 소지가 있다. 그래서 북한과 같은 상황에서는 현실적인 문제를 초래한다. 인권 상대주의가 독재 정권의 인권 침해를 정당화하는 논리로 이용된 경우는 멀리서 찾을 필요가 없다. 한국의 권위주의 독재정권도 '한국식 민주주의'나 '토착 민주주의'를 강변하며 민주화를 요구하는 시민들을 탄압했다. 그렇기 때문에 북한이 자국의 인권 상황에 개입하는 것을 반대하며 논거로 드는 상대주의는 인권의 보편성과는 거리가 먼 주장이라는 것이다.*

이렇게 인권 상대주의를 이용한 방어는 고립을 초래한다. 고립은 다시 인권 침해를 조장하는 악순환에 빠진다. 이런 악순환을 차단하기 위해서라도 한국과 북한이 포함된 한반도의 인권 문제는 '보편성의 원리'에 따라 함께 다루어져야 한다.

한국 사회 역시 비참한 빈곤과 권위주의 독재를 경험했다. 다행스럽

* 서보혁, 『코리아 인권』, 책세상, 2011, 104쪽.

게도 우리 사회는 1987년을 기점으로 이 두 가지 근본적인 문제를 체제적systemic으로 극복했다고 평가받는다. 이런 경험은 한반도의 보편적 인권 확립을 위해 대한민국의 현대사가 북한의 모범이 될 수 있음을 시사한다. 또한, 북한과 휴전선을 경계로 적대적 대치를 하고 있는 상황에서 북한의 정치·경제 및 안보 불안은 한국 사회에 직접 영향을 미친다.

이 두 측면은 한국이 가진 경제 발전사와 민주화의 경험이 북한의 인권 위기를 개선하는 데 가장 적절한 조력자가 될 수 있음을 알려준다. 마찬가지로 북한의 인권 상황 개선이 한국 사회에도 긍정적으로 영향을 줄 수 있음을 시사한다. 마치 남북한의 청년들이 일 년 가까이 매주 일요일마다 모이면서 서로를 이해하는 가장 친한 친구들로 거듭날 수 있었던 것처럼 말이다.

한국 사회가 국내의 인권 문제는 도외시하고 북한 인권만을 대상화하여 정쟁을 위한 도구로만 다룬다면, 그것은 인권의 가장 명료한 특질인 '보편성'을 훼손하는 일이 된다. 그리고 국내에서 벌어지는 상당수의 북한 인권 관련 '이슈 파이팅'이 실질적으로 북한의 인권을 개선하지 못한다는 것은 이미 전문가 집단에 널리 알려진 사실이다. 물론 북한 인권 개선에 대해 한국 사회 일각에서 강경한 발언을 반복하는 것을 제한하는 것도 보편적 인권의 틀에서 불가능한 일이며 지양되어야 한다.

그러나 유엔인권이사회의 보편적정례검토, 유엔인권고등판무관실, 유엔 표현의자유 특별보고관, 국제사면위원회 등 각종 국제기구에서 대한민국 내의 인권상황이 후퇴하고 있음을 지속적으로 지적받고 있는 상황에서 북한 인권만을 도구적으로 부각시킨다면 북한의 인권 개선은

커녕 국제사회의 냉담한 반응에 직면할 수도 있다. 서보혁은 이와 같은 측면에서 한국 사회의 인권 증진을 위한 노력은 한국의 민주적 발전, 북한 인권의 개선, 나아가 인권 친화적인 통일을 준비하는 데 필수적인 요소라고 주장한다.* 즉, 한국 사회의 인권을 신장하려는 노력은 단순히 한반도 남쪽의 인권과 민주주의를 개선하는 차원에 그치지 않는다는 것이다.

끊임없는 질문들

'인권'이 토닥토닥 프로젝트의 주제가 된 것은 프롤로그에서 밝혔듯이 우연에서 비롯된 일이었다. 남과 북에서 나고 자란 이들이 섞여 '인권'을 이야기하고 글을 쓴다는 것이 어떤 결과물로 나타날지도 자신할 수 없었다. 다만, 북한이탈주민들도 소수자이기 때문에 이들이 일상적으로 경험하는 차별 역시 인권적 위기 상황에 해당된다는 인식만은 공유한 상태에서 출발했다. 이런 인식을 토대로 차별과 폭력에 취약한 여성, 장애인, 성소수자, 이주노동자, 군인, 아동청소년 등이 한국 사회에서 겪는 인권 상황을 공부하고, 필요하다면 그들과 만나서 함께해 보는 경험을 했다. 그리고 이를 통해 대한민국의 인권 상황을 다시 생각해볼

* 서보혁, 같은 책, 181쪽.

수 있었다.

우리는 남한과 북한, 어느 한쪽만의 인권 문제만 부각해서 이야기하는 것을 고집하지 않았다. 북한이탈주민 대학생들은 고향에서 겪었던 일과 한국에서 경험한 것들을 보편적 인권이라는 틀에서 해석했다. 이들과는 다른 개인사를 가지고 있는 남한 출신 대학생들은 자신이 직접 겪거나 가까이서 목격한 한국 사회의 인권 침해 상황을 구체적으로 서술하는 데 집중했다. 이러한 차이점과 공통점은 궁극적으로 한반도에서 인권이 어떻게 다루어져야 하는지에 대한 단초를 제공한다.

이 과정에서 좌충우돌했던 것은 학생들뿐만이 아니었다. 편의상 '선생님'으로 불리며 함께했던 진행자들이 학생들에게 조언해줄 수 있는 것은 그리 많지 않았다. 굳이 꼽자면 학생들이 발견하는 부조리를 역사적·사회적 맥락에서 어떻게 해석해야 하는지 실마리를 건네주는 것 정도였다고 생각한다.

때로는 학생들만큼이나 일 년 가까이 이어지는 과정이 힘들기도 했다. 책을 만들어내는 것은 고사하고 "이들이 다 같이 완주를 할 수 있을까?" 하는 의구심도 들었다. 세대 차이는 당연했으며, 한국과 북한에서 자랐기 때문에 다른 배경에서 비롯되는 사고방식의 차이도 무시할 수 없었다. 그럼에도 그 지난한 과정을 견디고 차이를 극복할 수 있었던 것은 '함께'의 힘이었음을 이제 우리는 알고 있다. '함께' 했기 때문에 서로 대화할 수 있었고, 문제가 있으면 직시하고 풀어낼 수 있었으며, 자신이 믿던 것이 전부가 아니었음을 인정할 수 있었다. 그러니까 형식적인 대명사로 이루어진 관계가 아니라, 우리가 가꾸어 온 작은 공동체

안에서 마음을 나눌 수 있는 '친구'가 됐기에 가능한 일이었다고 생각한다.

토닥토닥 프로젝트는 일 년 가까운 과정 동안 하나의 작은 공동체를 이루었다. 이 작은 공동체는 편견을 공유하는 폐쇄적 공동체가 아니라 바깥으로 열린 하나의 장을 만들어냈다고 생각한다. 우리들은 단순히 우리 안에서 울고 웃는 것을 넘어 낯선 이들을 향해 마음속에 만들어둔 벽을 허물고자 했다. 그 벽은 고정관념이나 인습에서 비롯된 것들이었다. 남북한 출신의 여섯 학생들이 풀어낸 사연과 그들이 쓴 이야기는 이 견고한 벽을 허무는 도구였다. 우리들은 당연시되는 것들에 대해 끊임없이 질문을 던지고 답을 구하려고 노력했으며, 이 책은 그 과정에 대한 기록이다. 계속해서 이어지는 질문은 지난했다. 하지만 우리는 앞으로도 이 지난한 질문을 계속 던지고자 한다. 불의는, 불평등은, 그리고 인권을 위협하는 모든 것들은 결국 기존의 믿음들을 비판 없이 수용함으로써 존속했기 때문이다.*

* 아마르티아 센의 『정체성과 폭력』(이상환 · 김지현 옮김, 바이북스, 2009, 43쪽)에 나온 문장인 "전통적 불평등은 기존의 믿음들을 문제 삼지 않고 수용함으로써 존속하게 된다"를 변용하였다.

허다연

허다연(가명): 커피엔 단맛, 신맛, 쓴맛, 짠맛이 어우러져 있다. 내 인생도 그렇다. 나는 북한에서 가장 추운 곳인 함경북도에서 태어나 유년의 대부분을 보냈다. 그런데 지금은 남한에서 가장 더운 곳인 대구에서 살고 있다. 대구에 와서 커피를 처음 접했다. 그때 커피의 매력에 빠져버렸다. 탈북 이후 남한으로 오기까지의 과정은 나에게 쓴맛을 알게 해주었다. 짧은 회사 생활을 하면서 적은 월급에 짠맛을 느꼈다. 뒤늦게 시작된 대학 생활은 나에게 상큼한 신맛을 느끼게 해주었다. 지금은 나에게 단맛을 느끼게 해준 사람과 미래에 대한 꿈을 함께 꾸고 있다.

김종현

김종현: 오사카에서 태어나, 두 살 때 한국으로 건너왔다. 그 후 영천에서 대구로, 봉천동에서 부평까지, 돌고 돌다 잠실에서 중학교를 마쳤다. 이제 정착하나 싶었는데 다시 대구로 왔다. 대구로 온 지 8년이 되었다. 이곳저곳 옮겨 다니며 유년기를 보낸 탓에 떠돌기를 좋아한다. 낯선 곳에서 낯선 사람들을 만나는 순간이 좋다. 여행만큼이나 소설도 좋아한다. 잠들기 전 잠깐 볼 요량으로 소설을 펼쳤다가 동이 틀 때까지 읽은 적도 종종 있다. 늘 혼자서 읽다가, 함께 책을 읽자는 사람들을 알게 되었다. 인연이 이어져 토닥토닥 프로젝트까지 흘러들어왔다. 앞으로 이들과 함께 할 날이 많았으면 한다.

최일화

최일화: 먼지 많고 산 많고 철 많기로 유명한 함경북도 무산에서 태어났다. 남자아이이길 간절히 바랐던 아빠의 소원이 이뤄지지 않았지만, 아빠를 위로하는 것일까? 나는 어린시절 남자보다 더 장난이 거친 말괄량이였다고 한다. 겁 없는 성격이라 작은할머니를 찾아 북한을 나왔다. 부모님과 떨어져 아무것도 모른 채 열여섯 살에 세상으로 나왔을 때 나는 공포감와 두려움에 압도된 어린 소녀에 불과했다. 하지만 타향에서 살기 위해 강해져야 했고 적응해야 했다. 적응력 하나는 꽤 좋은 편이라 5년간 캐나다와 중국 등지에서 살다가 이곳 대구를 제2의 고향으로 삼아 정착했다. 앞으로 제3의 고향은 어디가 될지 나도 궁금하다.

김승영

김승영: 군 생활 2년을 제외한 24년 동안 대구에서만 살았다. 살아오면서 다른 생각을 해본 적도, 해보려 한 적도 없었다. 그래서 학교에서 배우는 것만이 정답인 줄 알았고, 성실함이 최고의 미덕이라 생각했다. 그 외의 고민은 일기장에나 적는 것이 고작인 소시민이었다. 대하에 들이와 나쁜(?) 선배들을 만나며 사회 문제에 관심을 갖게 되었다. 지금은 교지 편집부에서 기자로 글을 쓰고 있다. 글로 나를 표현하고 문제의식을 가질 수 있다는 것을 알고 나서 글쓰기는 가장 좋아하는 일이자 고통스러운 일이 되었다. 글로 더 많은 이들과 만나기 위해, 글로 타인의 마음을 움직일 수 있는 칼럼니스트를 꿈꾸고 있다.

노민우

노민우(가명): 북한에서 태어나 성인이 되기 전까지 식량난에 허덕이면서 살았다. 남한으로 먼저 갔던 어머니와 연락이 닿았다. 그리고 두만강을 건넜다. 중국, 미얀마, 태국을 거쳐 결국 '자유의 땅'으로 들어왔다. 지금은 평범한 대구 시민으로 살고 있다. 5년 전 대구에 처음 왔을 때에는 모든 것이 낯설었다. 모든 것을 처음부터 다시 시작한다는 마음으로 정신없이 배우러 다녔다. 대학에도 입학했고 지금은 4학년이 되었다. 졸업을 앞둔 다른 대학생들처럼 취업 준비에 여념이 없다. 조금 다른 점이라면 '토닥토닥'을 통해서 내 마음을 나눌 친구들을 만났다는 점이다.

김은영

김은영: 스무 살이 되기 전까지 주변에 관심이 많은 사람도 아니었고, 누군가의 슬픔에 크게 관심을 가져본 적이 없었다. 다른 사람의 지시대로 살아온 것도 아니지만, 내 선택에 깊은 의미가 있는 것도 아니었다. 스무 살 때 휴학을 하고 아르바이트를 시작했다. 학교라는 울타리에서 벗어나 사람들을 만나면서 내 관심은 넓어지기 시작했다. 손님들, 동료들, 카페 사장님 등 다양한 사람들과의 대화를 통해 나는 '타인의 시선'을 경험할 수 있었다. 나와 다른 생각들이 너무 좋았다. '토닥토닥'과 함께한 2014년은 다른 사람의 시선과 생각을 충분히 맛본 한 해였다. 오늘도 나는 여전히 즐겁고 신나게 살고 있을 것이다.

이현석

이현석: 인천에서 태어나 대구에서 자랐다. 서울에서 도시행정학을 공부하다 그만두고 귀향하여 의과대학에 들어갔다. 북한이주민지원센터와의 인연으로 공감게스트하우스의 운영위원을 맡으면서 토닥토닥 프로젝트에 참여했다. 쓴 책으로 『여행자의 인문학 노트』가 있다. 현재 대학병원에서 수련의로 재직 중이다.

김성아: 예방의학과/직업환경의학 전문의이며 한동안 교수로 재직했다. 교수직을 그만둔 뒤 스페인 산티아고 순례길을 다녀온 것이 계기가 되어 새로운 인생을 살기 시작했다. 북한이탈주민들이 발산하는 역동적인 에너지에 매료되어 '공감'의 이사가 되었고, '재미있는 삶, 품위 있는 사회'를 꿈꾸며 살아가고 있다.

김성아

후원해주신 분들

이종우 이재성 장신남 최호선 손미연 이선희 구인호 정진주 조현경 이덕희 김건엽 라일락 향기 손재희 꽃중년 노태맹 진우리 이영아 윤수미 정혜윤 박영아 허은경 송광익 강종문 이정화 김동은 이진주 정선미 남호진 엄창옥 송필경 김해원 김건우 안병학 김석동 황성재 김경룡 김희정 김인혜 이상원 장지혁 김영길 이윤화 곽경일 성동현 채희원 김신애 박창제 이지연 송보경 황수영 정세라 주변을향해 시골의사 이기준 이정우 김수미 이미정 곽은경 백승대 김기호 김선옥 배영순 김지현 최원호 전성원 그 외 익명으로 후원해주신 분들

남북 청춘, 인권을 말하다

분단국가의 양쪽에서 태어난 청춘들의 진짜 인권 이야기

초판 1쇄 발행 2015년 4월 13일
초판 2쇄 발행 2015년 12월 15일
–
지은이 허다연 김종현 최일화 김승영 노민우 김은영 이현석 김성아
펴낸이 오은지
편집 이은겸 | 표지디자인 정효진
펴낸곳 도서출판 한티재 | 등록 2010년 4월 12일 제2010-000010호
주소 706-821 대구시 수성구 달구벌대로 492길 15
전화 053-743-8368 | 팩스 053-743-8367
블로그 www.hantibooks.com | 전자우편 hantibooks@gmail.com

ISBN 978-89-97090-45-7 03810

이 도서의 국립중앙도서관 출판예정도서목록(CIP)은 서지정보유통지원시스템 홈페이지(http://seoji.nl.go.kr)와 국가자료공동목록시스템(http://www.nl.go.kr/kolisnet)에서 이용하실 수 있습니다. (CIP제어번호: CIP2015007341)